KISMET

18,9ℓ

Kismet

'Wat is de mens? Een monument van zwakheden, een prooi van het moment, een speling van het lot; de rest is slijm en gal.'

ARISTOTELES

'Accepteer de dingen waar het lot je aan bindt, en hou van de mensen met wie het lot je samenbrengt, maar doe dat met heel je hart.'

MARCUS AURELIUS

'De noodlottige neiging der mensen om op te houden met denken over een zaak zodra ze niet twijfelachtig meer is, vormt de oorzaak van de helft hunner dwalingen.'

JOHN STUART MILL

'Sinek kuçuktur, ama mide bulandirir'
(*'Een vlieg is klein, maar kan je ziek maken'*, Turks spreekwoord)

Van Stefaan van Laere verscheen bij Davidsfonds/Literair:

Botero

Koudvuur

Tango Mortale

STEFAAN VAN LAERE

KISMET

Davidsfonds/Literair

Laere, Stefaan van
Kismet

© 2006, Stefaan van Laere en Uitgeverij Davidsfonds NV
Blijde-Inkomststraat 79-81, 3000 Leuven
Omslagontwerp en -foto: B2

D/2006/0201/02
ISBN 90/6306/536 1
NUR: 305

www.stefaanvanlaere.be

Proloog

De zon stond verschroeiend hoog aan het zenit, ongenadig brandend op de kale rotsen. Voor een ondiepe scheur hield de mannetjeszandhagedis geduldig de wacht. Zo leek het, want de eieren die zijn vrouwtje had gelegd zouden door de warmte vanzelf uitkomen. De hagedis voelde zich veilig tussen de dorre struiken en probeerde niet op te vallen, dat kon dodelijk zijn. Een dag eerder nog was het dier ternauwernood aan de spiedende blik van een slechtvalk ontsnapt door zich muisstil te houden. Het viel echter te betwijfelen of hij de winter zou halen.

In de verte klonk getrommel uit de lemen huizen. Langzaam en stil, dan aanzwellend tot het net niet ondraaglijk was.

Berker Kerim zuchtte. Hoe dor en onherbergzaam dit Anatolische dorp ook mocht zijn, het was zijn thuis. Binnenkort zou hij er afscheid van moeten nemen. Hij voelde zich week in de buik worden, al had hij nog wel even tijd. Niets zou zijn lot kunnen veranderen.

Hij lachte, maar niet van harte. Onder de olijfboom die zijn grootvader nog had geplant, speelden zijn kinderen, niet beseffend dat ze binnen afzienbare tijd voorgoed afscheid zouden moeten nemen van hun vader. Zeven zonen en dan nog een dochter als nakomertje, ze hadden er meer dan de handen vol mee. Aygül was zeven maanden oud en Berker vroeg zich af of hij haar ooit zou zien lopen.

Zijn vrouw Merican bracht hem een glas muntthee. Die thee zou hij erg missen, want de munt werd elke dag vers geplukt. Even streek ze met haar hand langs zijn behaarde borst, een gebaar dat een belofte voor de nacht inhield.

Hij weerde haar af zonder het te beseffen, in de kerkers van zijn gedachten verzonken. Alleen met zichzelf, niemand kon hem helpen.

Het kon niet lang meer duren. De stem in zijn hoofd had er geen twijfel over laten bestaan: binnenkort zou de schande van het drama, door zijn familie generaties lang meegedragen, eindelijk gewroken worden.

Merican probeerde zich geen zorgen te maken. Ze had meteen gemerkt dat haar echtgenoot met muizenissen zat, maar het kwam niet in haar op ernaar te vragen. Een echte man hoorde zijn problemen niet met zijn vrouw te bespreken, vond ze.

Hij zapte met de afstandsbediening door de brij commerciële zenders en bleef bij Al Jazeera hangen. Ze zeurden al dagen over de stijgende olieprijzen, die de internationale economie dreigden te ontwrichten.

Het dorp was lange tijd van de buitenwereld geïsoleerd geweest, de komst van de satelliettelevisie was een zegen voor de bewoners. Nu wisten ze eindelijk wat er in de wereld gebeurde, als ze de moeite namen om niet enkel naar de eigen zenders te kijken tenminste. Zelf volgde Berker Kerim regelmatig de uitzendingen van CNN en BBC World, die een heel ander beeld van de werkelijkheid gaven.

Ook de dorpsoverste stimuleerde de dorpelingen om hun blik te verruimen. Hij had elf jaar als arbeider in een Duitse BMW-fabriek gewerkt, tot hij genoeg geld had verzameld om in zijn eigen gemeenschap een exportbedrijf van tapijten te beginnen. Intussen werkte meer dan de helft van het dorp er. Ook Berker Kerim, die in Ankara een computeropleiding had gevolgd en zich tot het kader had weten op te werken. Hij stond in voor het ontwerpen van de tapijten, en daar was hij erg trots op.

Bij het nieuws van de zoveelste aanslag in Irak zapte Berker Kerim snel weg naar een natuurdocumentaire. Al dat zinloze geweld, hij verloor er soms de moed bij.

Vandaag wilde hij niet piekeren. Hij zou zijn schaarse tijd goed proberen te gebruiken. Vreemd hoe een mens die voor een belangrijke tweesprong in zijn leven staat plots de ballast van het essentiële weet te onderscheiden, bedacht hij bitter.

Zijn jongste zoon Yalcin kwam lachend paardjerijden op zijn knie. Hij herkende in de jongen heel wat trekken van zichzelf en glimlachte moeizaam. Er was nog zoveel dat hij zijn zoon wilde zeggen, maar het zou hem aan tijd ontbreken.

Yalcin nam de afstandsbediening en bleef hangen bij de zender met cartoons. Berker Kerim keek even mee en lachte met de dolle fratsen van Woody Woodpecker, die zijn boom verdedigde tegen een domme beer op zoek naar honing.

Ongevraagd bracht Merican een tweede kopje thee met een paar extra lepeltjes suiker. Opnieuw streek haar hand tussen de knopen van zijn hemd; het was haar gebaar om hem al wat lekker te maken voor de nacht.

Dit keer greep Berker wel naar haar geparfumeerde vingers en kneep er zachtjes in, zonder te willen loslaten.

De thee was perfect, precies warm en zoet genoeg. Net als haar schoot.

1

Een hond blafte nijdig in de schaduw van het Gravensteen. Het dier krabde zich verwoed achter de oren en had geen aandacht voor de half opgegeten gehaktbal die een klant had besteld in de ene tent waar nog friet werd verkocht in de klassieke puntzakjes. Dat beweerde de slogan van de zaak, maar steeds meer frituuruitbaters deden het. De toeristen vielen ervoor, en klant was nog altijd koning.

Een zoveelste lading Japanners leek bezit van de stad genomen te hebben, zo druk was het. En de Gentse Feesten begonnen pas overmorgen. De toeristen hielden zich strikt aan hun strakke schema waarbij vooral klassiekers als het Lam Gods en de drie torens werden bezocht. Ze maakten voortdurend opnames met hun digitale camera's, ze zouden thuis wel bekijken waar ze overal geweest waren.

Dat belooft, dacht George Bracke. Niet dat het hem nog wat deed. Tenslotte had hij niets meer met de stadspolitie te maken en vulde hij zijn dagen met belangrijker speurwerk. Dat hield hij zichzelf toch voor, want de laatste tijd was hij vooral met routineklussen bezig geweest. Hij had het korps doorgelicht in het kader van de integrale kwaliteitszorg, waar zijn baas Werner van Aken zo hoog mee opliep. Hij baalde van zulke opdrachten omdat hij dan vooral achter de computer naar buiten zat te staren.

De Feesten zouden nooit uit zijn systeem willen. Hij had ze tien keer gevolgd als agent en nog altijd werd hij wat zenuwachtig bij de gedachte dat juli naderde. Er kon zoveel fout gaan, het was elke keer weer aftellen tot de Dag van de Lege Portemonnees. *Fingers crossed*, hopen dat er niets ernstigs gebeurde.

In die tien dagen ontving Gent ruim anderhalf tot bijna twee miljoen bezoekers, geconcentreerd in de Kuip met zijn vele smalle straatjes. Telkens als hij er tegen buitenlandse collega's over begon, waren ze erg benieuwd naar het veiligheidsplan dat zoveel drukte in goede banen moest leiden. Hij besefte dat het een waar huzarenstukje was om de Feesten ondanks de talrijke bezoekers hun volkse en knusse imago te laten behouden. En ze – hij raakte hout aan – zonder ongelukken te laten verlopen.

Het was veeleer uit sympathie dat hij naar de coördinatievergaderingen ging, en natuurlijk ook omdat chef Van Aken hem gevraagd had dat te doen.

Hoe vaak had hij vroeger niet mee rond de tafel gezeten om het veiligheidsplan voor de Feesten vorm te geven? Het leek een andere tijd, een ander leven. Een leven waar hij soms met enig heimwee aan dacht zonder nostalgisch te worden. Hij herinnerde zich immers even goed lange, saaie avonden in de gietende regen. En vechtpartijen, het was zeker niet altijd peis en vree geweest.

Het veiligheidsplan behelsde toen enkele A4'tjes, nu was het een forse bundel met extra bijlagen. Hij had ze om zich op zijn taak voor te bereiden allemaal laten brengen, en zat mistroostig naar de stapel te kijken, die elk ogenblik kon omvallen.

*

Zonder te kloppen kwam politiechef Van Aken Brackes bureau binnen. Hij keek wat verstoord omdat de commissaris met zijn voeten op zijn bureau lag, maar besloot er niets van te zeggen. Tenslotte was Bracke niet zomaar een inspecteur, maar wellicht zijn beste speurder, die er soms een onorthodoxe werkwijze op nahield.

'Iets belangrijks, chef?'

Bracke wees verveeld naar het pak papieren dat Werner van Aken in zijn hand hield. De chef keek nadrukkelijk naar Brackes voeten, die bleven waar ze lagen. En dan naar de stapel paperassen ernaast, die net dat ogenblik koos om omver te donderen.

Bracke deed alsof hij het niet merkte en krabde ongegeneerd aan zijn behaarde enkel. De politiebaas zag dat hij een gat in zijn kous had.

'Een bericht van onze Amerikaanse vrienden van de CIA en de FBI. Ze vragen ons de komende dagen een oogje in het zeil te houden. Hier, lees zelf maar.'

Met een stijlvol gebaar zette Bracke zijn leesbril op. Hij had er lang aan kunnen ontsnappen, maar moest enkele dagen geleden toch toegeven dat hij er een nodig had. Annemie had meteen een afspraak gemaakt met een opticien, zonder naar zijn bezwaren te luisteren.

Hij was naar huis gegaan met een klassiek montuur, waarmee hij er volgens de kinderen intelligent uitzag. Hij keek soms in de spiegel stiekem naar zichzelf en vond dat het er best mee door kon.

Geeuwend begon hij te lezen. Het was vannacht behoorlijk laat en hitsig geworden, maar dat zou hij zijn chef niet aan de neus hangen.

'Moeten we dit ernstig nemen?'

Bracke wees lusteloos naar de papieren. Het vooruitzicht ze allemaal te moeten doornemen lokte hem niet bepaald aan. Op zijn bureau lag al een stapel dossiers te wachten waarvan hij verondersteld werd een analyse te geven. Daar werd hij al moedeloos van.

Van Aken aarzelde opvallend lang voor hij antwoordde. Hij wikte zoals altijd zijn woorden.

'Je weet hoe dat gaat met die Amerikanen. Ze overspoelen je met rapporten, vooral om zichzelf later te kunnen indekken. Ik krijg bijna elke dag wel iets van ze binnen, met alarmerende waarschuwingen dat ik het zo snel mogelijk verder moet communiceren. Mogelijk verdachte transporten die op weg zijn naar ons land, mensen die twintig jaar geleden werden betrapt met een paar gram weed in hun zak en nu een reis door Europa hebben geboekt, het houdt gewoon niet op. Ik lees die dingen op de duur nog nauwelijks.'

'Maar dit is iets anders?'

Bracke wapperde met het dossier, dat minstens honderd bladzijden dik was. Hij zocht vruchteloos naar een samenvatting en bladerde er lukraak in.

'Ik had graag je mening', zei Van Aken kortaf, niet op zijn gemak. 'Jij hebt tenslotte een klare kijk op die dingen, wat ik erg waardeer.'

Bracke voelde zich gevleid, ook al was hij er niet zeker van dat de chef het werkelijk meende. Dergelijke complimentjes uit zijn mond waren uitzonderlijk.

'Goed dan. Geef me een halfuur en ik zeg je wat ik van dit dossier denk.'

'Maak er twintig minuten van', zei Van Aken, voornamelijk om Bracke duidelijk te laten voelen wie de baas was. Hij kon het niet laten, al had de commissaris al meer dan één keer laten blijken daar niet mee gediend te zijn.

Bracke maakte er een erezaak van het dossier in twintig minuten grondig te bestuderen. Destijds had hij gemord toen de chef hem naar een cursus snellezen stuurde, maar het was goed besteed geld geweest. De lesgever had hem geleerd om op korte tijd de essentie van een tekst te vatten door in gedachten een *mind map* aan te leggen. Een vaardigheid die hij tijdens zijn lange revalidatie[1] had kunnen oefenen toen hij eindelijk de belangrijkste klassiekers uit de wereldliteratuur tot zich had genomen. Een eindeloos lijkende periode met het ene na het andere ziekenhuisbezoek en allerlei pijnlijke oefeningen waar hij ondanks alles toch met weemoed aan terugdacht. Annemie had hem zoveel mogelijk vertroeteld, wellicht uit schuldgevoel omdat ze elkaar in de tijd daarvoor, meegesleept door het werk, wat hadden verwaarloosd.

Van Aken zat ogenschijnlijk geduldig te wachten terwijl hij zijn agenda raadpleegde. Voor de komende dagen was die opvallend leeg, op een paar spektakels na die hij tijdens de Gentse Feesten voor geen geld wilde missen. Hij vond het niet passend dat zijn ondergeschikten, zoals hij iedereen in het korps noemde, zouden denken dat hij niets te doen had. Voor de vorm maakte hij enkele aantekeningen, zoals de intentie een afspraak met de kapper vast te leggen en de uiterste datum dat zijn wagen naar de keuring moest.

Bracke kwam nu pas goed op kruissnelheid. Zijn blik fixeerde zich op de tekst die hij diagonaal doornam, en Van Aken was erg benieuwd naar het resultaat.

De commissaris klokte na exact achttien minuten af en sloot het rapport.

'Klaar.'

Hij legde het dossier voor zich neer en snoot zijn neus, goed wetend dat hij daarmee zijn chef op stang joeg. Hij krabbelde gecon-

---

1 Zie *Tango Mortale.*

centreerd zijn eerste indrukken neer en probeerde er enige structuur in te krijgen.

Van Aken wachtte op een analyse, maar kon het uiteindelijk niet meer uithouden.

'En?'

Bracke zat aan zijn oorlel te pulken. Hij nam zijn leesbril af en keek zijn chef recht in de ogen.

'Ik weet niet wat ik ervan moet denken. Ik kan het niet goed schatten. Neem het uitgangspunt van dit dossier. Een terroristische beweging waar ik nog nooit van gehoord heb, *the brothers of Islam* zoals de Amerikanen ze noemen, zou het op Europa gemunt hebben. Ik heb daar nog nooit van gehoord, al ben ik uiteraard geen terrorisme-expert.'

'Dat is natuurlijk een Engelse transcriptie van een Arabische naam', wist Van Aken. 'Maar dat zijn details. Het gaat om de inhoud van het rapport.'

Bracke knikte. Hij was het voorbije jaar verschillende keren naar Amerika geweest in het kader van een internationaal uitwisselingsproject van politiediensten en had enig inzicht gekregen in hun manier van werken.

'De berg papier die geproduceerd wordt om het terrorisme in kaart te brengen dreigt de Amerikaanse inlichtingendiensten te overspoelen. Bush wordt niet meer gehinderd door de noodzaak om herverkozen te worden en hoeft dus niet meer populair te zijn in eigen land. Nu hij steeds meer toenadering met Europa zoekt, bestaat het gevaar dat ze die lawine van dossiers ook naar ons continent exporteren.'

Van Aken haalde er het lijstje bij.

'Met andere woorden, jij gelooft niet dat evenementen in ons land die veel volk lokken zoals de festivals, het zandsculpturenfestival aan de kust, de Gilles de Binche en de Gentse Feesten, het doelwit van aanslagen kunnen zijn. De Amerikanen zijn er nochtans blijkbaar rotsvast van overtuigd dat ze wel doelwitten mogen genoemd worden.'

Bracke wilde niet te snel antwoorden en dacht goed na voor hij antwoordde.

'Ik heb helaas ook geen glazen bol, chef. Ik voel me vereerd dat je me dit rapport laat lezen, maar ik weet van dit soort dingen weinig of niets af. Dat moet je aan de jongens van de terrorismecel vragen.'

'Heb ik gedaan', zei Van Aken. 'Die konden me ook niet verder helpen.'

'Met alle respect, Werner, maar wat terrorisme betreft ben ik een fatalist. Als het moet gebeuren, zal het ook gebeuren. Wie had de aanslag in Londen kunnen voorspellen?'

'Zoals Allah het wil.' Van Aken deed misplaatst gewichtig, maar het ging hem niet goed af.

John Staelens walste met de hem kenmerkende stijl het bureau van Bracke binnen. Staelens deed in sommige opzichten aan een nijlpaard denken: hij ging steeds op zijn doel af en liet zich door niets of niemand tegenhouden. Sommigen hadden het daar moeilijk mee, maar Bracke kon best met zijn collega opschieten. Je wist tenminste wat je aan hem had, wat lang niet van iedereen in het korps kon gezegd worden.

'Zou je niet kloppen voor je ons gesprek komt onderbreken, Staelens', zei Van Aken vermoeid. Hij wist goed dat het niets zou uithalen en dat Stormvogel, zoals de brigadier bij het korps bekendstond, zich er niets van aantrok.

'Zal ik volgende keer zeker aan denken, chef.' Staelens tikte tegen zijn denkbeeldige pet. Hij grijnsde zijn tanden bloot. 'Hier is het rapport waar je om gevraagd hebt.'

Van Aken had er het raden naar welk rapport Stormvogel bedoelde, want hij vroeg er dagelijks gemiddeld tien op bij Staelens. Hij kreeg er elke dag ook een stuk of drie, vier, als de wind goed zat en Staelens niet met zijn eeuwige archief bezig was.

'Geef maar op', zei Van Aken verveeld, ongeduldig zijn hand uitstrekkend.

Met een brede grijns overhandigde Staelens hem een flinterdun dossier. Van Aken wierp er snel een blik op en legde het daarna naast zich neer. Bracke, die van ondersteboven lezen een kunst had gemaakt, las de titel van het dossier.

STUDIE NAAR ONGEWETTIGD WERKVERZUIM DOOR KADERLEDEN

Bracke schudde mistroostig zijn hoofd. Hij wist van de jongens van Intern Toezicht dat ze om de ministeriële top in Brussel te plezieren bezig waren met een onderzoek naar de arbeidsverdeling van het korpskader, met de bedoeling een hoop cijfers te produceren die meteen in een stoffige la zouden verdwijnen. Zo bleef het werk in de wereld.

2

8 Shawwal 1137, Yawn al-Ithnain, De Tweede Dag van de Jachtmaand, 20 juni 1725, volgens de gregoriaanse tijdrekening. Maandag gold als een speciale dag in de week en moest met de nodige eerbied bejegend worden. Volgens de overlevering was Mohammed zowel op een maandag geboren als gestorven. Ook zou zowel de Eerste Openbaring van de Koran aan Mohammed, zijn vertrek uit Mekka als de aankomst in Medina op een maandag plaatsgevonden hebben.

Op de minaret van het ingedutte dorp Cümüne, waar nooit iets gebeurde, riep muezzin[2] Recep Güclü de dorpelingen op tot het gebed.

Hij had alle tijd, want hij wilde de gelovigen uit het dorp niet voor het hoofd stoten. Ze hadden het allemaal moeilijk om in hun schamele levensonderhoud te voorzien, en de dagelijkse vijfvoudige gebedsstonde was zeker niet efficiënt te noemen.

De wegen van Allah waren echter ondoorgrondelijk. Het was niet aan hem om zich vragen te stellen bij de noodzaak van de gebeden en hun invloed op de productiviteit. Elke dag moesten de mannen elk minstens duizend kleistenen bakken om genoeg te verdienen. Behoorlijk zwaar werk bij deze hitte. De kinderen staken ook de handen uit de mouwen zodat er voor onderwijs nauwelijks tijd overbleef. Wel was er de dagelijkse les in de Koranklas, dat was vanzelfsprekend. Ze leerden er moeizaam lezen en schrijven, vooral met de bedoeling om de Heilige Schrift te kunnen ontcijferen.

Ook de vrouwen droegen hun steentje bij tot het schamele gezinsinkomen, dat maar weinig ruimte voor extraatjes bood. Ze zaten tot in de late uurtjes fijne borduurwerkjes te maken, die één keer per week door een koopman uit de stad werden opgehaald. Ze wisten niet dat hij hen afscheepte met een aalmoes en hun werk voor grof geld doorverkocht aan de nieuwe adel, die in de paleizen van Topkapi een decadent leven leidde.

2   De voorganger in het gebed.

Recep Güclü richtte zich met een fiere, rechte rug naar Mekka en hief zijn handen uitgestrekt tot op oorhoogte. Hij schraapte zijn keel en begon het vertrouwde gebed dat telkens weer een houvast was in dit moeizame bestaan.

āllahu ākbar, āllahu ākbar
āllahu ākbar, āllahu ākbar
āsh'hadu ān lā ilaha illā-llah
āsh'hadu ān lā ilaha illā-llah
āsh'hadu ānna mūhammadār rasūlu-llah
āsh'hadu ānna mūhammadār rasūlu-llah
hayyā `alā-s-salah
hayyā `alā-s-salah
hayyā `alā-l-falāh
hayyā `alā-l-falāh
ās-salatu khaīrum min ān-naūm
ās-salatu khaīrum min ān-naūm
āllahu ākbar, āllahu ākbar
lā ilaha illā-llah[3]

3 Allah is de grootste, Allah is de grootste
   Allah is de grootste, Allah is de grootste
   Ik getuig dat er geen god is dan Allah
   Ik getuig dat er geen god is dan Allah
   Ik getuig dat Mohammed Gods boodschapper is
   Ik getuig dat Mohammed Gods boodschapper is
   Haast u naar het gebed
   Haast u naar het gebed
   Haast u naar het welslagen
   Haast u naar het welslagen
   Het gebed is beter dan de slaap
   Het gebed is beter dan de slaap
   Allah is de grootste, Allah is de grootste
   Er is geen god dan Allah

Zijn vaste stem weerklonk wilskrachtig tussen de kale rotsen, waarop enkel de taaiste planten groeiden. Een hond begon onbedaarlijk te janken, maar werd met een kordate schop tussen de magere ribben het zwijgen opgelegd. Het beest wilde waarschuwen voor een schorpioen en begreep niet waaraan hij deze behandeling verdiend had.

Een dag als alle andere, leek het. Een dag waarop de meedogenloze hitte nog voor het middaguur niet meer te harden zou zijn en iedereen verkoeling zou zoeken. Een dag die snel vergeten zou zijn, dat was het beste wat je hier met het verleden kon doen.

Het gebed werd door de dorpelingen op een drafje afgewerkt. Ze waren met hun gedachten bij de klei, die de laatste tijd van steeds mindere kwaliteit was. De opkoper uit het naburige dorp die in de hele streek kleistenen verkocht had al een paar keer gemord en gedreigd zijn prijs te laten zakken.

Recep Güclü zat in gedachten verzonken, zoals dat de laatste tijd wel meer gebeurde. Er was zoveel waar hij met zijn verstand niet bij kon, al zou hij nooit de goddelijke voorziening in twijfel trekken.

Voor de muezzin was het gebed telkens een welkom moment van verpozing waar hij reikhalzend naar uitkeek omdat het hem verlossing bracht. Ook nu staarde hij nadenkend in de verte, naar de horizon waar de grillige rotsen overgingen in de voet van het gebergte. Naar de plek waar hij geboren en getogen was, nooit zou hij zich ergens anders thuis voelen.

Hij maakte zich terecht zorgen. Recep wist dat het dorp door een groot gevaar bedreigd werd. Wat precies, dat kon hij niet zeggen. Het was een onbestemd gevoel diep vanbinnen dat de laatste dagen steeds nadrukkelijker aan hem knaagde. Hij kon er met niemand over praten, want hij was de enige die door dit voorgevoel geplaagd werd.

Het was allemaal begonnen met een stem ver weg in zijn hoofd, amper verstaanbaar maar onmiskenbaar aanwezig. De stem had hem in het midden van de nacht wakker gemaakt, en slaapdronken had hij zijn vrouw aangestoten omdat hij dacht dat zij iets had gezegd. Toen hij zich omdraaide, zag hij dat ze in een diepe slaap lag, snurkend en puffend van de warmte. Eén ogenblik lang had hij zich gelukkig gevoeld, met deze geweldige, warme vrouw die hem zonder één woord begreep en steunde in alles wat hij deed.

De stem had hem gewaarschuwd, zonder duidelijk te zijn waarvoor. De boodschap was niet mis te verstaan geweest: groot onheil hing in de lucht. En hij, Recep Güclü, derde zoon van de burgemeester, werd uitverkoren om getuige van het drama te zijn zodat het voor het nageslacht vereeuwigd zou blijven. Hij begreep niet waaraan hij deze eer te danken had, maar hij was diep onder de indruk.

Hij had een hele dag lopen ijsberen, zonder te weten hoe hij zich moest gedragen. Even dacht hij dat hij het had gedroomd, maar die gedachte verdrong hij meteen. De stem was te helder geweest, te indringend. Het kon eenvoudigweg geen nachtmerrie zijn.

'Alles goed met je?' had zijn vrouw na enig aarzelen gevraagd, want hij zag er echt niet goed uit.

'Ja hoor.'

Hij haatte het dat hij tegen haar had moeten liegen, maar dit kon hij haar echt niet uitleggen. Dit niet.

Hulpeloos hief hij zijn armen ten hemel en smeekte Allah om raad en bijstand.

3

Die avond had George Bracke met Annemie en de kinderen afgesproken om nog eens rustig te gaan eten voor de feestdrukte losbarstte.

Er hing al iets van de veelbelovende zwoele warmte in de lucht die volgens weerman Frank Deboosere tijdens de feesttiendaagse steeds drukkender zou worden, en daar keek hij niet bepaald naar uit. Al sinds zijn kindertijd kon Bracke absoluut niet tegen de hitte, wat hem bij zijn vrienden de bijnaam 'Schaduwman' had opgeleverd. Hij liep vroeger inderdaad van schaduw naar schaduw, en bleef zoveel mogelijk binnen.

Annemie had zin om even stoom af te blazen. Het voorjaar was druk geweest met enkele belastende zaken die het uiterste van het korps hadden gevergd. Zo had de vijfvoudige wurgmoord op de Muide in de paasperiode het land in rep en roer gezet.

Een moeder en haar vier tienerkinderen waren dood in bed teruggevonden, met de echtgenoot, een garagist, als eerste voor de hand liggende verdachte. Regel één uit het moordonderzoek: de dader is doorgaans een bekende, en het vaakst nog de partner van het slachtoffer. Die in het merendeel van de gevallen dan ook vrij snel bekent omdat hij in een opwelling handelde en er genoeg bewijzen tegen hem zijn. Toch had het honderden uren speurwerk gevraagd om tot de ware toedracht van de zaak te komen. Sporenonderzoek ter plaatse, spectrumanalyse van de inbraak, uitgebreid verhoor van verwanten, buren en vrienden, oproepen tot getuigen in de pers. De ploeg van chef Van Aken was er wekenlang zoet mee tot door een stom toeval uitlekte dat het alibi van de echtgenoot vals was.

De twee getuigen die hem op het tijdstip van de moord in een bowlingzaal hadden gesitueerd waren bezweken voor het verleidelijke lokaas dat hij ze had voorgehouden: een door de garagist opgelapte oldtimer, een aardig sommetje waard. De garagist was inderdaad gaan bowlen, maar was tijdens een zogenaamde plaspauze via het toiletraampje snel naar huis gegaan om daar zijn gruwelijke en goed voorbereide werk te verrichten.

Een buur van een van de valse getuigen had toevallig een discussie met de garagist gehoord waarin om een extra som zwijggeld werd gevraagd. Al na de eerste ondervraging gingen de getuigen door de knieën. Het motief voor de moord was even oud als de straat: de man verdacht zijn vrouw er al dan niet terecht van overspelig te zijn. Hij vermoedde ook dat hij niet de natuurlijke vader van de kinderen was. Hij gaf meteen de ware toedracht van de feiten toe toen hij met de bekentenis van de valse getuige geconfronteerd werd.

Verder waren er kleine relletjes met krakers geweest, en een inbraakplaag door een Litouwse bende.

George Bracke had ook drukke, zij het weinig inspirerende maanden achter de rug. Binnen het korps werd hem een nieuwe, coördinerende functie in het vooruitzicht gesteld, wat minder veldwerk inhield. Hij zou een deel van zijn tijd moeten besteden aan contacten met buitenlandse politiediensten om het grensoverschrijdende werk beter op elkaar af te stemmen.

De functie was zo nieuw dat er nog geen precieze naam of omschrijving voor bestond, maar het was een idee dat hoofdcommissaris Verlinden tijdens zijn zoveelste werkreis naar Amerika had opgedaan. Na een lange periode van inactiviteit[4] was de hoofdcommissaris sinds enkele maanden weer op post, enthousiaster dan ooit tevoren. Tot grote opluchting van Werner van Aken, al zou die daar nooit voor uitkomen.

'Je moét dit gewoon aanvaarden', had Van Aken gezegd op een toon alsof Bracke het walhalla aangeboden kreeg. 'We hebben van Justitie eindelijk de langverwachte extra fondsen gekregen om internationaal te werken, en jij bent de geknipte man om dat proces te coördineren. Het zijn spannende tijden voor ons korps, George, zoveel kan ik je wel verklappen. Jij mag die op de eerste rij meemaken, ik word zelfs een beetje jaloers op je. Je hebt de nodige ervaring, je kent je talen en je weet met mensen om te gaan. En er hangt een aantrekkelijke financiële bonus voor je aan vast.'

4 Zie *Tango Mortale*.

Bracke had even verbaasd gekeken. Hij was onmiddellijk bereid geweest op het aanbod in te gaan, zelfs zonder loonsverhoging. Het kwam net op tijd, want hij was aan verandering van lucht toe. Vooral de belofte dat hij geregeld naar het buitenland zou kunnen, had hem overtuigd. De kinderen waren op een leeftijd gekomen dat ze hem minder nodig hadden, en ook Annemie maakte geen bezwaar. Annemie maakte trouwens nooit bezwaar. Het was een stilzwijgende afspraak dat ze elkaar in hun werk de vrije hand lieten, en daar hielden ze zich aan.

Het aanbod lokte Bracke bijzonder, maar hij was koppig, en wilde niet meteen ja zeggen. In feite vooral omdat hij ervan genoot Van Aken nog wat in onzekerheid te laten.

Stof genoeg om over te praten dus, want het zag ernaar uit dat het na de vakantie ten huize Bracke zo mogelijk nog drukker zou worden. De oudste zoon, Jorg, begon dan aan universitaire studies en had tot grote verbazing van zijn vader voor criminologie gekozen. Een richting die hijzelf in een ver verleden had gevolgd toen hij al bij de politie werkte, een periode waar hij nu met gemengde gevoelens op terugkeek. De combinatie van werk en studie met een pril gezin was allerminst gemakkelijk geweest, al moest hij tot zijn scha en schande bekennen dat de dagelijkse organisatie toen voornamelijk op Annemies schouders terecht was gekomen.

Bracke had enig scepticisme vertoond toen Jorg hem van zijn studieplannen op de hoogte bracht, maar werd door zijn zoon meteen teruggefloten.

'Jij hebt spreken, jij...'

En daar hield de discussie meteen op. Bracke wiste wanneer hij verslagen was. De spaghetti in het *Leffe café* was zoals altijd overvloedig. Bracke vermoedde dat de baas hem een voorkeursbehandeling gaf omdat hij de man ooit had behoed voor een fikse aframmeling door een dronken klant. Het kon natuurlijk ook zijn omdat hij er al jaren kwam.

Met enige weemoed keek hij hoe zijn vrouw en kinderen zaten te smullen. Een ogenschijnlijk doordeweeks tafereeltje, maar hij besefte dat dit in de toekomst steeds minder vaak zou voorvallen. Jorg had, als oudste van de kinderen, het voorbije jaar een opvallende maturiteit aan de dag gelegd. Het had er lange tijd naar uitgezien dat hij het zorgenkindje van de familie zou worden, maar daar was gelukkig niets meer van te merken.

Dochter Julie, een jaar jonger dan Jorg, zou het voorbeeld van haar broer ongetwijfeld volgen en ook naar de universiteit gaan, want ze was altijd al een echte bolleboos. Wat de toekomst van de jongste, Jonas, betrof, zouden ze moeten afwachten, hij was nog maar net vijftien. Een leeftijd waarop Jorg zich ophield met slechte vrienden en een keer zelfs betrapt werd op het stelen van sigaretten in de kleedkamer van de zwemclub.

'Je eten wordt koud, George', zei Annemie met de bekende twinkeling in haar stem die hem nog steeds week kon maken. Hij betrapte er zichzelf op dat hij haar met open mond zat aan te kijken.

'Pa kampt weer met muizenissen in zijn hoofd', grinnikte Jorg met volle mond. De bolognaisesaus droop van zijn kin, en Bracke durfde er honderd euro om te verwedden dat zijn zoon de saus met zijn hemd zou wegvegen. Het volgende ogenblik ging Jorgs hand al naar zijn kin.

Julie was opvallend stil, maar zoals meestal stelde zij die ene pertinente vraag die bij iedereen op de lippen brandde.

'Weet je al wat je gaat doen, pa? Ga je in op het aanbod van je chef?'

Nadenkend draaide hij een sliert spaghetti rond zijn vork. Hij merkte niet dat enkele druppels saus op tafel spatten en legde er zijn mouw op.

'Ik weet het nog niet, echt niet. Maar ik moet pas op het einde van de vakantie antwoorden.'

'Maar je hebt er wel zin in', kwam Jonas bijdehand uit de hoek. 'Ik zou niet twijfelen, pa. Je zit hier in Gent toch maar te beschimmelen. Spreid je vleugels uit en trek de wijde wereld in!'

Normaal gaat het omgekeerd, bedacht Bracke. Dan geeft een vader zijn zoon de goede raad om niet rond de kerktoren te blijven hangen maar te gaan kijken wat er aan de andere kant van de wereld is. Ik heb toch geweldige kinderen. Maar dat zei hij niet.

'Mag ik de kaas even?'

Zijn wijsvinger maakte een wenkend gebaar. Hij vermeed iemand aan te kijken.

4

Vlucht 642 van Turkish Airlines verliet keurig op tijd de luchthaven van Istanbul. Drie Engelse toeristen die bij de heenreis een ware calvarietocht hadden meegemaakt waren zo verbaasd dat ze sprakeloos aan boord waren gegaan.

Op de vierde rij zat een passagier geconcentreerd in de Koran te lezen, een bril met gouden montuur op zijn neus. Hij draaide de bladzijden met gewijde eerbied om.

Aan Allah behoort wat in de hemelen en wat op de aarde is; en indien gij openbaart hetgeen in uw innerlijk is of het verborgen houdt, Allah zal u er rekenschap voor vragen; dan zal Hij vergeven wie Hij wil en straffen wie Hij wil. Allah heeft macht over alle dingen.

Berker Kerim staarde voor zich uit. Hij had deze woorden als zevenjarige op school al geleerd, maar pas nu kregen ze voor hem echt betekenis. Het kleine schooltje in de bergen was bij een aardbeving vijf jaar geleden met de grond gelijkgemaakt, het ontbrak het dorp aan de nodige fondsen om het opnieuw op te bouwen. Daar zou binnenkort verandering in komen, want hij had in zijn testament een mild bedrag voor een nieuwe school nagelaten.

Al dat piekeren was niet goed voor hem. Hij kreeg er alleen maar maagzuur van. Vlug zocht hij in zijn binnenzak naar zijn tabletten. Het overkwam hem wel vaker.

De stewardess kwam hem ongevraagd een kopje thee met een sandwich brengen. Ze glimlachte, maar Kerim merkte haar niet eens op.

Voorzeker, zij, die de tekenen van Allah verwerpen, zullen een strenge straf ontvangen; Allah is machtig, de Heer der Vergelding.

Kerim nipte voorzichtig van de thee, maar verbrandde toch nog bijna zijn tong. Vlug nam hij een hap van de sandwich. Kip curry, het broodje was heerlijk krokant en deed zijn maagpijn verdwijnen.

Nu zag Kerim de welgemeende glimlach van de stewardess wel. Ze zag er beeldig uit in haar marineblauwe uniform, en aan haar bruine benen leek geen einde te komen. Hij probeerde haar naam-

24

plaatje te lezen, maar durfde ook weer niet te lang naar haar borsten te staren.

'Wenst u nog iets, meneer?'

Hij schudde zijn hoofd, met het begin van een onvoltooide glimlach. Het deed hem goed haar zorgeloze, warme stem te horen. Er was nog hoop voor de mensheid.

*

De journalisten van de lokale redacties hadden de handen vol met de persconferenties van de talloze organisatoren van de Gentse Feesten, maar het was een jaarlijks terugkerend ritueel geworden. Graag lieten ze zich op spijs en drank vergasten, en beladen met persmappen gingen ze tevreden naar huis. Doorgaans vonden deze persconferenties enkele weken voor de Feesten plaats, maar vandaag kwam er op de valreep nog eentje bij omdat er groot nieuws te melden viel.

Organisator Ivan Saerens van vzw Onder De Draak, die de feestelijkheden op het Sint-Baafsplein voor zijn rekening nam, keek voldaan naar de grote schare journalisten die in het *Vosken* zat te wachten op verder nieuws. Tijdens de gewone persconferentie twee weken geleden had hij de journalisten al gewezen op de *mystery*-avond in het midden van de feesten. In de persmap en het officiële programmaboekje stond zowel bij 'presentator' als bij 'gasten' enkel een geheimzinnige X.

'Het zal later allemaal wel duidelijk worden', had hij toen gegrijnsd.

De journalisten hadden er het raden naar. Na het eclatante succes van het optreden van Clouseau vorig jaar werd van hem verwacht dat hij weer met een grote naam zou uitpakken.

'Geachte dames en heren van de pers, mag ik u danken voor uw talrijke opkomst!'

Ivan Saerens had meteen de aandacht van iedereen. Het geroezemoes verstomde, en de journalisten zaten met de pen in de aanslag om eindelijk de artiesten van die ene geheimzinnige avond te weten te komen.

'Velen onder jullie hebben vorig jaar gezien dat we tijdens het optreden van Clouseau het plein afzetten en enkel mensen die vooraf een polsbandje hadden opgehaald, in deze zone toelieten. Dit jaar hebben we weer iets nieuws in petto. We gebruiken opnieuw het systeem van de polsbandjes, die we tijdens de openingsdag na de stoet ter beschikking zullen stellen. Met één nieuwigheid: we verklappen pas op dat moment wie er komt. Neem het van mij aan, het zijn namen die klinken als een klok. Mag ik u danken voor uw komst?'

De journalisten keken hem vragend aan. De organisator werd met vragen bestookt, maar hield voet bij stuk.

'Dit is een afspraak met het stadsbestuur, van wie deze avond uitgaat. We vonden het toch belangrijk om het publiek te melden dat we opnieuw het systeem van de polsbandjes zullen gebruiken, zodat iedereen de kans krijgt er eentje te komen halen. Ik wil me excuseren voor deze ongebruikelijke werkwijze, maar het is de bedoeling om er de spanning in te houden en diegenen die de moeite nemen op de openingsdag een bandje af te halen, voor hun inspanning te belonen, ook al weten ze niet wie er komt.'

Deze sussende woorden hadden hun effect, zeker toen Saerens het banket voor geopend verklaarde.

George Bracke zat in een hoekje grinnikend toe te kijken. Hij was benieuwd geweest hoe de organisator de journalisten zou vertellen dat hij niets te vertellen had, maar aan hun reacties te zien was de woordvoerder van Unizo er aardig mee weggeraakt. Een pluim op de hoed van Ivan, dacht Bracke welwillend, en hij stak grijnslachend zijn glas Glenfiddich in de hoogte om op de gezondheid van de aanwezigen te drinken.

5

In een doodlopend steegje in de achterbuurt van München lag een verlaten en vervallen pand dat enige tijd als druglab dienst had gedaan. Na een succesvolle raid van de *Kriminalpolizei* had het huis acht maanden leeggestaan, maar nu heerste er vooral 's nachts opnieuw een drukke bedrijvigheid.

Als er gezagsgetrouwe burgers zouden gewoond hebben, hadden ze dat ongetwijfeld aan de politie gemeld. In deze wijk echter gold het motto dat iedereen zich met zijn eigen zaken bemoeide en zich niets van de ander aantrok. Niet opvallen was de boodschap, vooral niet de aandacht trekken van de louche kerels die met hun patserige wagens kwamen aangereden alsof de straat van hen was.

Een vrouw met een kinderwagen klopte driemaal krachtig aan bij nummer 12. Door het spionnetje was even een wantrouwig, fonkelend oog te zien. Drie zware grendels werden weggeschoven voor de deur opening. Zonder een begroeting, zonder een woord werd de vrouw binnengelaten. De deur ging onmiddellijk weer dicht.

Het huis was een zwijnenstal. De gang lag vol stapels kranten en tijdschriften, kleren en kartonnen dozen met een onbestemde inhoud. In geen jaren had er nog iemand gepoetst. Op de binnenplaats stonden een paar wrakken van motors.

Een man met een getaande huid nam de kinderwagen van de vrouw over. Hij baande zich een weg door de rommel naar het atelier achterin, zonder naar de vrouw om te kijken. De kinderwagen was blijkbaar behoorlijk zwaar.

'Dag schat...', zei de vrouw nog.

Farouk lette al niet meer op haar. Hij bleef staan voor een tussendeur die er voor het uitgeleefde pand zwaar beveiligd uitzag. Hij tikte routineus een cijfercode in. De vrouw wilde hem naar binnen volgen, maar hij hield haar met een stevige greep tegen.

'Bedankt voor je medewerking, Helena. Ik bel je nog wel. Bedankt.'

'Is dat alles?' zei Helena verwonderd, maar ze sprak al tegen de gesloten binnendeur. 'En vannacht?' riep ze. 'Had dat niets te be-tekenen?'

Farouk was haar op hetzelfde moment alweer vergeten, hij had belangrijkere dingen aan zijn hoofd. Hij wachtte even om te luisteren naar de voetstappen van Helena, die schreiend het pand verliet. Daar liet de knal waarmee de voordeur dichtsloeg geen twijfel over bestaan. Behoedzaam maakte hij de kap van de kinderwagen los. Zijn ogen begonnen te blinken toen hij de inhoud zorgvuldig op een tafeltje voor zich uitstalde.

Hij hoefde het lijstje niet te controleren om te weten dat alles er was. Zoals steeds liep de organisatie perfect, daar kon hij alleen maar bewondering voor opbrengen. De commandant maakte geen fouten, dat had hij al eerder gemerkt.

In het opleidingskamp had Farouk eindeloos met deze wapens geoefend, en hij voelde opwinding in zijn onderbuik nu hij ze einde-lijk de zijne mocht noemen. Het waren echte juweeltjes die hem goed van pas zouden komen.

Allahu ākbar, ālahu ākbar.

Farouk keek om zich heen met de blik van een kind dat een vrijkaartje krijgt om in een speelgoedwinkel alles wat hij maar wil te kopen. Nieuws-gierig snoof hij aan de bus met opvallend geurloos ammoniumnitraat.

Een rilling ging door zijn lijf toen hij besefte dat hij met deze ogenschijnlijk onschuldige kunstmeststof behoorlijk explosieve resul-taten kon verkrijgen. In 2004 kwam in Neyshabur in Iran een trein met zeven wagons van deze stof spontaan tot ontbranding, met 320 dodelijke slachtoffers tot gevolg.

Hij sloot zijn ogen en kon zich meteen weer de lessen scheikunde van zijn instructeur herinneren.

'In combinatie met één deel benzine of kerosine zorgen drie delen ammoniumnitraat bij verhitting aan 120° Celsius door middel van een ontsteker tot een redoxreactie met een ontploffing tot gevolg. De kostprijs van deze explosie is in verhouding driemaal goedkoper dan elk ander ontploffingssysteem, en minstens viermaal effectiever.'

De kinderwagen bevatte nog meer dodelijke schatten. Twintig handgranaten Fran gren M 72 met een gewicht van 230 g waaronder 60 g springstof en een dodelijke straal van 20 m. Eén machinegeweer MAG van FN Herstal, met een gewicht van 11 kg en een lader van 900 schoten per minuut, trefzeker van op 800 m afstand op vliegtuigen en helikopters. Twee handvlammenwerpers Hafla, met een gewicht van 625 g en werkend op brandstichtende fosforpatronen met een temperatuurontwikkeling van 2000° Celsius. Eén Anti Tank Weapon M72 Law, met een gewicht van 2,5 kg en een doorboringskracht door 75 cm beton, 53 cm staal en 120 zandzakjes, inklapbaar met handig draagzakje.

De ogen van Farouk straalden als nooit tevoren. Hij kende elk van deze wapens door en door. Toch zou hij geen risico's nemen. Voor hij zijn dodelijke slag zou slaan, zou hij oefenen en nog eens oefenen, tot hij elk onderdeeltje uit het hoofd kende. Demonteren, monteren, hij zou niet rusten voor hij al deze wapens geblinddoekt uit elkaar kon halen en weer operationeel maken. Hij wilde niets aan het toeval overlaten.

Eerbiedig streelde Farouk het glanzende machinegeweer. Hij werd er helemaal vrolijk van. Nu hij over deze geweldige wapens beschikte, kon niets of niemand hem nog stoppen. Eindelijk zou hij de grootse daden waarvoor hij in de wieg was gelegd, kunnen verwezenlijken, tot meerdere eer en glorie van zijn nageslacht.

Hij zag zichzelf al triomferen in een zee van vuur en bloed. Te midden van zijn slachtoffers en de jammerklachten van hun nazaten.

In de keuken begon een mobiele telefoon te rinkelen. Farouk luisterde aandachtig naar het belgeluid, *Sen Üzülme Diyene* van Euro-songwinnares Sertab. Beter bekend als *Every way that I can*. Hij haalde opgelucht adem en holde naar de telefoon.

'Dag schat. Ja, alles in orde hier. Nee, ik weet nog niet wanneer ik naar huis kom. Die bazen, hè. Ik bel je later wel terug, nu ben ik druk bezig. Beloofd, mijn liefste Senem.'

Hij gaf een kusje in het microfoontje en verbrak de verbinding, voor zijn verloofde kon vertellen over de dood van haar grootmoeder. Een geluk bij een ongeluk, want zij zou het huis en de olijfbomenplantage erven. Senem droomde er al van dat hij zijn werk als vrachtwagenchauffeur zou opgeven om samen met haar de boomgaard te runnen. Ze wilde een leven met haar man steeds in de buurt.

Nog geen halve minuut later ging opnieuw een gsm af. Farouk verstijfde, want het was een heel ander geluid, een oud stukje Arabische marsmuziek. Als in trance tastte hij met een bevende hand naar het tweede toestel, dat hij steeds in de buurt hield om geen oproep te missen.

Hij hoefde niet op te nemen om te weten dat het de commandoleider was. Dit toestel was nog nooit eerder gebruikt, het diende enkel om oproepen van de baas te ontvangen, niet om zelf te bellen.

Farouk had voor elke dag van de week een nieuwe simkaart meegekregen zodat hij nooit via zijn telefoon te traceren zou zijn. Hij had moeten pleiten om zijn persoonlijke gsm op deze missie te mogen meenemen. Het argument dat zijn verloofde argwaan zou krijgen als ze hem niet kon bereiken, had de commandant overtuigd. Net voor zijn vertrek had hij nog een nieuw nummer aangevraagd, en hij zou zich strikt aan het ene dagelijkse telefoontje naar huis houden.

Farouk zei niets maar kuchte tweemaal in de hoorn, zoals afgesproken. Hij luisterde enkel naar wat de commandant te vertellen had, korte zinnetjes in codetaal. Geregeld kuchte hij opnieuw, ten teken dat hij het begrepen had. Eén enkele keer hoestte hij, waarop de stem nadrukkelijk het laatste zinnetje herhaalde.

Het 'gesprek' duurde geen seconde langer dan noodzakelijk. Ook Farouk liet er geen gras over groeien. Hij haalde een set stafkaarten tevoorschijn en bestudeerde aandachtig de route naar zijn volgende doel. Op een papiertje noteerde hij een korte wegbeschrijving, die hij uit het hoofd zou leren.

Intussen warmde hij in de magnetron een pizza op van de voorraad die hij had ingeslagen. Veel te veel, besefte hij, maar beter zo dan te weinig.

Even kwam het in hem op om het eten uit de diepvriezer in deze mistroostige buurt aan landgenoten uit te delen, maar hij verwierp die gedachte snel. Hij was hier voor de goede zaak en mocht geen enkel risico nemen. Voor zijn part zouden de pizza's in de diepvriezer liggen tot de elektriciteit werd afgesloten en ze beschimmelden.

Hij voelde zich plots erg moe. Het was verleidelijk om Helena nog eens op te zoeken, ze kende in bed heel wat trucjes waar zijn verloofde geen kaas van gegeten had. Het zou voor een andere keer zijn, misschien als zijn missie erop zat. Maar dat geloofde hij zelf niet eens. Van dit soort missies kwam nooit iemand terug.

Hij kleedde zich helemaal uit, hij had de gewoonte naakt te slapen. Het huis was koud, maar het meedogenloze trainingskamp in de Afghaanse bergen had hem gehard. Hij las nog wat in de Koran tot zijn ogen vanzelf dichtvielen.

Buiten namen de nachtjunks bezit van de straat. Toch vermeden ze het pand zorgvuldig, ze wisten dat de politie er enkele maanden geleden behoorlijk had huisgehouden. Niet dat het veel uitmaakte, nog geen twee dagen later hadden ze een veel beter pand gevonden, een ondergrondse garage die in korte tijd tot het grootste druglab van Beieren was uitgegroeid.

*

George Bracke wist dat hem een drukke periode te wachten stond als hij inging op het aanlokkelijke aanbod van zijn chef om een nieuwe taak binnen de politiestructuur in te vullen. Annemie kende haar man en liet hem betijen bij het nemen van deze belangrijke beslissing.

Ook nu hij ogenschijnlijk rustig in de *Feeling* zat te bladeren, wist ze dat hij de kwestie in gedachten grondig bestudeerde. Ze had de notities zien liggen die hij over de zaak aanlegde; *mind maps* waarin de pro's en contra's tegen elkaar werden afgewogen. Het werd onderhand een indrukwekkend organigram met veel zijvertakkingen.

Het tijdschrift had blijkbaar de nodige culinaire inspiratie opgeleverd, want Bracke deelde mee dat hij even naar de Carrefour moest. Ze constateerde met genoegen dat hij zijn fiets, die hij voor Nieuwjaar gekregen had, uit de garage haalde. Hoe lang was dat al niet geleden, alle excuses om niet te fietsen waren goed.

Annemie genoot van de relatieve rust die de periode van de Gentse Feesten doorgaans kenmerkte. Ze had het uit nieuwsgierigheid gisteren nagekeken; de voorbije twaalf jaar waren er tijdens deze tiendaagse nauwelijks criminele feiten van belang gepleegd. Haar werk bestond er voornamelijk uit een dagelijks persrapport te maken met zoveel mogelijk cijfers zoals aantal bezoekers, weggesleepte wagens, eventuele aanhoudingen wegens dronkenschap, gauwdiefstallen en dies meer.

Dit jaar waren er enkele aanvragen van buitenlandse journalisten binnengekomen die graag met eigen ogen wilden vaststellen hoe het Gentse veiligheidsplan werkte. Ze kreeg van chef Van Aken de vrije hand om deze reporters van de nodige informatie te voorzien. Een opdracht die ze graag uitvoerde, want het gaf haar de gelegenheid de talenkennis die ze in haar eerste leven als ballerina had opgedaan, in de praktijk te brengen.

Ze had de smaak te pakken gekregen, en zat aan de keukentafel het veiligheidsdossier voor de pers in het Engels te vertalen. In haar vrije uren, maar liever dat dan voor de televisie naar de zoveelste heruitzending te zitten staren. George Bracke was niet bepaald goed geplaatst om er een opmerking over te maken, want ook voor hem was het onderscheid tussen werk en vrije tijd allang tot een grijze zone vervaagd.

Zoals steeds was de commissaris snel terug. Bracke was een schoolvoorbeeld van de turbo shopper, hij wist perfect wat hij nodig had en ging zelfs in een gigantische supermarkt recht op zijn doel af zonder zich door allerlei aanlokkelijke aanbiedingen te laten verleiden.

Annemie keek geamuseerd toe hoe hij de boodschappen uitpakte. Er zat duidelijk systeem in, en binnen de kortste keren stond de tafel vol. Ze verheugde zich al op het etentje dat haar te wachten stond.

'Het wordt iets met okra', zei Bracke, en hij toonde haar het recept uit het vrouwentijdschrift. Daar zou hij verder niet meer naar kijken en zijn eigen versie maken, okra à la Bracke. De kinderen gingen vanavond op stap en zouden bij vrienden blijven slapen, dus hadden ze eindelijk nog eens het huis voor hen alleen.

Het koken moest nog even wachten. Op de radio speelde een tangowijsje, een vrolijk niemendalletje dat gewoon onweerstaanbaar was. De laptop werd gauw opzijgeschoven, al liet Annemie haar noties nog even liggen. Je wist maar nooit.

Ze tikte hem op de schouder.

'Mag ik deze dans, meneer?'

'Zeker, mevrouw.'

Doorgaans ging op heilige momenten als deze de telefoon, wist Bracke. Hij kon natuurlijk de stekker uittrekken en de gsm uitzetten, maar dat was er net iets over. Liever laten gebeuren wat moest gebeuren.

Ze schuifelden rond de keukentafel. Giechelend als een kersvers puberkoppel. Beiden dachten ze hetzelfde. En deden daarna ook hetzelfde, op de sofa.

6

Jessie gaf haar zeurende baby bij wijze van troost de borst terwijl ze zacht een Frans liedje uit haar kinderjaren neuriede. Of een poging waagde, want ze was niet bepaald toonvast.

Ze keek om zich heen in de kale ruimte en merkte dat iedereen nog sliep. Begrijpelijk, het was amper zes uur in de ochtend en de straten waren zo vlak voor de Feesten verlaten, alsof iedereen er uitgeslapen aan wilde beginnen.

Ze was opgehouden zich zorgen te maken. Twee jaar geleden, toen ze voor het eerst mee een pand had gekraakt, was dat helemaal anders. Toen had ze ook pas een baby, maar ze wilde liever niet meer aan de altijd blèrende Thomas denken. Toen was ze nog piepjong, en leek adoptie de enige voor de hand liggende uitweg. Ze had zich nog nooit zo geschaamd als op het ogenblik dat ze Thomas in de vondelingenschuif had achtergelaten.

Jessie had zich een hele tijd rottig gevoeld. Een paar keer had ze op het punt gestaan bij de instelling aan te kloppen om haar kind terug te vragen, maar haar gezond verstand zei dat Thomas bij iemand anders beter af zou zijn. Thomas, ze had op zijn wollen truitje een briefje gespeld met de smeekbede het kind zo te noemen.

Even had het donkere water van de Leie erg aanlokkelijk geleken. Eén moment van moed, meer had ze niet nodig om in het verlossende sop te springen. Hoe vaak had ze niet door de nachtelijke straten gezworven, niet wetend hoe het verder moest.

Tot de dag dat ze Cliff had ontmoet, die prachtige blonde god met zijn heerlijke krulletjes en de zachte kuiltjes in zijn wangen. Cliff... ze kreeg in die tijd al weke knieën alleen maar door enkele ogenblikken aan hem te denken.

Cliff beschouwde haar enkel als een extra lekker kippetje voor zijn verzameling. Hij had haar meteen duidelijk gemaakt dat ze van hem geen eeuwige trouw hoefde te verwachten, maar daar geloofde ze zelf allang niet meer in. Ze was bereid om hem blindelings naar het einde van de wereld te volgen. Hij leek toen nog een onaantastbare, stoere kerel die overal raad op wist.

Het eerste kraakpand in de Gouvernementstraat was op een dag door de politie *manu militari* ontruimd, zo gewelddadig dat het voor een golf negatieve reacties bij pers en publiek had gezorgd.

Vlammende koppen als FLIKKEN KLOPPEN ER OP LOS en ZINLOOS GEWELD IN GENT waren niet bepaald de knipsels die chef Van Aken voor ogen had toen hij bij de korpsleiding zijn ambitieuze plan had ontvouwd om vaker in de pers te komen.

Uit het voorval had de politiechef de nodige lessen getrokken. Toen de krakers na de uitzetting prompt hun intrek namen in de leegstaande infrastructuur van Alcatel in de Gasmeterlaan, had hij meteen een communicatiedeskundige ter plekke gestuurd om met het 'zootje ongeregeld' – zoals hij ze in intieme kring noemde – te overleggen.

De krakers hadden dat nog nooit meegemaakt en waren aanvankelijk op zijn zachtst gezegd wantrouwig. Tot Van Aken in het gezelschap van Bracke zelf met ze kwam praten, dat had de deur op een kier gezet. Van Aken, die hadden ze weleens op televisie gezien, en Bracke, dat was toch die superflik die ooit in een interview had toegegeven te gruwen van wapens en geweld? Een flowerpower *brother* verdorie, de wonderen waren de wereld nog niet uit. Eén keer per week kwam een maatschappelijk werker langs om eventuele problemen te bespreken. Ook konden ze gratis een beroep doen op de Geneesheren voor het Volk, wat Jessie goed uitkwam, want ze had de laatste tijd veel last van buikpijn.

Intussen had ze allang door dat ze Cliff voor geen haar kon vertrouwen. Praatjes over solidariteit tussen de zwakkeren lagen hem voor in de mond, maar als het zijn beurt was om te koken zorgde hij er toch maar mooi voor dat hij voor zichzelf de lekkerste brokjes opzij hield. Ze wist ook dat hij ergens een geheim voorraadje van de beste weed verstopt had dat hij met niemand zou delen. Zijn charme was voornamelijk een pose die zijn rotkarakter moest verbergen. Een regelrechte egoïst was hij, die van de karakterloosheid van de andere krakers gebruik maakte om zichzelf als leider op te werpen.

Ach ja, Jessie begreep dat ze Cliff weinig kon verwijten. Zelf was ze hem ook niet bepaald trouw. Toen ze van de dokter hoorde dat ze zwanger was, kwamen vier jongens in aanmerking voor het vaderschap.

Vijf zelfs, als ze ruim rekende. Leve de vrije liefde, maar nadat ze de kandidaten het heuglijke nieuws gemeld had, liet geen van hen zich nog zien. Niet dat ze dat wilde, het waren toch allemaal losers zonder ruggengraat.

Dokter Geert Vermoorter had haar tijdens haar moeilijke zwangerschap gratis bijgestaan. Op een vrijdagavond, toen in het aanpalende gebouw van de Dienst Feestelijkheden een personeelsfeestje plaatsvond, was na een moeilijke bevalling Sarre geboren.

Meteen wist ze dat ze dit kind zou houden, om het even wat er gebeurde.

Dat was alweer enkele weken geleden, en ze sloeg zich zo goed en zo kwaad als het gaat door deze moeilijke periode. Van de andere krakers kreeg ze weinig hulp, die hadden het te druk met zichzelf om haar bij te staan. Cliff voorop, die leek de laatste tijd steeds meer in andere sferen te leven.

Sarre gaf sputterend wat melk terug, zonder wakker te worden. Jessie veegde zijn gezichtje schoon en keek door het open raam naar buiten, naar de opkomende zon. Ze glimlachte toen ze de gestalte die kwam aanfietsen, herkende.

'Hé Jorg! Vroeg wakker vandaag!'

Jorg zwaaide al even vrolijk terug. Ondanks het vroege uur voelde hij zich geweldig.

'De ochtendstond heeft goud in de mond!'

'Een fijn juweeltje heb je daar', prees Jessie.

'Een echte Eddy Merckx.' Jorg was terecht trots op zijn blinkende racefiets. 'Nu moet je niet denken dat ik zo goed in de slappe was zit, hoor. Een cadeautje van mijn pa, de helft tenminste, de rest heb ik keurig met mijn vakantiejob bij Volvo verdiend.'

Cliff zou het natuurlijk weer decadent gevonden hebben, zoveel geld spenderen aan iets banaals en egoïstisch als een fiets. Maar hij sliep zijn roes uit na het zoveelste obligate feestje in het kraakpand met hun vrienden uit Nederland, een voorloper van de uitgebreide delegatie van het *Paerd van Amstel,* een pand op de hoek van de Amsterdamse Paardenstraat en de Amstel. De Nederlanders waren een paar dagen geleden in het holst van de nacht naar de Gasmeterlaan afgezakt met het oog op een internationaal verbroederingsfestijn met lotgenoten uit heel Europa tijdens de Gentse Feesten. Dat moest natuurlijk gevierd worden en dat hadden ze uitgebreid gedaan. Gehuld in tabak- en shitdampen, Jessie werd er misselijk van en ging zolang met Sarre ergens anders in het gebouw slapen.

'Alles kits daarbinnen?' Jorg hengelde naar een invitatie om een kijkje te komen nemen, maar dat kon Jessie niet maken. Hoe sympathiek hij ook was, hij bleef de zoon van de superflik. Ze mocht er niet aan denken dat Cliff wakker werd en Jorg in het kraakpand zag rondlopen. Daar zouden ongetwijfeld vodden van komen.

'Alles goed met de knie?'

'Ja hoor. Nog eens bedankt voor je hulp trouwens.' Jessie zette haar liefste glimlach op. Dat wilde wat zeggen, ze kon erg charmant zijn als ze maar een beetje haar best deed.

'Graag gedaan.' Jorg wuifde het bedankje onhandig weg. Hij voelde dat hij rood werd.

Een paar dagen geleden had hij Jessie een handje geholpen toen hij in de Veldstraat uit de Fnac kwam en ze op de stoep haar enkel verzwikt had. Ze was behoorlijk onzacht met haar knie op de straat terechtgekomen, waarop hij als een echte gentleman een taxi had gebeld om haar naar huis te brengen. Voor het kraakpand hadden ze een hele tijd over koetjes en kalfjes staan praten, met net voor het afscheid de belofte hun gezellige babbeltje snel nog eens over te doen.

'Zo, dan fiets ik maar eens verder', zei Jorg opgewekt. Hij begreep zelf niet hoe het kwam, maar sinds hij besloten had naar de universiteit te gaan, leek het alsof hij meer energie had. Sporten, openstaan voor andere mensen en indrukken, het kon hem alleen maar helpen om als mens open te bloeien.

Hij keek op zijn polshorloge. Zijn vriendin Sonja lag vast nog te slapen. Hij popelde van ongeduld om haar over het kraakpand te vertellen, wat haar zeker zou interesseren. Zij was van plan het volgende schooljaar studies criminologie of, als dat haar uiteindelijk niet beviel, maatschappelijk werker te beginnen, en hij fantaseerde al hoe ze later zouden kunnen samenwerken.

Leuk kontje, dacht Jessie terwijl ze Jorg nakeek tot hij uit het zicht verdwenen was. Bijna even leuk als dat van Cliff, al stond daar wellicht veel meer haar op.

7

11 Dhu Al-Qa'da 1137, Yawm al-Arba'a', De Vierde Dag uit de Maand van de Grote Hitte, 22 juli 1725 volgens de gregoriaanse tijdrekening. Recep Güclü zadelde zijn volbloed en controleerde of er genoeg water in de zadelzakken zat. Het zou een lange tocht worden, en hij wilde niets aan het toeval overlaten. Niet dat het wat uitmaakte, want alles wat hij deed, elke gedachte die in hem opkwam, was voorbestemd. Die wetenschap gaf hem een goed gevoel. Hij kon alleen maar zijn best doen om een goed mens te zijn, en de rest was in de handen van Allah.

De droge woestijnwind deed heet zand opwaaien dat zijn keel prikkelde. Vlug nam hij een slok van het water dat al lauw aanvoelde, hoewel het nog maar pas uit de koele put was geschept.

Hij had geen reden tot klagen, want geen water was nog veel erger. Zoals vorige zomer, toen de schaarse gewassen in de berggrond er verdord bij hadden gestaan. Het hele dorp had honger geleden, en voor vier van de twaalf zuigelingen van Cümüne was de droogte uiteindelijk fataal geweest. Hun gebalsemde lijkjes werden dezelfde dag nog begraven, zoals de voorschriften luidden.

Ook de neef van Recep had de droogte niet overleefd. Zijn moeder Ayten was huilend met het lichaam van haar eerstgeborene naar de moskee getrokken, luidkeels jammerend om zoveel onrecht.

Zoals altijd was Recep de kalmte zelf gebleven. Hij liet haar geduldig uitrazen en waste intussen op rituele wijze het voorhoofd van de kleine Murat.

'De wegen van Allah zijn ondoorgrondelijk', zei hij zacht als het lispelen van een welkom zwoel avondbriesje. 'Maar we mogen ons geloof in deze moeilijke dagen niet verliezen, Ayten. Het is ons enige houvast.'

Ze had hem niet-begrijpend maar toch godvrezend aangekeken, en daarvan maakte hij gebruik om uit de Heilige Verzen te citeren. Het boek dat hem altijd vergezelde, want hij kende het intussen helemaal uit het hoofd.

'Waar zij zich ook bevinden, worden zij door vernedering getroffen, tenzij zij een verbond met Allah of een verbond met andere volkeren hebben. Zij keerden terug met Allah's toorn en werden door armoede getroffen. Dat kwam, doordat zij de tekenen van Allah verwierpen en de profeten onrechtvaardig doodden. Dat kwam, doordat zij ongehoorzaam waren en zijn gebod overtraden.'

Het waren niet meteen de meest passende verzen geweest, maar dat deed er niet toe. Aangezien alle woorden uit het Boek heilig waren, hadden ze allemaal dezelfde heilzame en troostende werking.

Ayten knikte instemmend. Als de kiem van twijfel en opstand tegen het geloof al gezaaid was, de vrucht zou nooit tot wasdom komen.

Aan dit tafereel dacht Recep terug toen hij zijn paard tot enige spoed aanzette. Het dorp kon zijn lot niet ontlopen, maar diep vanbinnen bleef hij hopen dat de droom die zich vannacht aan hem geopenbaard had, geen werkelijkheid zou worden.

Hij besefte dat daar weinig kans toe was. Tot nu toe was elke voorspelling steeds haarfijn uitgekomen. Al waren het steeds onschuldige visioenen geweest, zoals het geslacht van zijn kinderen en de profetie dat zijn grootvader honderd jaar zou worden.

Voorlopig wilde hij er niet meer aan denken, nu het nog kon. Nu hij nog de illusie kon koesteren dat alles zijn gangetje zou gaan. Dat hij straks in het dorp zou aankomen en er geen vuiltje aan de lucht zou zijn. Dat zijn kleinkinderen hem vrolijk tegemoet zouden lopen en zachtjes aan zijn lange baard trekken, zoals ze zo graag plagend deden tot hij ze begon te kietelen.

Een tocht door de woestijn was elke keer weer gevaarlijk, hoe goed je het terrein ook kende. Zelfs voorzien van genoeg water en kleding voor de koude nachten kon ook de meest ervaren reiziger in de problemen komen.

Recep nam de trip dan ook niet licht op en had eerst uitvoerig gebeden. Hoe hij ook tegen de tocht opzag, toch kwam het niet in hem op eraan te verzaken. De stem in zijn hoofd was duidelijk geweest: hij moest meteen vertrekken, voor het einde van de week de woestijn doorkruisen en halt houden in het dorpje Cadiye, dat hem verder onbekend was. Daar zou hem alles duidelijk worden.

Hij had zonder uitleg te geven afscheid genomen van vrouw en kinderen en was spoorslags vertrokken. Drie dagen was hij al onderweg, en volgens zijn schatting zou hij 's anderendaags op zijn bestemming aankomen.

Net op tijd, want zijn watervoorraad was al aardig geslonken. Hoe hij zich ook had voorgenomen zo zuinig mogelijk te zijn op het kostbare vocht, toch had hij gisteren een zwak moment gekend en gedronken tot zijn buik er pijn van deed. Daar schaamde hij zich nu al een hele dag over, uit boetedoening zou hij de rest van de dag geen water of voedsel meer tot zich nemen. Ook al waren zijn lippen en mond kurkdroog en knorde zijn opstandige maag steeds harder.

Recep kon zichzelf wel vervloeken omdat hij zijn concentratie liet verslappen. Hij wist ternauwernood het schorpioenennest te vermijden en vuurde zijn paard ondanks de brandende zon aan. Hij begreep dat het dier vooral aan koelte en water toe was, maar hij had geen keuze. Het was zeker nog een uur naar de dichtstbijzijnde rotspartij, en daar zouden ze eindelijk schaduw vinden.

Het paard stribbelde tegen en vertoonde steeds meer tekenen van verzwakking. Wit schuim kwam op zijn lippen. Recep spoorde het beest toch aan het niet op te geven.

'Niet versagen, Tersago. Nog even doorbijten. Straks zoeken we een fris plekje op en heb ik heerlijk water voor je. Nog maar heel even.'

Zijn sussende handen streelden zacht de zwetende flanken van het dier.

Het leek wel alsof het paard hem begreep, want de stap werd weer wat vaster. Meer zelfs, Tersago hief zijn hoofd briesend ten hemel en versnelde zijn tempo.

Enigszins gerustgesteld citeerde Recep opnieuw lukraak Heilige Verzen.

En alles wat gij geeft en elke gelofte, die gij aflegt, voorzeker Allah weet het; er is geen hulp voor de onrechtvaardigen.

Als gij openlijk aalmoezen geeft is het goed, maar als gij dit in stilte doet en aan de armen geeft is het beter voor u en Hij zal de fouten van u wegnemen. En Allah weet, wat gij doet.

Allah, de bron van alle leven, de bron van alle licht, Zijn Naam zij geprezen.

Het werd langzaam donker. Opgelucht zag hij de gloeiende zon dieprood achter de horizon wegzakken. Het ergste leed was geleden, enkel nog een geschikte plek zoeken om de nacht door te brengen en de volgende ochtend zouden ze zo vroeg mogelijk vertrekken om hun bestemming vóór de brandende middagzon te bereiken.

Geen ogenblik te vroeg, want Tersago stond op het punt door zijn benen te zakken.

'We hebben het gehaald', juichte Recep, ook weer niet te uitbundig. Alles lag immers in de handen van Allah, die op elk ogenblik in Zijn oneindige wijsheid het levensverhaal van zijn armzalige dienaar een dramatische wending kon laten nemen. Nederigheid was dus geboden, en je lot aanvaarden.

*

Een groepje breakdancers was op het Zuidplein voor de bibliotheek de act aan het inoefenen die ze tijdens de Gentse Feesten elke avond ten beste zouden geven. Het zag er allemaal erg hip en rebels uit, en ze voerden dezelfde bewegingen uit die ze op MTV en JIMtv van hun Amerikaanse idolen afgekeken hadden.

Alleen hun manager Kor de Groot wist dat het nep was. Hij had ruim vijftien jaar geleden naam en fortuin gemaakt door het kindsterretje Merleen B. te lanceren. Die op het eerste gezicht lucratieve samenwerking was echter geëindigd in een onontwarbaar kluwen van wederzijdse verdachtmakingen en voor de zangeres een financiële niet meer te dempen put bij de btw en de belastingen.

Intussen liepen tal van processen van miskende artiesten tegen hem, wat de malafide manager niet belette om zijn praktijken gewoon verder te zetten.

Lefgozer als hij was had hij zelfs een tijdje een studio gehuurd net naast het hoofdbureau van de politie, in de wetenschap dat ze hem daar nooit zouden zoeken.

Nu was De Groot *back in town*, klaar om opnieuw een pak geld te verdienen. Hij had de vijf jongens letterlijk van de straat opgepikt omdat ze er zo vervaarlijk uitzagen. Dat ze niet konden zingen had geen belang, wat telde was de juiste kledingsponsor, de nodige arrogantie en een paar stunts die hun groepje Streatwise op de kaart zouden zetten.

Hij had het nieuws van de zogenaamde anonieme repetitie op het Zuid laten uitlekken in de hoop dat de pers erover zou berichten. Een twintigtal inderhaast opgetrommelde grietjes had hij wat zakgeld in de handen gestopt om hysterisch te gillen, vooral toen de jongens begonnen te strippen tot het net niet onzedig werd.

De meisjes gingen erg professioneel te werk. Ze riepen alsof ze met minstens honderd waren, en dat wekte de nieuwsgierigheid van passanten op weg naar of komend van het winkelcentrum.

Toen ook nog een paar televisieploegen kwamen opdagen, die waren bezweken voor de aanlokkelijke teaser die De Groot aan de redacties had bezorgd – een uitdagende foto van een blondine die wellustig de bezwete blote bast van een van de dansers likte – leek het alsof het inderdaad menens was.

Op zijn terrasje genoot De Groot van de heisa die hij zelf veroorzaakt had. Hij werd bijna vertrappeld door een groepje Chiro-meisjes, die de camera's hadden gezien en op het bandje afstormden als beren op verse honing. Hij maakte snel enkele foto's voor de website, die hij vannacht nog zou updaten met een jubelzang.

Streatwise zou de volgende dag in alle kranten staan, al hadden ze nog geen album uitgebracht. Een te verwaarlozen detail dat De Groot nu in orde kon brengen, want nog voor de middag zou hij een deal sluiten met een groot jeansmerk dat de opnames van de eerste cd bekostigde. Na aftrek van zijn kosten en een eerste aanbetaling voor zijn villa natuurlijk, maar dat was vanzelfsprekend. Alleen de zon gaat voor niets op, dacht hij, in een zeldzame pseudofilosofische bui.

*

In het centrum heerste een koortsachtige drukte in afwachting van het feestgeweld. Het grote podium bij Sint-Jacobs stond er al enkele dagen, maar nu werden de laatste definitieve veiligheids- en geluidstesten uitgevoerd.

De tijd dat Walter de Buck op deze gewijde locatie met een stel vrienden de Gentse Feesten al improviserend op enkele bierbakken nieuw leven had ingeblazen, lag intussen ver in het verleden. Gespecialiseerde firma's werden ingeschakeld om het geluidsniveau te beheersen zodat zelfs de grootste zeurkousen geen reden zouden hebben om een klacht in te dienen.

George Bracke kwam uit nostalgie even poolshoogte nemen. Zoveel jaren dat hij dit evenement als agent had meegemaakt, kon en wilde hij niet zomaar uitvegen.

Het speciale team dat was samengesteld door Van Aken had vergaderd met de Cel Veiligheid van Binnenlandse Zaken en een vertegenwoordiger van Interpol. Een aftastende vergadering waaruit zoals verwacht weinig concreets was voortgekomen. Bracke had zich niet van de indruk kunnen ontdoen dat het allemaal veel *kouwe kak* was, zoals zijn collega André Cornelis het plastisch uitdrukte.

Cornelis geloofde helemaal niet in de onheilspellende Amerikaanse theorie dat Europese publieksevenementen door terroristische aanslagen bedreigd werden, en Bracke had de neiging hem in die mening te volgen. Hij besloot het spelletje toch mee te spelen en had zich opgegeven om de Feesten als extra observator te volgen.

Nu hij over de Vrijdagmarkt liep op weg naar het terras van *Het Zuiden van Europa*, wist hij eindelijk waarom. Het verzadigingsgevoel dat hij na te veel jaren als medeverantwoordelijke voor de veiligheid op de Gentse Feesten had gehad, was gesleten, en hij had zin om nog eens met beide voeten in de feestdrukte te staan.

Cafébaas-journalist Dirk Dauw zat op het terras te schrijven aan het geheimzinnige boek waarover hij al jaren sprak, maar dat verder vooral een mysterie bleef. Hij zwaaide al van ver en liet meteen ongevraagd twee frisse pinten aanrukken.

Bracke vond deze levensgenieter, destijds een goede kennis van *tandacrobaat* John Massis, een charmante drinkebroer die als geen ander de vrouwtjes om zijn vinger kon winden.

'Geen nieuws in de stad?' Dirk kon zijn natuurlijke nieuwsgierigheid niet bedwingen. Niet dat hij nog voor een lokale krant schreef, maar plaatselijke nieuwtjes kwamen altijd van pas voor de weblog over Gent die hij samen met een bevriende journalist van *Dag Allemaal* bijhield, www.allesovergent.be. Bracke probeerde er elke dag een blik op te werpen om bij te blijven.

'*Business as usual.*' Bracke betrapte er zichzelf op dat hij Engels sprak. Dat gebeurde de laatste tijd wel meer, want hij had pas stiekem een vervolmakingcursus met het oog op zijn mogelijke nieuwe functie gevolgd.

'*Big Brother is watching us*', zei Dauw en hij wees op de camera's die overal in de stad hingen en aan het proefdraaien waren. 'Het geeft me toch een dubbel gevoel. Enerzijds weet ik ook wel dat die camera's nodig zijn voor onze veiligheid. Maar anderzijds stel ik me de vraag of dat allemaal wel nodig is.'

'De cijfers bewijzen van wel zeker.' Bracke haalde zijn schouders op. 'Kun je nagaan, elk jaar trekken de Feesten meer bezoekers en toch zijn grote rampen tot nu toe altijd uitgebleven.'

'Hout vasthouden, zeg ik maar.' Dauw tastte naar zijn voorhoofd, dat volgens eigen zeggen vol zagemeel zat. 'Nog een pint, George?'

Voor Bracke had kunnen antwoorden stonden de twee pinten er al. Hij maakte zich geen illusies: dit zou zonder enige twijfel op het zoveelste drinkgelag uitdraaien. En hij wist nu al dat hij het onderspit zou delven.

Bij hun eerste ontmoeting had Bracke in zak en as gezeten omdat Annemie, toen nog een professionele ballerina, voor drie weken op tournee door Europa was, net op een moment dat hun nog prille huwelijk een dip had en hijzelf na een aanvaring met zijn toenmalige korpscommandant Rudi Impens een tijdelijke schorsing had opgelopen.

Hij kon zich de precieze aanleiding niet meer herinneren, maar het had ongetwijfeld te maken met de strenge tucht die toen nog in het korps heerste en waaraan hij zich maar moeilijk had kunnen aanpassen.

Ook Dirk Dauw had op dat moment met acuut liefdesverdriet te kampen met als resultaat dat ze een hoeveelheid alcohol hadden achterovergeslagen die zelfs schrijver en enfant terrible Freek Neirynck met de mond vol tanden had achtergelaten. De vader van Theater Taptoe had nederig het hoofd moeten buigen voor hun prestatie, iets wat hem zelden of nooit overkwam.

Bracke dacht liever niet meer aan die dag en vooral nacht terug, want hij had aan de rand van een delirium tremens gestaan en wist niet meer hoe hij die nacht in zijn bed was geraakt. Toen hij twee dagen later weer enigszins bij zijn positieven was gekomen, had hij aan de telefoon gehuild als een kind toen Annemie meldde dat ze hem miste en dat de tournee wegens ziekte van de prima ballerina vroegtijdig afgebroken zou worden.

'Je moet als stadsbestuur de kerk natuurlijk in het midden zien te houden', filosofeerde Dirk Dauw verder. 'In feite is het vooral een psychologische kwestie. Intussen weet iedereen wel dat de Gentse Feesten vol camera's hangen, en dat bezorgt de bezoekers wellicht een veiligheidsgevoel. En ik moet het de flikken nageven, jullie aanwezigheid in het straatbeeld is manifest zonder opdringerig te zijn. Met die serie op de televisie is de term flikken zelfs allang geen scheldwoord meer.'

'Waar is de tijd?' lachte Bracke. 'Dat zou bij Impens niet waar geweest zijn. Wie toen een agent op straat met flik aansprak, riskeerde beboet te worden wegens smaad aan een ambtenaar in functie.'

'Och ja, Impens, dat was me er eentje', wist Dauw, die geregeld met de korpscommandant in aanvaring gekomen was maar nooit toegevingen had gedaan. 'Hij heeft me ooit beboet wegens dronkenschap toen ik mijn auto voor een onderhoud bij de garage binnenbracht, nota bene in mijn eigen straat. Ik had toen inderdaad een paar pinten of zo gedronken, maar het was ocharm vijftig meter verder. Ik verdenk hem er nog altijd van dat hij op de loer lag, want ik had een paar dagen ervoor een nogal pikant stuk over hem geschreven.'

'Maar je weet, loontje komt altijd om zijn boontje', grinnikte Dauw. Dat was in het geval van Impens zeker zo. De korpscommandant was op smadelijke wijze aan zijn einde gekomen toen hij in de rosse buurt van Antwerpen, waar hij zogezegd op werkbezoek was, in volle actie met een Chinees hoertje een hartaanval had gekregen.

'In het zadel gestorven, noemen ze dat', grijnsde ook Bracke, die zich altijd had gestoord aan de schijnheilige houding van Impens. Die had zich steeds voorgedaan als een ware pilaarbijter, nog heiliger dan de paus, maar kneep intussen wel lekker de katjes in het donker. Tot de fatale dag, die de korpsleiding uit het nieuws had weten te houden. Impens was volgens de officiële versie tijdens het werk aan een hartaderbreuk bezweken.

Bracke was erg dankbaar toen zijn gsm ging. Intussen stonden er al vier lege pinten voor zijn neus, en Dauw had al met zijn vingers geknipt om de volgende twee te laten brengen.

Annemie belde zomaar, om te weten of alles in orde was. Bracke deed alsof hij ingespannen luisterde, knikte een paar keer en veegde intussen het bierschuim van zijn mond.

'Begrepen. Ja, ik kom onmiddellijk.' En tot Dauw: 'Sorry, Dirk, maar je kent dat. De plicht roept. Het was me zoals altijd erg aangenaam.'

Dauw lachte terwijl hij zich in zijn bier leek vast te bijten. Het schuim bleef aan zijn lippen kleven.

'Ga jij maar fijn stoute boeven vangen, George. Ik zit hier prima. Doe haar de groeten van me.'

'Wie?' vroeg Bracke schijnheilig.

'Annemie natuurlijk.' De ouwe snoeper knipoogde. 'Haar stem herken ik van ver. Echt een vrouw om van te dromen.'

Maar geen spek voor jouw bek, dacht Bracke. In een vlaag van opkomende menslievendheid drukte hij een fijne zoen op de kale knikker van Dirk Dauw. Die vond dat blijkbaar erg grappig, want toen Bracke weg was, zat hij nog te schuddebollen van het lachen.

*

Het was aan de opkomst van de journalisten duidelijk te merken dat de meest gevreesde periode van het jaar weer was aangebroken. In de komkommertijd werd elk nieuwtje gretig aangegrepen om de programma's en kolommen toch gevuld te krijgen, en in de aanloop naar de Gentse Feesten was een studie over de veiligheid op grote evenementen in ons land een aanlokkelijk onderwerp waar geen enkele redactie aan kon weerstaan.

Voor Annemie was het allerminst platte rust geweest, want chef Van Aken had haar gevraagd samen met het kabinet van Binnenlandse Zaken en vertegenwoordigers van de politiediensten van de andere grote steden deze belangrijke persmeeting te organiseren.

Dat werk was alweer enkele weken achter de rug, en Van Aken had zijn slag thuisgehaald om de persconferentie in Gent te laten plaatsvinden. Waar anders dan in café *Trefpunt,* waar intussen vijfendertig jaar geleden de Gentse Feesten nieuwe stijl geboren waren?

Van Akens persoonlijke assistent Jean Vervaecke noteerde keurig de namen van de aanwezigen. De meeste gezaghebbende journalisten kende hij intussen bij naam, maar vandaag zaten er toch heel wat vreemde eenden in de bijt. Zijn baas had er de hele dag nerveus bij gelopen, wat ook de anders zo onverstoorbare sfinx warempel een beetje zenuwachtig maakte.

Van Aken had geen reden om niet op zijn gemak te zijn, want hij had enkel goed nieuws te melden. Uit een Europese studie over de veiligheid in de verschillende lidstaten was zijn politiekorps als het meest vernieuwende naar voor gekomen, en die informatie paste perfect bij de eigen studie over de organisatie van grote evenementen in België.

'De cijfers spreken voor zich', zei Van Aken gewichtig, en hij wachtte even tot de journalisten verder bladerden naar het grafiekgedeelte van het persdossier. 'Uit een analyse van de voorbije tien jaar komen de Gentse Feesten als het veiligste evenement van het land naar voor. Het veiligste evenement in het veiligste land, het is geen conclusie van mij maar van de EEG-commissaris voor veiligheid. Ik geef u diens conclusie voor wat ze waard is', glunderde hij.

Tot haar verbazing zag Annemie dat de meeste journalisten deze uitspraak noteerden alsof het hemels manna was dat over hun hoofden kwam neergedaald. Ze had toch iets meer kritisch inzicht verwacht, al was het voor de reporters natuurlijk ook vakantie.

'Uiteraard sta ik ter beschikking voor verdere vragen', sloot Van Aken glimlachend zijn betoog af.

Een paar vingers gingen de lucht in, maar het ging telkens om details. Van Aken poseerde achteraf wat graag voor de talrijke fotografen en cameraploegen, die zich bijna verdrongen om hem in beeld te brengen.

Annemie zat van op afstand toe te kijken hoe haar chef zich al die aandacht liet welgevallen. Hij ging in op de discrete wenk van zijn assistent dat zijn das scheef zat en toonde zich de vleesgeworden charme. Verbazingwekkend toch hoe iemand zich voor het oog van de camera's heel anders kon voordoen, dacht ze.

Ook George Bracke was op de persconferentie aanwezig, zij het in alle discretie. Een stoel vlak bij de uitgang was zijn perfecte uitvalsbasis; halverwege de monoloog van zijn baas kon hij het niet langer uithouden en hij glipte onopvallend naar buiten. Knipogend naar Annemie, die het knipoogje retourneerde: *hij is weer bezig*.

De radionieuwsdienst vond het nieuws belangrijk genoeg om de programma's even te onderbreken, *inbreken* zoals dat in het vakjargon heet.

8

De opwinding die Farouk voelde groeien was nog het beste te vergelijken met de zalige, naar verlossing snakkende momenten net voor het orgasme tijdens een onstuimige vrijpartij op een plek waar je elk ogenblik betrapt kunt worden. Een drang die niet meer te stoppen valt en enkel met een zinderend hoogtepunt kan gesust worden.

Doodstil liggend op het dak van het *Judische Museum* in de Burgstraße staarde hij met een half dichtgeknepen oog door het vizier naar de mensenmassa beneden. Hij vroeg zich niet af wat al die passanten er kwamen doen. Hij had nog nooit in zijn leven een tentoonstelling bezocht, en was ook niet van plan ermee te beginnen.

Farouk grinnikte. Het was een superieure grijns, in het besef dat hij letterlijk over leven en dood zou beslissen. Of toch niet, hij was maar de uitvoerder van een hoger goddelijk plan dat allang vastlag. Zelfs al mikte hij niet zorgvuldig, het zou de hand van boven zijn die besliste of de kogels raak troffen.

Niet meer denken nu.

Concentreer je op het doel.

Hij dacht aan de woorden van de commandant: zoveel mogelijk slachtoffers, liefst van alle leeftijden. Huidkleur, gezond of ziek: graag een brede mix, had de commandant gezegd. Dat zou het meeste weerklank in de pers krijgen. Het feit dat het om een joods museum ging, was een leuk detail waarover de veiligheidsdiensten hun hoofd konden breken.

Over zijn aftocht hoefde hij zich geen zorgen te maken, want op de binnenplaats achter het museum was een trampoline opgesteld. Eén sprong naar beneden, enkele stappen en dan de snelle motor op die hem een veilige vlucht garandeerde.

Het geweer mocht hij laten liggen; zijn vingerafdrukken zouden ze toch niet vinden en de speurneuzen zouden terecht gealarmeerd worden omdat het dure wapen zomaar werd achtergelaten. Was de dader wanhopig, of had hij nog wel meer achter de hand? Hij grin-

nikte bij de gedachte dat een heleboel zogenaamde experts zich achter de oren zouden krabben omdat ze er geen touw aan konden vast-
knopen.

Farouk bestudeerde aandachtig de wriemelende mensen beneden.
De groep die uit de bus stapte en klaarstond om binnen te gaan zag
er net iets te homogeen uit. Aan de leeftijd te oordelen was het een
of andere bejaardenvereniging die zich aan het jaarlijkse culturele
uitstapje waagde.

Cultuur, zo noemden ze in het westen de decadentie die in musea
werd tentoongespreid. Ook al was Farouk nooit in een museum geweest, hij had er een duidelijke mening over. De verdorven westerse
maatschappij wist nog niet wat haar boven het hoofd hing.

Geduldig wachtte hij tot hij ook enkele kinderen in het straatbeeld zag opduiken. Niets zou de publieke opinie zo hard raken als
de dood van de meest onschuldige wezens van allemaal. Al was 'onschuldig' in dit verband volgens hem het verkeerde woord. Die argeloze kinderen zouden enkel boeten voor de vele zonden van hun verdorven voorvaderen.

Hij dwong zich er niet verder over na te denken. Je kunt geen omelet maken zonder eieren te breken.

Zijn hart begon sneller te slaan, want de situatie beneden was nu
werkelijk ideaal. De bejaardenvereniging hield vertederd halt om het
kleuterklasje op uitstap gade te slaan, van de andere kant van de
straat kwam een groepje finalekandidates voor *Miss Deutschland* aangewandeld, met in hun kielzog een schare bewonderaars. Onder hen
ook de bedienden van de nabijgelegen bank die net aan hun middag-
pauze toe waren, en een stel of wat studenten op weg naar de dichtstbijzijnde kroeg.

Hij snoof door zijn neusgaten een verse portie lucht op, al deed
de stank van de stad hem bijna kokhalzen. Zijn wijsvinger kromde
zich rond de trekker, en hij hield zijn adem in. Er was niets meer,
alleen nog het doel, alleen nog de drang te vernietigen.

*

12 Dhu al Qa'da 1137, Yawm al-Khamis, De Vijfde Dag uit de Maand van de Grote Hitte, 23 juli 1725 volgens de gregoriaanse tijdrekening.

Met bonkende hoofdpijn werd Recep rillend wakker. Hij had slecht geslapen en had razende honger. De droge koeken die hij had meegebracht waren intussen beschimmeld, maar het was het enige voedsel waarover hij beschikte. Hij weekte ze spaarzaam in een beetje water en begon met lange tanden te eten. Tersago deed zich intussen te goed aan wat stro. Het dier smeekte hinnikend om water, maar kreeg slechts een half rantsoen. Recep was aan de laatste zak voedsel bezig, en hij zou genoodzaakt zijn het paard de volgende dagen nog minder voedsel te geven.

Het was die nacht opnieuw bitter koud geweest, maar de aarde begon alweer op te warmen. Een woestijnslang gleed loom voorbij. Recep kon de energie niet meer opbrengen het dier te doden, ook al was het vlees voedzaam en zou hij op het merg een hele tijd kunnen teren.

Ze moesten dringend vertrekken als ze vandaag hun bestemming wilden bereiken. Dat was absoluut noodzakelijk, nog een dag in de woestijn zouden ze vast niet overleven.

Tersago zette zich met tegenzin in beweging, want hij had nog honger en dorst. De drukkende knieën van zijn meester waren uiteindelijk duidelijk genoeg om zijn koppigheid te breken.

De muezzin sprak sussende taal.

'Nog even volhouden, mijn prins van de woestijn. Na deze beproeving wacht je heerlijk koel water en de fijnste haver, zoveel je maar wilt.'

Die woorden leken het paard wat te kalmeren. Tersago schudde nog één keer met zijn kop en begon weer te stappen, eerst aarzelend maar steeds vastberadener. Recep spoorde het edele dier aan om er stevig de pas in te zetten, want het zou vandaag snel weer gloeiend heet worden.

In gedachten verzonken wiegde hij mee op het ritme van de passen van het paard. Zijn bijna gesloten ogen fixeerden zich op een punt ergens aan de horizon.

De zon kwam op. De hitte verraste hem telkens weer, al had hij zich voorgenomen om ze te weerstaan. Hij wiste het zweet van zijn voorhoofd, een nutteloos gebaar. Zijn ogen deden pijn en werden nat.

Net op het ogenblik dat hij er het meeste behoefte aan had, was de stem er weer om hem aan te vuren.

'Goed zo, muezzin. Niet wanhopen. Een mens kan meer dan hij denkt.'

Denken, dat was het laatste waar Recep behoefte aan had. Dan voelde hij zijn hele lichaam in opstand komen, van een droge mond tot protesterende spieren.

Het scheelde niet veel of hij tuimelde van zijn paard. Wel je gedachten erbij houden, sprak hij zichzelf toe. Toen ging het weer wat beter.

*

Achter de coulissen van het Publiekstheater op het Sint-Baafsplein was de spanning tot ongekende hoogte gestegen. *Drag queen* Dille schouwde met groeiende ergernis zijn troepen en zuchtte.

Waar was hij aan begonnen!

Twintig jaar geleden had hij de start gegeven van het voortwoekerende fenomeen van de travestiespektakels, die sindsdien niet meer uit de programmering van de Gentse Feesten weg te denken waren. Het was allemaal kleinschalig begonnen, tot hij uiteindelijk de gevangene van zijn succes was geworden. Jaar na jaar had hij een nieuw, steeds spectaculairder programma in elkaar gebokst, maar dat werd telkens moeilijker.

De vrijwilligers van het eerste uur – die voor een kleine onkostenvergoeding graag met de 'moeder van de travesties', zoals de plaatselijke correspondent ADT hem in Het Volk had genoemd, op de bühne stonden – stelden van jaar tot jaar hogere eisen. Of ze begonnen gewoon met een eigen gezelschap. 'Travesties splitsen door vermenigvuldiging', titelde diezelfde ADT.

Bovendien eiste het publiek, verwend door de weelde van de

keuze, steeds meer en beantwoordden de spektakels met de klassieke playback, weelderige kostuums en veren in de kont niet langer aan de verwachtingen van de toeschouwers.

Ook was het elk jaar weer knokken om in de gebrekkige zaleninfrastructuur van de stad Gent een geschikte locatie te vinden. Het was ook telkens opnieuw bikkelen met de veeleisende jongens van SABAM[5], die het onderste uit de kan wilden halen.

Redenen genoeg voor Dille om van de ene op de andere dag 'foert' te zeggen en zijn gezelschap te ontbinden. Hij zou alleen nog als gast bij andere shows optreden zodat hij van de hele praktische en financiële rompslomp verlost was. Hij hield het voortaan bij het maken en verhuren van kostuums, wat toch altijd al zijn belangrijkste bron van inkomsten geweest was.

Op een onzalige dag in het voorjaar had schepen van toerisme en cultuur Sas van Rouveroij echter het idee opgevat dat Gentse Feesten zonder Dille zoiets was als tomatensoep zonder balletjes. Sas, zoals hij eenvoudigweg in Gent bekendstond, had zelfs een apart budget voorzien voor Dille.

Bij een rijkelijk met champagne besproeid etentje in restaurant *Carte Blanche* was Dille, die nochtans gezworen had nooit meer als blikvanger van een show op de planken te staan, door de knieën gegaan. Vooral de garantie dat hij zich van het financiële plaatje niets hoefde aan te trekken en zelfs een niet onaardig budget ter beschikking kreeg om de show naar eigen goeddunken samen te stellen, had hem uiteindelijk over de streep getrokken.

Halfweg de Gentse Feesten zou het grote podium van het Sint-Baafsplein exclusief voorbehouden zijn voor Dille, die in samenspraak met het stadsbestuur een eigen showavond mocht samenstellen, graag exclusief Gents.

De travestiester had vedetten genoemd als Koen Crucke en Helmut Lotti, namen die de schepen hadden doen kwijlen.

'Inderdaad, dat is het kaliber sterren dat we zoeken!' glunderde

---

5 Société d'Auteurs Belge/Belgische Auteurs Maatschappij.

Sas. 'Goeie keuze, Dille! Lokale artiesten hebben we nodig, het zijn tenslotte Gentse Feesten!'

Dille had even vreemd opgekeken, hij kon nog altijd niet geloven dat dit buitenkansje hem zomaar in de schoot geworpen werd. Een duetje op de planken met Helmut Lotti, dat zag hij wel zitten. Hij zou altijd een podiumbeest zijn, ook al keek hij op tegen de poespas van een eigen gezelschap.

'Eh, die sterren komen natuurlijk niet voor een paar bierbonnetjes optreden...', zuchtte hij.

'Geen probleem!' zei Sas enthousiast. 'Ik zet de cel Sponsoring wel aan het werk. Voor zo'n mooie affiche zullen de sponsors in de rij staan. Geef me een week, en ik kan je bevestigen dat de show kan doorgaan.'

Het had niet eens een week geduurd. Na een spoedvergadering met de verantwoordelijken van de Diensten Cultuur, Toerisme en Feestelijkheden was de zaak meteen in een stroomversnelling geraakt. Sas was zich bewust van de unieke uitstraling die deze exclusieve avond aan de Feesten zou geven en had zonder moeite enkele bevriende topbedrijven bereid gevonden om hun schouders onder het evenement te zetten.

Het resultaat was een budget om u tegen te zeggen. Tot zijn eigen verbazing kreeg Sas in de gemeenteraad, waar hij zijn plan moest verdedigen, nauwelijks tegenwerking. Integendeel, vriend en tegenstander vonden het een geknipt project om Gent te promoten. Het feit dat er in het najaar gemeenteraadsverkiezingen op het programma stonden en iedereen graag scoorde, werd zedig verzwegen.

Dille had carte blanche gekregen om het programma samen te stellen, en hij nam zijn taak ernstig op. Hij sprak met iedereen die op de Gentse scène wat te betekenen had, en zat hele dagen te puzzelen om de ideale avond in elkaar te steken.

Hij was ook van plan de kans te baat te nemen om het intieme programma 'Dille anders dan anders', dat hij veertien jaar geleden als tussendoortje voor zijn exuberante shows had gebracht, nieuw leven in te blazen.

In dat programma had hij laten zien dat hij niet alleen de uitbundige diva met de weelderige kostuums was die playbackte, maar dat hij ook live sobere, op zijn lijf geschreven liedjes kon zingen. Het programma had destijds maar een tiental voorstellingen gekend omdat er problemen met de begeleidende pianist waren geweest. Toch had hij al die tijd het idee om nog eens met de show uit te pakken niet opgegeven, en dit was de geknipte gelegenheid daarvoor.

Helaas zat hij nu met de gebakken peren. De live begeleidingsband die twee maanden geleden al was geëngageerd voor de show en die een tiental keer het repertoire van de gasten en Dille zelf had gerepeteerd, had moeten afzeggen na een auto-ongeval waarbij zeven leden met zware verwondingen in het ziekenhuis waren opgenomen.

Een absolute ramp. De show vond al over een paar dagen plaats en het zou gekkenwerk zijn om een waardige vervanger te vinden.

Dilles hand trilde toen hij naar de telefoon greep om de schepen te bellen.

9

In afwachting van de zoveelste vergadering met de cel Veiligheid snuffelde George Bracke matig geïnteresseerd de kranten door. Hij kon de koppen zo voorspellen, want hij had net op *Een* het middagnieuws meegepikt en meer dan eens zijn blik afgewend van de gruwelijke beelden. In zijn bureau had hij een breedbeeldscherm staan, een van de voordelen die zijn nieuwe functie nu al met zich meebracht. Hij had niet geprotesteerd toen het toestel werd geïnstalleerd, en gebruikte het vooral om de Tour de France op de voet te volgen.

Van Aken had die ochtend maar sip gekeken. Het nieuws van zijn jubelende persconferentie had slechts een bescheiden plaatsje op de binnenbladzijden gekregen, overschaduwd door de gebeurtenissen in München.

Bracke sloeg de berichtgeving over de bloedige aanslag gemakshalve over, las diagonaal het verslag van de persconferentie en bladerde door naar de faits divers.

DRONKEN FEESTVIERDER KLIMT IN TORENKRAAN IN GENT

In de aanloop naar de Gentse Feesten werd het een feestvierder in spe al te veel. Zondagavond kroop een zwaar dronken man op een torenkraan op het terrein van Coal Terminal aan de Gentse J.F. Kennedylaan en kon niet meer naar beneden.

Omstreeks 22.20 uur werd hij opgemerkt door een toevallige voorbijganger die de brandweer waarschuwde. Getracht werd de man veilig naar beneden te praten, maar hij bleek zo dronken dat men hem omstreeks 23 uur op een brancard naar beneden moest halen. Hij werd ter ontnuchtering naar een ziekenhuis overgebracht, waar een alcoholpercentage van 1,8 pro mille werd vastgesteld. Hij kon geen verklaring voor zijn gedrag geven.

'Het is me wat geweest met die aanslag daar in Duitsland', zuchtte hoofdcommissaris Steven de Smet, die voor één keer zijn geliefde stad uit het hoofd had gezet. 'Ik mag er niet aan denken dat zoiets bij ons zou gebeuren.'

'Daar zeg je me wat', rilde Bracke. Hij legde de kranten naast elkaar, en de vette koppen leken wel doorslagjes van elkaar.

DOLLE SCHUTTER IN MÜNCHEN

MOORDEND BLOEDBAD

DODELIJK VUUR

RELIGIEUZE AFREKENING?

Hij had geen zin om alle details te lezen. Hij kende ze trouwens al, want nog geen twee minuten na de schietpartij was hij door Europol op de hoogte gebracht. Een onbekende had van op het dak van een museum een dodelijk salvo afgevuurd op de mensen op straat.

Het resultaat was 23 doden, onder wie zes kinderen, vier misskandidaten en negen bejaarden. De dader bleef voorlopig spoorloos, en de speurders tastten wat het motief betrof in het duister.

'Een bijzonder onrustwekkende aanslag', vond De Smet. 'Kun je nagaan, alle indicatoren wijzen in de richting van een actie met hoge symbolische waarde. De plaats alleen al is zwaar beladen. Het joods museum, dat spreekt voor zich. En München, dat doet toch ook meteen een belletje rinkelen. Helaas niet van een lieflijk Beiers klokje.'

Bracke wist meteen waar zijn collega op doelde. De bloedige raid van acht Palestijnse terroristen die in de vroege ochtend van 5 september 1972 het onderkomen van de Israëlische ploeg tijdens de Olympische Spelen bestormden, stond ook in zijn geheugen gegrift.

'Zwarte September', knikte hij. 'Ik herinner me het goed. Ik was toen 17 jaar, en wachtte vol ongeduld op de finale van de 10.000 meter van Miel Puttemans, die toen de grote favoriet was. Hoeveel doden zijn er toen ook weer gevallen?'

'Een paar tijdens de bestorming van de Palestijnen, maar bij de bestorming door de politie kwamen zeker nog vijftien mensen om, onder wie alle gijzelaars en de meeste terroristen', wist De Smet feilloos op te sommen.

'Weet je, ik vond toen dat de voorzitter van het Internationaal Olympisch Comité gelijk had', zei Bracke.

'Avery Brundage', knikte De Smet. '*The games must go on!*'

'Ik schaam me daar nu om. Maar toen was ik een snotneus, en ik keek al zo lang uit naar de wedstrijd van Puttemans dat al de rest daarvoor moest wijken. Zijn zilveren medaille na Lasse Viren deed me meer dan al die doden. Van misplaatste vaderlandsliefde gesproken.'

De telefoon van De Smet ging, en naar zijn houding te oordelen had hij een hooggeplaatst iemand aan de lijn. Hij knikte geregeld, mompelde af en toe instemmend en haakte in na afscheid van 'Willy' genomen te hebben.

Bracke wist meteen dat het om Willy Verdonck ging, de man die René de Ceuleer na diens ontslag als minister van Justitie opgevolgd had[6].

'De veiligheidsvergadering over de Gentse Feesten is uitgesteld, vrees ik', zei De Smet. 'Dat wil zeggen, minister Verdonck wil naar aanleiding van het drama in Duitsland een spoedvergadering beleggen om het veiligheidsthema breder te behandelen dan alleen maar de Feesten.'

'Is daar concrete aanleiding toe?'

De Smet haalde zijn schouders op.

'Wie weet. We worden in ieder geval allebei over een uur in Brussel verwacht.'

Fijn, dacht Bracke. Was hij mooi aan die vervelende vergadering over de Gentse Feesten ontsnapt. De vergadering in Brussel beloofde wat meer animo, en hij kon zich inbeelden dat er heel wat hoogwaardigheidsbekleders aanwezig zouden zijn. Zijn kleine teen zei hem dat ze deze spoedvergadering niet zomaar hadden belegd.

Onderweg naar Brussel voelde hij warempel iets van het schoolreisgevoel dat in zijn kindertijd steeds voor een niet onaangename kriebel in zijn buik had gezorgd.

*

Commissaris André Cornelis stond besluiteloos naar zijn gsm te staren. Hij had het nummer van Bracke, nummer twee in zijn favorietenlijst, al opgeroepen maar kwam er niet toe de verbinding tot stand te brengen.

---

6 Zie *Koudvuur.*

Hij werd uit zijn gedachten opgeschrikt door een van de inspecteurs die net van de Feestzone terugkwam.

'Alles goed, commissaris?'

Hij knikte futloos.

'Alles prima, Hendrik. En in het centrum?'

Nieuwkomer Hendrik Seghers was aangenaam verrast door de belangstelling van zijn overste. Hij kwam over van het korps Mechelen en had het moeilijk om zich aan te passen.

'Behoorlijk druk, maar alles in acht genomen weinig of geen problemen.'

'Weet je wat, mijn werk zit er voor vandaag toch op. We gaan samen een pint pakken.'

Daar zei Seghers geen nee tegen. Hij had weliswaar nog wat paperassen in te vullen, maar een goede inspecteur luisterde altijd naar zijn meerdere.

Cornelis nam hem mee naar het *Krochtje,* het café op de Vlasmarkt dat sinds de opnames van *Flikken* wereldberoemd was in Vlaanderen en Nederland. Ooit had hij de bazin persoonlijk moeten kalmeren omdat ze de ironie van een sappig stukje over haar alternatieve publiek in de gids *Gent Ondersteboven* niet had begrepen, maar intussen had het café een zekere cultstatus gekregen.

De commissaris bestelde een jonge graanjenever van Filliers en wenkte de ober om de fles te laten staan. De inspecteur dronk gretig mee, nog steeds vereerd door de uitnodiging. Hij voelde niet aan dat Cornelis hem vooral had meegevraagd om niet alleen te zijn, niet nu. Niet met die muizenissen in zijn hoofd.

De fles was al half leeg toen hij eindelijk naar Bracke telefoneerde. Die kwam net terug van Brussel en was met Steven de Smet aan het onderhandelen waar ze een hapje zouden gaan eten. Aalst lag halfweg, dus dat was de meest voor de hand liggende locatie.

'En? Heeft de vergadering iets opgeleverd?' De professionele nieuwsgierigheid van Cornelis won het van zijn groeiende onverschilligheid voor het werk.

Hij hoorde Bracke hartelijk lachen.

'Een hele hoop drukte om niets. De minister heeft vanuit Washington een dik dossier over mogelijke nieuwe aanslagen in Europa gekregen, en blijkbaar dekken ze zich in de Wetstraat 16 al in. Verscherpte controles, mogelijk verdachte figuren schaduwen, het kan niet op. De eerste minister heeft er zelfs extra budgetten voor vrijgemaakt.'

'Met andere woorden, het land zal nog nooit zo veilig geweest zijn', zei Cornelis sarcastisch. 'Maar jij gelooft er niet bepaald in, George?'

'Laten we niet gek beginnen te doen, gewoon is al erg genoeg', pufte Bracke. 'Denk je echt dat die terroristen Manneken Pis of het standbeeld van Jacob van Artevelde op de Vrijdagmarkt komen opblazen? Die hebben heus wel wat beters te doen. België heeft na onze houding in de Irakcrisis trouwens een behoorlijk goede naam in fundamentalistische kringen, me dunkt. Al zijn er natuurlijk ook die zeggen dat Brussel het hoofdkwartier van de NAVO huisvest en zo ook een terroristisch doelwit zou kunnen zijn. Ach, het is allemaal koffiedik kijken.'

Steven de Smet vond het tijd worden om zijn duit in het zakje te doen. Hij was weliswaar chauffeur van dienst, maar had genoeg van het gesprek opgevangen.

'Die jongens maken misschien niet altijd onderscheid tussen de verschillende landen en beschouwen het westen allicht als één grote vijand, George. Net zoals wij islamieten vaak over dezelfde kam scheren.'

'Ik zeg niet dat je ongelijk hebt', zei Bracke, zowel tegen De Smet als tegen Cornelis. 'Maar ik kan het me echt niet voorstellen dat ze bij ons aanslagen gaan plegen.'

'Dat dachten ze op de ochtend van 11 september 2001 in Amerika ook', mijmerde Cornelis, die ineens zin kreeg in nog een borrel. 'Maar genoeg daarover. Goesting om straks in 't *Krochtje* een afzakkertje te komen drinken na jullie copieuze maaltijd? Ik ben hier voorlopig nog niet weg, want ik, eh, zit volop in een bespreking.'

'Een slaatje zal ook wel gaan, zeker. Waarom niet, ik heb mijn Bob bij.'

Steven de Smet wist wat hem te doen stond: de hele avond water

drinken. Waar hij overigens geen problemen mee had, hij maakte er een erezaak van op dat punt een voorbeeld voor het korps te zijn.

Ongemerkt was de jeneverfles intussen tot op de bodem leeggemaakt. Seghers had zichzelf nog een paar keer bediend en vertoonde een gezonde rode blos die hem aardig stond.

Cornelis knipte met zijn vingers, en onmiddellijk werd een nieuwe fles gebracht. De ober serveerde er een schoteltje pikante mosseltjes bij, een van zijn experimenten die de talrijke Hollandse toeristen naar waarde wisten te schatten.

Na nog een paar opkikkertjes die hij in één teug achteroversloeg, werd Cornelis zowaar lyrisch.

'We zijn ziende blind, George.'

'Eh, het is Hendrik', zei Seghers, maar Cornelis luisterde niet naar hem.

'We zijn hele dagen bezig met de misdaad te bestrijden, maar intussen vergeten we te leven. Dag na dag gaat voorbij, zonder dat we ons vragen stellen over wie we zijn en hoe het met ons verder moet.'

De inspecteur vond dat zijn superieur nu toch wel begon te raaskallen, maar durfde hem niet te onderbreken. Hij wist zich geen houding te geven, en zat maar wat te droedelen op een bierkaartje. Heimelijk begon hij weer te verlangen naar Mechelen, waar het korps tenminste uit normale mensen bestond. Hij was er echter met slaande deuren weggegaan zodat een terugkeer niet tot de mogelijkheden behoorde.

'We werken ons uit de naad, volgen de regels op de voet en zijn blij met weer een promotie. Want o ja, we hebben die natuurlijk verdiend. Maar wat heeft het te betekenen? Een streep erbij, op het einde van de maand wat meer euro's op de bankrekening, het is uiteraard mooi meegenomen.'

Zo goed word ik anders niet betaald, dacht Seghers. Bij een commissaris was dat allicht andere koek.

'Maar intussen vervreemden we van onze omgeving en, het ergst van al, ook van onszelf. Kun jij 's avonds in eer en geweten naar je eigen spiegelbeeld kijken en zeggen dat je die persoon kent?'

Op zulke diepzinnige vragen was Seghers niet voorbereid. Hij kwam niet verder dan een schaapachtige idiote glimlach, maar dat kon ook aan de drank liggen. Zijn maag begon bovendien te protesteren tegen de mosselen en vooral de jenever.

Seghers probeerde net een excuus te bedenken om aan de volgende borrel te ontsnappen toen buiten de luide knal van twee botsende wagens te horen was. Dankbaar sprong hij op en gebaarde naar Cornelis dat hij moest gaan.

'De plicht roept, commissaris.'

'Uitslover', knorde Cornelis. 'Maar ja, jij bent nog jong, jij wilt je natuurlijk bewijzen. Ga maar, je hebt mijn zegen. Maar drink eerst op.'

De inspecteur keek met een blik vol walging naar de jenever en durfde niet te weigeren. In één teug sloeg hij het borrelglaasje achterover en wankelde dan naar de straat.

'Snotaap', lispelde Cornelis, in het geheel niet nieuwsgierig naar het ongeval. Hij kreeg ineens zin in kaarten, iets wat hij in geen jaren had gedaan, zodat Bracke enkele ogenblikken later tot zijn grote verbazing zat te pokeren, een spelletje waarin Steven de Smet algauw de beste bleek te zijn.

10

Berker Kerim kampte met een opkomend gevoel van benauwdheid toen hij zijn achterneef Ayhan door de enge straatjes van de Muide volgde. Hij was de open natuur gewoon en tastte af en toe onwillekeurig naar zijn keel, alsof hij op het punt stond te stikken. Het zag er hier ook zo troosteloos uit, alsof er een wedstrijd lelijke huizen bouwen gehouden was.

En dan de gezichten van de mensen, ze leken het wel opgegeven te hebben om nog iets van hun leven te maken. Niemand keek hem aan, allemaal staarden ze voor zich uit naar de grauwe straatstenen.

'Dat overkomt ons allemaal in het begin', grinnikte Ayhan. 'Maar het went hier snel. België is echt het land van melk en honing.'

Daar had Kerim een andere mening over, maar hij besefte dat hij te weinig van het land afwist om een objectief oordeel te kunnen vellen.

Niet dat het hem veel kon schelen. Hij was hier met een missie, en zou die ook uitvoeren. De vloek zou eindelijk ongedaan gemaakt worden.

In de bocht van de Haanstraat hield Ayhan halt voor een vervallen woning. Nog voor hij zijn sleutel uit zijn zak had kunnen vissen, ging de deur al open. Een meisje van een jaar of vier keek de gast van haar vader nieuwsgierig aan. Toen ze zag dat hij ook Turks was, haalde ze opgelucht adem.

'Hos geldiniz'[7], zei Leyla, Ayhans vrouw. Kerim vond haar meteen sympathiek, al vermeed ze hem in de ogen te kijken.

'Hos bulduk'[8], antwoordde Kerim automatisch. Deze begroeting klonk hem vreemd in de oren, want thuis werd ze allang niet meer gebruikt. Het was voor hem een symbool uit het verleden, dat hem aan zijn grootouders deed denken.

Met een breed gebaar wees Ayhan naar de woonkamer, alsof hij het interieur van een paleis presenteerde. Dat viel behoorlijk tegen,

---

7 Welkom.

8 Antwoord op de welkomstgroet (letterlijk 'We hebben het goed gevonden').

want hij had voornamelijk goedkope kitsch uit een importwinkel verzameld.

Kerim dwong zichzelf tot enige complimentjes over de keuze van de tapijten en de mooie kinderen, die alle vier lachend zaten toe te kijken.

'Je zult wel moe zijn van de verre reis.'

'Ja', knikte Kerim, dankbaar omdat hij een excuus kreeg aangereikt om niet te hoeven converseren. Hoe minder hij zei, hoe kleiner de kans dat hij zijn mond voorbijpraatte. Deze verre familieleden liepen over van goedbedoelde vriendelijkheid, maar er was een wereld van verschil tussen hen. Voor Kerim was hun verhuizing naar dit verre, koude land niets minder dan vaandelvlucht. Hij was van oordeel dat ze veel beter in hun geboortestreek gebleven waren, om daar mee te helpen hun land op te bouwen. Maar dit was niet de tijd en de plaats om deze discussie te voeren.

Hij volgde zijn achterneef de steile, smalle trap op en liet zich met een zucht van welbehagen op het harde bed neerploffen. Nog voor hij zich omdraaide, sliep hij al.

*

'Kom hier, trut', zei Cliff. 'Snel wat.'

Hij deed allang niet meer de moeite een vriendelijk woord tegen Jessie te zeggen, ze betekende voor hem niets meer dan een warm lichaam dat vlot beschikbaar was.

Ze keek hem schattend aan en besefte dat het niet lang meer kon duren voor ze een belangrijke beslissing zou moeten nemen. Nog veel langer in het kraakpand blijven had geen zin, en ze haatte nu al het moment dat ze haar moeder gelijk zou moeten geven.

Haar moeder. Gek, ze had in geen jaren meer aan haar gedacht. Haar moeder, die lang geleden voorspelde dat er weinig van haar terecht zou komen omdat ze hetzelfde rusteloze bloed als haar vader had. Wie dat ook mocht zijn.

Het duurde wat te lang naar Cliffs zin voor ze bij hem kwam, en zijn arm haalde uit naar Jessie. Hij had een lok rood haar vast. Ze verzette zich niet, want ze wist dat hij in staat was om haar bij het haar over de grond te slepen. Wat ze ooit in die vent gezien had, begreep ze zelf niet.

'Geef me een kus', grijnsde hij met zijn ongeschoren smoel. Hij wachtte geduldig tot ze zich in zijn armen zou werpen, maar ze negeerde hem.

Hij voelde de woede in zijn lijf opborrelen en schopte haar zo hard hij kon in de onderbuik. Daarna gooide hij haar ruw op de grond.

Dat was zonder Jessie gerekend. Ze was vastbesloten van zich af te bijten. Hij zou niet meer met haar sollen. Die tijd was voorgoed voorbij. Ze herinnerde zich de woorden van Jorg, die had gezegd dat ze in de eerste plaats moest leren zichzelf te respecteren, dan volgde de rest wel.

Prompt schopte ze terug, de pijn verbijtend. Ze raakte hem goed tussen de benen, hij plooide dubbel en tastte naar zijn edele delen.

'Takkenwijf!' kreunde hij. Hij had nog meer scheldwoorden in de mond maar het was te pijnlijk. Hij zakte in elkaar en jammerde als een kind dat zijn vingers tussen de deur gestoken heeft.

Het ergste vond Jessie dat de andere krakers amper opkeken. Ze lagen hun roes uit te slapen en maakten zich meer zorgen om hun joints die bijna op waren. Een kwestie van even doorbijten, want 's middags werd de koerier uit Terneuzen verwacht.

Het kostte Jessie heel wat inspanningen om haar schaarse bezittingen bij elkaar te rapen. Cliff had haar met die verdomde trap goed geraakt.

Ach, die spullen waren niet belangrijk. Die haalde ze later nog wel eens op. Het belangrijkste was dat ze zichzelf snel in veiligheid bracht, voor hij weer bij zijn positieven kwam. Iets zei haar dat hij het hier niet bij zou laten.

Gelukkig had Sarre van de heisa niets gemerkt. Die lieve schat, ze werd week door alleen maar naar hem te kijken. Hij lag er schattig bij in zijn sinaasappelkist, zijn duim vredig in zijn mond.

Ze kon het niet helpen, op zulke momenten moest ze altijd aan Thomas denken. Hij was even oud als Sarre nu toen ze hem voor adoptie had afgestaan. Zou hij dezelfde lieve krulletjes hebben? En dat kuiltje op zijn kin dat Sarre onweerstaanbaar maakte?

Cliff was te veel met zijn gepijnigde ballen bezig om te merken dat Jessie ervanonder muisde. Een van de krakers mompelde iets dat van ver op 'ajuus' leek, maar ook hij had andere dingen aan zijn hoofd. Zwarte afghaan bijvoorbeeld, het laatste kruimeltje was opgerookt en de koerier liet echt wel lang op zich wachten.

Joop, een van de Hollandse krakers, werd luid geeuwend wakker. Zijn ogen stonden nog wild van een veel te lange nacht. Hij schonk een koffiekop vol wodka om weer bij zijn positieven te komen.

'Het is een lekkertje, dat sletje van je', lachte hij naar Cliff, die nauwelijks reageerde. De leider van het kraakpand liet zich op de berg kussens in het midden van de kamer neerzakken en zon op wraak. Vroeg of laat zou hij haar weer tegen het lijf lopen, daar was hij zeker van.

Een pijnlijke grijns verscheen op zijn gezicht. Hij had nog tijd genoeg om te beslissen wat hij met haar zou doen, en genoot bij de gedachte haar te zien kronkelen, smekend om genade die ze toch niet zou krijgen.

*

De hotelkamer lag op de bovenverdieping van een onopvallend oud herenhuis in een buurt die ooit tot de betere kringen had behoord, maar intussen naar een bedenkelijk niveau was afgegleden.

Het naamloze stadje in het Europese Middengebergte zou wellicht nooit in het nieuws komen. Dat was toch de bedoeling van de commandant, die hier al enkele weken resideerde en een *low profile* aanhield. Hij bestudeerde in de ontbijtzaal op zijn gemak de kranten en probeerde niet te gretig over te komen. Zijn aandacht ging vooral uit naar de verslaggeving over de aanslag in München, die in elk dagblad de voorpagina haalde.

Niemand van het handjevol aanwezigen kon vermoeden dat hij het brein achter deze aanslag was. Die wetenschap vervulde hem met trots, zeker omdat uit de artikels bleek dat de politie niet het flauwste vermoeden had wie de aanslag had gepleegd.

Hij schoof aan bij het ontbijtbuffet en liet galant een oudere dame voorgaan. Ze wierp hem een koket glimlachje toe, en hij zag dat haar ademhaling wat sneller ging. Ze staat met mij te flirten, constateerde hij. Om haar niet voor het hoofd te stoten knikte hij kort terug en wijdde dan al zijn aandacht aan de ruime keuze ontbijtgranen. Ze hadden zijn favoriet, Crunchies met aardbeiensmaak.

Boven op zijn kamer werkte hij liggend op bed op het afgesproken tijdstip zijn dagelijkse telefoontjes af. De gesprekken waren kort en steeds in codetaal.

Die Farouk was me er eentje. Trouw tot in de perfectie, maar toch zijn eigen willetje. De resultaten waren uiteraard prima, al moest hij de man wel in het oog houden. Farouk had een zekere koppigheid, een eigenschap die nuttig kon zijn maar ook gevaren inhield.

Nu ja, iedereen was vervangbaar, zeker het voetvolk. Zolang ze hun taken maar uitvoerden.

De commandant zapte naar de verschillende journaals. Overal zag hij dezelfde beelden van weggevoerde lichamen onder witte lakens en interviews met geschokte nabestaanden, gezagsdragers en zogenaamde deskundigen. Op verschillende zenders waarschuwden reporters in onheilspellende bewoordingen voor nieuwe aanslagen. Steeds weer kwam dezelfde naam terug, *the brothers of Islam*.

Ze moesten eens weten, dacht de commandant. Ze hebben geen flauw benul.

Ook Al Jazeera zond de beelden uit, al gaf de begeleidende commentaar een enigszins andere duiding. De Arabische journalisten gingen ook in op de drijfveren van de schutter, en het portret van de moeder van een Palestijnse zelfmoordterrorist maakte indruk.

De commandant bleef gefascineerd kijken, zeker toen een verslag van de persconferentie van Werner van Aken werd getoond. De nieuwslezer meldde droog dat het de westerlingen blijkbaar niet aan zelfvertrouwen ontbrak.

Vooral de zinsnede dat Gent de veiligste stad in het veiligste land van Europa was, bleef de commandant bij. Vlug maakte hij notities, voor hij de naam weer vergat. Gent, die stad interesseerde hem, al had hij er nog nooit van gehoord. De zelfvoldane grijns van de politieman maakte dat hij er wat meer aandacht aan zou besteden.

'Interessant', mompelde de commandant. Hij zette de televisie uit en begon meteen op het internet te googelen.

*

Dille prees zichzelf gelukkig dat hij het weer eens geflikt had. Net toen hij de schepen wilde bellen dat hij door het ongeval van de begeleidingsgroep met een groot probleem zat, kreeg hij een gouden ingeving. Slechts één man kon hem uit deze benarde situatie redden.

Zijn gesprek met Toni Fakkel was bijzonder vruchtbaar verlopen, in een geest van wederzijds begrip en enthousiasme voor de goede zaak.

Het was een goed idee geweest deze creatieve duizendpoot te bellen die in Gentse artistieke kringen een begrip mocht genoemd worden. Fakkel, een zoon van een uitgeweken Nederlander, had weliswaar hotelschool gevolgd, maar de showbizz was zijn ware liefde. Hij was zowel zanger, percussionist als animator geweest, en had zijn grote doorbraak bij Johan Stollz gekend. Daarna had hij ook artiesten als Boogie Boy, Freddy Sunder, Willy Sommers, Connie Neefs en Helmut Lotti begeleid. Als bezieler van de Feestenprogrammering op het Laurentplein en de Toni Fakkel Award mocht hij genieten van een steeds groeiende populariteit en waardering.

Dille kende hem al lang, en Toni was onmiddellijk bereid geweest om zijn muzikale kompanen, onder wie zijn broer Patrick, op te trommelen om op het laatste moment in te vallen.

'Als er iemand dat kan, ben jij het', slijmde Dille, maar hij meende het ook. Toni Fakkel voelde zich gevleid door het aanbod en zegde toe nog voor ze het over de financiële kant hadden. Dit was voor hem een uitgelezen kans om aan het grote publiek te bewijzen dat hij meer kon dan alleen maar de oudjes op het Laurentplein vermaken.

Dille gaf het repertoire door dat de verschillende groepen wilden spelen. Toni Fakkel nam zijn Ackerman vulpen en noteerde alvast enkele namen van muzikanten die hij geschikt achtte voor deze job.

'Om het met een cliché zo groot als het Belfort te zeggen: het is een uitdaging', grinnikte Fakkel, die nu al de adrenaline door zijn lijf voelde jagen.

'Tegen wie zeg je het', lachte Dille. 'Al heb ik me al dikwijls afgevraagd waar ik aan begonnen ben. Net nu ik een rustig leventje heb, zonder zorgen en zonder druk. Ach, we maken onszelf wat wijs. We kunnen niet zonder het podium.'

'Bon, we zullen er maar eens invliegen, zeker', zei Fakkel, en hij begon meteen druk te telefoneren.

II

Hardnekkig bleef Helena aanbellen bij het vervallen huis in de Hans Martinstraße. Ze kon het weeë gevoel in haar maag maar niet onderdrukken.

'Doe toch open!' riep ze door de klep van de brievenbus, maar de nagalm in het lege huis klonk opvallend hol. Ze luisterde lang, maar hoorde niets.

Ze was kwaad op zichzelf. Het had ook te mooi geleken om waar te zijn. Een man van zuiderse afkomst had haar benaderd om een zending naar dit pand te brengen, en ze was onmiddellijk door de knieën gegaan.

Stom wicht, ze kon zichzelf wel voor het hoofd slaan. Ze kon er duizend euro mee verdienen, en de man had haar meegenomen naar een café waar ze tot de vroege uurtjes hadden zitten eten en drinken. En naar zijn praatjes luisteren, want die had hij voor twee. Daarna was in haar bed in de studio vlakbij het onvermijdelijke gebeurd.

Stom wicht, dat was nog zacht uitgedrukt. Ze kende niet eens zijn naam. Zijn handen hadden vlot de weg over haar lichaam gevonden, en haar doen kirren als nooit tevoren.

Ze had beter moeten weten. Vreemdelingen met een goddelijk lijf die zomaar uit de lucht komen vallen en niet alleen handenvol geld maar ook liefde brengen, zulke sprookjes bestaan niet. Waarom kon hij die kinderwagen zelf niet oppikken en naar dat pand brengen?

Heel even was ze in de verleiding gekomen om de kap van de kinderwagen los te maken, maar ze had het uiteindelijk niet gedaan, bang voor wat ze zou vinden. Stom wicht, inderdaad, stom in het kwadraat.

Toen ze het nieuws van het dodelijke salvo bij het museum op het nieuws zag, was ze beginnen te braken. Al de sensoren van haar intuïtie sloegen in het rood. Het kon niet anders dan dat hij ermee te maken had, dat wist ze wel heel zeker. Op dat vlak liet haar intuïtie haar nooit in de steek.

Ze bleef maar bellen, ook al wist ze dat niemand zou komen opendoen. Wat als hij er wel zou zijn? Ze had in zijn ogen gekeken, en wist dat hij een gevaarlijk roofdier was voor wie een mensenleven niet minder dan een vingerknip betekende. Dat besefte ze nu pas.

Ze vond het zelf erg dat ze vooral bleef bellen omdat ze hem miste, omdat ze naar hem verlangde.

Ze riep steeds luider in de brievenbus.

*

Toni Fakkel liet er zoals beloofd geen gras over groeien. Hij had meteen een afspraak gemaakt met Helmut Lotti, die de topact van de avond zou worden, al wist het publiek dat nog niet. De ster zat in de *Belleman,* waar het op dat ogenblik nog rustig was, in zijn koffie te roeren en haalde grijnslachend herinneringen op aan wat hij mees-muilend *de tijd van toen* noemde. Hij sprak gekuist ABN met een onmis-kenbaar Gents accent dat gaandeweg puur dialect werd.

'Weet ge nog, Toni, de eerste herinnering die ik aan u heb?'

Daar moest Toni Fakkel niet lang over nadenken. Hij had Lotti het verhaal al in de media horen vertellen, maar wilde het graag nog eens uit zijn mond horen.

'Dat groepke van u, Les Ombres, dat is echt *vree wijs.* Ik weet nog goed dat optreden waar gij als drummer ineens op bierfleskes een solo begon te geven. Was dat niet *Little B* van The Shadows? En werd die show niet gepresenteerd door Luc Appermont?'

Toni Fakkel glimlachte. Die show stond in zijn geheugen gegrift. Er waren wel meer verbanden tussen hem en de zanger. Zo had hij Lotti enkele jaren geleden omwille van zijn verdiensten voor de uit-straling van Gent de Toni Fakkel Award gegeven, en zijn vader was public relationsverantwoordelijke van de Gentse Opera geweest toen Lotti's grootvader Bart daar het bewind voerde. En net als Toni Fakkel had ook Helmuts vader Luc hotelschool gevolgd. Tenslotte had Toni net als zijn broer Patrick nog altijd de Nederlandse nationaliteit, en bestond de entourage van Lotti bijna volledig uit *Hollanders,* zoals hij het zelf graag plastisch uitdrukte.

'Dat is dus geregeld', ging de zanger verder. 'Gij begeleidt mij met uw groep, en het komt allemaal dik in orde. We gaan het Sint-Baafsplein platspelen verdorie! Wat Clouseau kan moeten wij ook kunnen.'

'We moeten dan natuurlijk wel weten wat ge allemaal gaat zingen', polste Fakkel. 'De tijd is kort om het allemaal in te studeren, maar we slaan er ons wel door.'

'Als er iemand dat kan, dan zijt gij het wel', slijmde Lotti, maar hij meende het. 'Ik wilde er graag een potpourri van maken, echte Gentse waterzooi zeg maar. Dus een beetje *Lotti goes classic*, wat van mijn Latijnse deuntjes, een paar Russische liedjes, een stukske Elvis en een paar van mijn Vlaamse plakkers.'

'En iets Gents toch ook, mag ik hopen.'

'Zonder mankeren', glunderde Lotti al vol voorpret. 'Ik ben mijn roots niet vergeten.'

'Gelijk toen in de Minard.' Fakkel herinnerde zich de show die ze tijdens de Gentse Feesten van een tiental jaar geleden in de vroegere burcht van Romain Deconinck met cabaretgezelschap Goe Weere gebracht hadden. Lotti zong toen liedjes in het Gents met Toni Fakkel als drummer.

'We gaan er kloppen op geven, Toni...'

*

Dat gebeurde ook tijdens de eerste dag van de Gentse Feesten, waar Theater Exces andermaal de prijs tijdens de openingsstoet won met een ludieke actie vol mime en vreemde creaturen.

De tribune met de eregasten stond nog meer in de belangstelling dan anders omdat schepen Sas van Rouveroij de namen van de *mystery* avond bekend zou maken.

Als een volleerde volksmenner wachtte de schepen tot hij zich van de volledige aandacht van de massa verzekerd wist en ontrolde toen plechtig een vel perkament. Hij sprak met vaste stem en gaf een lange inleiding om het belang van de Gentse Feesten in wat hij 'het weefsel van de schoonste Vlaamse stad' noemde, te onderstrepen.

De massa was duidelijk niet gekomen om naar lange toespraken te luisteren. Dat voelde de schepen perfect aan, en hij knipte met zijn vingers naar een van zijn medewerkers.

'Oké, Patrick, we gaan het geduld van de mensen niet langer op de proef stellen. Mag ik u bij dezen de affiche van onze speciale avond presenteren!'

Dramatisch tromgeroffel op het juiste ogenblik begeleidde de projectie van de namen op het Belfort. De namen stonden steeds groter volgens hun bekendheid:

Nie Neuten & Biezebaaze
The Vipers
Koen Crucke
Helmut Lotti

'Een beetje voorspelbaar', zuchtte een van de toeschouwers, maar hij kreeg prompt een por in de rug. Lang bleven de mensen niet staan, want op dat ogenblik werden de polsbandjes op het Sint-Baafsplein uitgedeeld.

George Bracke kon nog net op tijd opzij springen voor de kudde die kwam aangestormd met slechts één doel voor ogen, een toegangsbewijs voor wat de avond van het jaar beloofde te worden.

12

Een rug van gebarsten leem, de smaak van gemalen stro en korrelig grint in zijn mond. Elk spiertje in zijn lichaam was beurs, hij kreunde bij de minste beweging. Hoe had hij zich zo kunnen misdragen?

De nacht was lang geweest, veel te lang. Hij moest stromen onschuldig bloed zien te vergeten. Dat werd er vreemd genoeg niet gemakkelijker op, al had hij het tegendeel gedacht.

Farouk probeerde zijn haperende blik scherp te stellen. Tevergeefs. Alles draaide voor zijn ogen. Hij zag wazig. Rode vlekken dansten in weelderig blauw, doorbroken door heen en weer zwiepende zwarte stippen.

Waarom had hij ook zoveel gedronken? Hij had voor de zoveelste keer ondervonden dat hij geen drank verdroeg, en hij overtrad er een heilig gebod mee.

Hij kon dat ene kind maar niet vergeten. Een jongetje van een jaar of zeven, hij had er thuis ook zo eentje rondlopen uit een vorige relatie. Mager en spichtig, maar o zo taai. Een kereltje dat van wanten wist en al besefte wat er in de wereld te koop was. Hij had aan de hand van een oude man gelopen, allicht zijn grootvader. Opgewonden keuvelend over de uitstap naar *Phantasialand* die voor het weekend gepland stond, samen met de andere neefjes en nichtjes.

Farouk had slechts even geaarzeld voor zijn wijsvinger zich kordaat rond de trekker kromde. Bij elke revolutie vielen onschuldige slachtoffers, daar viel niet aan te ontkomen.

Elke ziel zal de dood ondergaan. En voorzeker zal u op de Dag der Opstanding uw beloning ten volle worden uitbetaald. Wie daarom van het Vuur wordt verwijderd en de Hemel binnengelaten, heeft inderdaad zijn doel bereikt.

Hij wist dat hij eigenlijk moest slapen, om krachten op te doen voor de volgende opdracht die hij binnenkort van de commandant zou krijgen.

Het jongetje bleef maar voor zijn ogen dansen, ook al kneep hij ze stijf dicht. Onbezorgd lachend, zich van geen kwaad bewust. In gedachten al gillend op de rollercoaster.

Er niet meer aan denken, het was voorbij. Zijn hand tastte automatisch naar de dikke buikfles die in een bundel riet was gedraaid. De goedkoopste drank uit de nachtwinkel, meer wilde hij niet uitgeven. Geld had hij nochtans in overvloed meegekregen, want het was van groot belang dat hij tijdens zijn missies zelf geen contact met de commandant of de buitenwereld opnam. Hij moest zich gedeisd houden om vanuit de anonimiteit in volle kracht te kunnen toeslaan.

Het duiveltje stak soms de kop op, en daar schaamde hij zich achteraf over. Hij had een bescheiden bundeltje biljetten ontvreemd uit de handtas van Helena toen hij haar op haar kamertje met de overgave een betere zaak waardig had liggen likken, en hij kon haar intieme geur nog altijd ruiken als hij zijn ogen sloot. Niet dat hij het geld nodig had, maar het gaf hem een kick haar te bestelen.

Helena, gek, hij had het moeilijk om haar uit zijn hoofd te zetten. Ze leek in niets op zijn verloofde, integendeel. Was het misschien daarom dat ze hem zo intrigeerde?

De commandant had amoureuze escapades streng verboden en er de nadruk op gelegd dat hij zich tijdens de operaties onzichtbaar moest houden, maar diep in zijn binnenste brandde het sluimerende vlammetje van de opstand. Niemand zou hem de les spellen, zelfs de commandant niet.

Heel even kreeg hij een onbestemd gevoel in zijn maag, maar lang niet genoeg om van twijfel te kunnen spreken. En Helena, ach, niemand was perfect. Als hij pro en contra tegen elkaar afwoog, kwam ze nog niet in de buurt van zijn verloofde.

Het was afwachten wat de volgende opdracht zou zijn. Het speet hem dat hij afstand had moeten doen van zijn wapens, die door een koerier weer waren opgehaald om ergens anders ingezet te worden of gewoon om ze in omloop te houden, want de organisatie hield van mobiliteit. Zelf sliep hij nooit tweemaal in hetzelfde huis, en ook het materiaal werd geregeld verhuisd. Hij wilde liever niet aan de praktische organisatie van zijn missies denken, daar kreeg hij alleen maar hoofdpijn van. Harde actie, daar leefde hij voor en hij keek al uit naar de volgende opdracht.

*

Berker Kerim besloot na enig aarzelen op stap te gaan met zijn neef
Ayhan, die hem trots aan een eindeloze reeks verre familieleden
wilde voorstellen.

'Waarom kom je ook niet hier wonen?' probeerde Ayhan. 'In Ana-
tolië is er geen toekomst voor ons weggelegd. Hier heb je tenminste
alle dagen eten, een dak boven je hoofd, ziekteverzekering, een pensioen op je oude dag en kun je vooruitkomen in het leven.'

Kerim glimlachte, zij het niet van harte. Emigreren was het laatste waar hij aan dacht. Hij had nu een goede betrekking, en de streek
begon na eeuwen armoede eindelijk aan een voorzichtige opleving.

'Toch maar niet, het bevalt me prima thuis. Hoe zou je trouwens
een verblijfsvergunning versieren voor me?'

'Daar vinden we wel wat op', klonk Ayhan gewichtig. 'Je zou altijd
van je vrouw kunnen scheiden en met mijn jongste zusje trouwen,
dan krijg je meteen je papieren. Na twee jaar scheid je van haar en
trouw je weer met je vrouw. Makkelijk zat, zo hebben we al heel wat
mensen legaal het land binnengehaald.'

Kerim besefte dat zijn neef het meende. Hij wilde Ayhans gevoelens niet kwetsen en deed alsof hij ernstig over het voorstel nadacht.

'Alvast bedankt voor het aanbod. Ik zal er een nachtje over slapen.'

Ayhan straalde, want ze waren bij zijn grootmoeder aangekomen
en hij wist dat de stokoude vrouw opleefde telkens als ze iemand uit
haar geboortestreek kon ontmoeten. Ze was niet meer helemaal bij
haar verstand en kwam haar bed niet meer uit.

Berker Kerim haalde diep adem. Zijn dorpelingen hadden hem
gewaarschuwd voor Güley, die de reputatie had een halve heks te zijn.
Haar zoon Ali had haar met zijn kleinzonen Ayhan en Yunus tijdens
de eerste immigratiegolf in de jaren zeventig mee naar West-Europa
gesmokkeld omdat hij haar niet alleen wilde achterlaten, maar ze
ging er prat op al die tijd niet één woord van een andere taal dan het
Turks geleerd te hebben.

Over haar deden verhalen de ronde over mysterieuze kruidendrankjes en allerlei vreemde rituelen die ze 's nachts uitvoerde om mensen te bezweren. Maagden met liefdesverdriet kwamen haar een middeltje vragen om in de drank van hun kandidaat-geliefden te doen in de hoop ze in hun netten te kunnen strikken.

'Ze zal wat blij zijn je te zien', zei Ayhan enthousiast. 'Of vooral te horen, want ze ziet niet meer zo goed. Ze is al drie keer door de dokter bijna dood verklaard, maar blijkbaar is haar tijd nog niet gekomen.'

Berker Kerim deed zijn best om begripvol te knikken. Hij had weinig zin om de beruchte toverkol te ontmoeten, maar het zou een belediging zijn om terug te krabbelen. Het intrigeerde hem ook wel om met haar kennis te maken, al was het maar om te zien of al de praatjes over haar klopten.

Ayhan ging zonder te kloppen naar binnen. De kinderen van Güley hadden haar gewoonte om de deur nooit op slot te doen overgenomen. Yunus, bij wie ze inwoonde, had niet eens een sleutel van de voordeur.

Met duidelijke tegenzin volgde Kerim zijn neef naar binnen. Hij verwachtte het klassieke interieur met de neptapijten en het lage tafeltje om aan te zitten, maar was aangenaam verrast. In de eetkamer stond een imposante tafel met antieke stoelen, en een echt lederen bankstel vervolledigde het al bij al behoorlijk smaakvolle interieur.

Een tweeling van een jaar of negen zat gehypnotiseerd naar Cartoon Network te staren. Ze keken amper op, ook niet toen hun vader de bezoeker uit het verre thuisland wilde voorstellen. Turkije was voor hen letterlijk ver van hun bed, ze konden zich hooguit een voorstelling van een warm vakantieland maken. Murat en Dilek waren behoorlijk aangepast, en de Gameboyspelletjes op de kast verrieden dat ze net als alle andere jongens vooral van zinloos geweld hielden.

Yunus wilde zijn kinderen dwingen de gast beleefd te verwelkomen, maar Kerim wuifde dat het voor hem niet hoefde. Het zou toch niets uithalen, want ze staarden naar het flikkerende scherm als konijnen naar een lichtbak, net voor het fatale schot.

'Geeft niets, hoor. Maak je maar geen illusies. Bij ons is het in het dorp met de komst van de satelliettelevisie net hetzelfde. Ze kunnen de klok rond televisie kijken.'

Kerim had een gevoelig punt aangeraakt. Yunus stak een hele tirade af over de verderfelijkheid van de westerse televisie, maar het was duidelijk niet van harte. Intussen zat hij zelf met een half oog te kijken naar de avonturen van Woody Woodpecker en lachte hartelijk met zijn kinderen mee toen de specht een enorm rotsblok op zijn kop kreeg. Pas toen de cartoon afgelopen was, besteedde Yunus weer aandacht aan zijn bezoekers.

'Waar is mijn gastvrijheid gebleven! Latiçe, thee voor onze gasten!'

Hij klapte in zijn handen, maar blijkbaar was zijn echtgenote niet meer zo volgzaam als vroeger. Het duurde even voor ze met duidelijke tegenzin haar imposante achterwerk uit de fauteuil ophief. Dat was ze van plan, maar even snel zakte ze weer neer. De helpende handen van haar zoontjes waren nodig om haar overeind te helpen.

Geamuseerd bekeek Berker Kerim het tafereel. Latiçe deed hem denken aan zijn eigen moeder, die als een ranke riet het huwelijk was ingegaan maar zich gauw had laten gaan. De eenzijdige en ongezonde voeding had snel zijn tol geëist met het gemiddelde van twee extra kilo's per jaar, vooral rond de heupen.

Het Turks fruit en de onvermijdelijke noga werden rijkelijk aangesleept, en algauw zat iedereen te kauwen.

Zoals hij had kunnen voorspellen, was de thee mierzoet. Hij wrong zijn gezicht in de juiste plooi en deed alsof het erg lekker was.

Pas drie grote mokken met aan het verhemelte klevende vloeistof later dacht Ayhan weer aan zijn grootmoeder.

Glimlachend volgde Berker Kerim hem de steile trap op, maar zijn glimlach was een façade die ternauwernood kon verbergen dat hij er op dat ogenblik hartstochtelijk naar verlangde om ergens anders te zijn.

Op de trap maakte Ayhan luidruchtig flauwe grapjes over zijn zusje Seble, dat de hele tijd naar Berker Kerim had zitten lonken en waarschijnlijk hun huwelijk al aan het voorbereiden was, maar boven gebaarde hij zijn neef stil te zijn.

'Misschien slaapt ze, en ik wil haar niet aan het schrikken brengen.'

Daar kon Berker Kerim alleen maar respect voor opbrengen. Eerbied voor de wijsheid van ouderen droeg ook hij hoog in het vaandel.

Ayhan piepte voorzichtig door een kier van de slaapkamerdeur. Ze was blijkbaar wakker, want hij lachte zijn slecht onderhouden gebit bloot. Jaren van overdreven zoete gerechten hadden ook bij hem hun sporen nagelaten. Hij wuifde voorzichtig in de richting van het bed.

Een van de tweelingbroers glipte mee naar binnen. Murat, gokte Berker Kerim. Ayhan wenkte hem met een zacht handgebaar mee de slaapkamer in.

'Moemoe, mag ik je iemand uit het thuisland voorstellen', grijnsde Ayhan. Hij zou toch echt iets aan zijn tanden moeten doen, dacht Berker Kerim. Dit moest dus het beschaafde westen voorstellen. Thuis beschikten ze misschien niet over zoveel luxe, iedereen was wel van de noodzaak van mondhygiëne overtuigd.

Ook was het hem tijdens zijn korte verblijf in dit vreemde land opgevallen dat zijn Turks veel beter was dan dat van zijn uitgeweken landgenoten. De zoon van zijn buren was intussen professor Turkse talen aan de universiteit van Ankara. Daar ging men om het Turks van de vroegere generaties te bestuderen naar landen met veel gastarbeiders. Die bleven de taal van hun ouders hardnekkig spreken terwijl het Turks in Turkije tot een moderne taal was geëvolueerd.

'Waar blijft hij toch?' hoorde hij een zwakke stem in het oude dialect van zijn dorp zeggen. 'Kom hier, dat ik je zie.' Haar bevende maar toch scherpe stem klonk klagend en ging door merg en been.

Berker Kerim besloot een grote entree te maken om het oudje te plezieren. Hij wandelde de kamer in, recht in het schijnsel van het zwakke peerlampje dat heen en weer zwiepte.

De vrouw in het bed kneep haar ogen half dicht om hem beter te kunnen zien. Haar kleinzoon hielp haar bij de schouders half overeind. Ook Murat kwam een handje helpen.

De gelaatsuitdrukking van Güley liet ineens opperste afschuw zien. Haar mond ging wijd open, en haar kaakspieren wrongen zich in vreemde bochten.

'Lanet!' schreeuwde ze, zo luid had ze in geen jaren meer geroepen.

'Lanet!' zei Murat haar na, en hij vertaalde automatisch. 'De vloek!'

Een luide, vanuit de diepte opstijgende reutel ontsnapte uit Güleys kwabbige keel. Ze viel slap neer op het bed, haar ogen wijd opengesperd. Murat begon zenuwachtig te lachen, tot zijn vader hem een klap in het gezicht gaf.

13

In het *Vosken* gebeurde iets historisch maar er was helaas geen reporter aanwezig om het te noteren: Dille zat al een kwartier wezenloos voor zich uit te staren zonder iets te zeggen. Wie de travestiekoning niet kende en hem voor het eerst zag, zou gezworen hebben met een zwakzinnige te doen te hebben. De diepe denkrimpels in zijn voorhoofd ontspanden zich enkel wanneer hij een trekje van zijn long size sigaret of een slokje Bacardi-cola nam. Het papier dat voor hem op tafel lag, bleef leeg, en hij dacht diep na.

De ober die na een vingerknip met een drankje kwam aandraven bleef even besluiteloos staan. Een paar jaar geleden was hij na een voorstelling in het voormalige NTG[9] in het bijzijn van de voltallige cast door Dille behoorlijk geschoffeerd omdat hij bij de bestelling een watertje voor de hoofdactrice vergat. De ober had zich de berisping zo aangetrokken dat hij drie weken van de kaart was geweest.

Dille keek verbaasd op toen een warme, aangenaam aanvoelende hand zijn schouder aanraakte.

'Stoor ik?'

Hij had al een smerige repliek in de mond die stamde uit de tijd dat hij in Antwerpen zelf in de vitrine zat, maar hij hield zich in. Net op tijd, want hij herkende burgemeester Frank Beke, die hem een van zijn beroemde ietwat zurige glimlachjes schonk.

'Jij nooit, Frank.'

Dille genoot ervan zo familiair met de eerste burger van de stad om te gaan. Beke was trouwens niet het type dat van toeters en bellen hield. Zeker nu zijn carrière in sneltreinvaart de pensioensgerechtigde leeftijd naderde en hij zich over zijn toekomst bezon. Hij woonde boven de whiskyclub van Bob Minnekeer op het Sint-Baafsplein en was vastbesloten daar wat vaker binnen te wippen. Whisky kon een mooie hobby worden voor iemand met zijn standing.

9 Nederlands Toneel Gent.

'Het is me wat met die show', zei de burgemeester, om het gesprek niet te laten stilvallen voor het goed en wel begonnen was.

'Waar zijn mijn manieren!' Dille was eensklaps weer zijn theatrale zelf. 'Kom er toch bij zitten, Frank!'

'Als ik echt niet stoor!' grijnsde Beke, met de stoel al in zijn hand. Hij wilde iets zeggen, maar Dille legde hem eenvoudig het zwijgen op met zijn wijsvinger teder op zijn lippen. Hij luisterde met gesloten ogen naar de aria *Chi s'avanza?* van Verdi die Maria Callas op de achtergrond zong.

Beke herkende de muziek meteen en besefte dat hij tegen Verdi niet op kon. Gelukkig was het een korte aria, al bleef Dille nog even verder mijmeren.

De burgemeester zat er ongemakkelijk bij. Hij kende het temperament van Dille maar al te goed en had geen zin in een publieke uitbarsting. Met Dille wist je nooit waar je aan toe was, dat had hij zelf aan den lijve ondervonden. Hij bestelde thee en dacht aan de aanvaringen uit het verleden, de tijd dat de travestiester zichzelf nog wilde bewijzen.

Beke hield een redevoering in een buurtcentrum over een probleem met de vuilnisophaling. Dille had hem om de haverklap onderbroken, waarbij hij de lachers op zijn hand had. De door de wol geverfde burgemeester was beginnen te stotteren en had het spreekgestoelte na een verwarde afscheidsgroet met een rood hoofd verlaten.

Gelukkig leek het enfant terrible zijn wilde haren kwijt, en hij trad zelfs al een paar jaar als Sinterklaas op voor de Stad Gent.

Beke vond het moment geschikt om weer iets te zeggen. Hij zei het eerste het beste wat hem te binnen schoot. Dat deed hij doorgaans nooit, hij hield ervan zijn woorden zorgvuldig te wikken en wegen.

'Geen zenuwen om met al die vedetten samen te werken? Die sterren hebben niet altijd een gemakkelijk karakter. Stuk voor stuk Gentenaars die het intussen gemaakt hebben, de ene al wat meer dan de andere.'

'Gaat wel', zei Dille met een uitgestreken gezicht, maar Beke zag dat zijn handen zweetten. 'Wie zegt trouwens dat ik een gemakkelijk karakter heb? Om met mijn voeten te spelen zullen ze toch wat vroeger moeten opstaan.'

'Dat geloof ik ook', knikte Frank Beke. Hij zou het niemand aanraden om te proberen met Dilles voeten te spelen, dat kon alleen maar faliekant aflopen.

'Er komt heel wat bij kijken.' Dille klonk opmerkelijk openhartig. 'Maar ik mag zeker niet klagen van de Stad Gent. Dat is vroeger wel anders geweest.'

Beke besloot zich niet tot een polemiek over het verleden te laten verleiden. Anders zat hij dadelijk toch weer te discussiëren, en daar had hij nu geen zin in. Tegen Dille kon je in een discussie toch nooit je gelijk halen, dat had hij al meer dan één keer ondervonden.

'Ik heb gehoord dat je half artistiek Gent op het podium gaat brengen?'

Dille grijnsde zoals alleen hij dat kon.

'Ik heb mij inderdaad niet ingehouden, zoals ook de opdracht was. De mensen zullen achteraf niet kunnen zeggen dat wij in Gent geen artiesten hebben.'

De burgemeester knikte tevreden.

'Nu, dan stap ik maar eens op. Veel succes ermee. Ik kom zeker kijken.'

'Alleen maar kijken? Voor de grote finale verwacht ik je op het podium.'

Daar fleurde Beke van op. Niet dat hij zo publieksgeil was, zeker niet nu zijn politieke carrière er bijna op zat, maar het was alvast een mooie erkenning voor zijn werk.

Dille keek de burgemeester hoofdschuddend na. Nog een prominente figuur erbij, hij voelde de druk met de minuut stijgen. Waarom had hij ook toegezegd om aan dit project mee te werken, net nu hij van plan was geweest om zich in de anonimiteit terug te trekken? Het aanbod had zijn ego gestreeld, om van de bom centen die hij ervoor kreeg, maar te zwijgen.

'Ricky, nog een Bacardi-cola met nootjes graag. En neem zelf ook iets, schat.'

De ober keek vreemd op. Hij dacht even dat hij het in Keulen hoorde donderen.

*

Vanuit haar comfortabele kantoor vier hoog had Annemie een adembenemend uitzicht op de binnenstad dat ze nog steeds niet beu was. Vaak was ze als eerste aanwezig en kon ze de bedrijvigheid van het drukke dagelijkse leven op gang zien komen.

Ze hield van het gevoel om al aardig wat werk verzet te hebben op een moment dat anderen er nog aan moesten beginnen, al besefte ze dat ze niet mocht overdrijven. Zeker, de kinderen werden al wat ouder en zelfstandiger, maar ze stonden erop de kostbare vrije tijd die ze hadden, ook samen door te brengen.

Deze lome, wat landerige dag was ideaal om wat weg te dromen. Alle berichten die de pers zouden kunnen interesseren waren de deur uit, en het was weinig waarschijnlijk dat ze uit die reeks trivialiteiten iets zouden oppikken.

Een paar gestolen fietsen, een handtassendiefstal in de Veldstraat, twee illegale Afrikanen die de stamboompoes van een oude vrouw uit een boom hadden gered, meer dan een vermelding in de regionale bladzijden zou het vast niet opleveren, of het moest zijn dat een gretige medewerker er zijn tanden in wilde zetten.

Net voor de Feesten leek de stad ingedut, en heel wat redacties draaiden in deze vakantieperiode op halve kracht of stuurden gretige stagiairs op pad die op zoek gingen naar opmerkelijke verhalen.

Ze had zich een uurtje met archiveringswerk kunnen bezighouden, en de dagelijkse briefing met chef Van Aken was ook al achter de rug.

De telefoon ging. Gelukkig. Ze begon zich te vervelen, en de voormiddag was nog niet eens half om.

'Ma? Geen zin om straks wat te gaan shoppen?'

'Je komt als geroepen, Julie', zei Annemie gemeend. 'Weet je wat, ik heb hier nog een uurtje werk, we zien elkaar straks in de *Mokabon*.'

Dat verdomde plichtsbesef ook altijd. Ze vervloekte er zichzelf om, want niemand zou haar scheef bekijken als ze meteen naar het koffiehuis vertrok. Ze klopte tijdens het jaar genoeg extra uren om er op rustige dagen als deze ongestoord tussenuit te knijpen.

Maar daar wilde ze niet aan toegeven. Ze dwong zichzelf om de stomme perstekst over een congres voor politietechnieken dat in het najaar in het ICC zou plaatsvinden af te werken, ook al lag daar niemand wakker van. Anders zou de koffie haar niet smaken.

14

Wat zich ook in de hemelen en op de aarde bevindt, verheerlijkt Allah; Hij is de Almachtige, de Alwijze.

O gij die gelooft, waarom zegt gij hetgeen gij niet doet? Het is afkeurenswaardig bij Allah dat gij zegt hetgeen gij niet doet.

Voorzeker, Allah heeft diegenen lief die ter wille van Hem strijden in geordende gelederen, alsof zij een hechte muur vormen.

Voor de zoveelste keer herlas Farouk de eerste vier verzen van As-Saff (De Strijdplaats), het 61ste hoofdstuk uit het Heilige Boek. Deze woorden leken wel voor hem geschreven. Hij wist dat hij niet de enige strijder voor de goede zaak was, maar de commandant waakte er nauwlettend over dat ze elkaar niet ontmoetten. Verdeel en heers, een oude tactiek die nu nog vruchten afwierp.

Het was niet aan Farouk om de capaciteiten van zijn overste in twijfel te trekken. Als kind had hij al beseft dat hij voor grootse dingen voorbestemd was. Wellicht voelde zijn moeder dat ook zo aan, want ze had geprobeerd hem van de buitenwereld te isoleren. In het plaatselijke schooltje had hij leren schrijven en kreeg hij elke dag twee uur les over de Koran; volgens zijn ouders genoeg bagage om het ruwe leven in het bergdorp door te komen.

Hij werd sommige nachten badend in het zweet wakker, met de smaak van de schapenstal waarin ze hadden gewoond, op zijn lippen. Ver weg in de bergen, ingedut in dat suffe dorp. Het was lange tijd zijn taak geweest om de keutels van de dieren te verzamelen en op de hoogste rotsen te drogen te leggen. In de winter was dat een geschikte brandstof om de koele spelonken mee te verwarmen. Het had hem elke dag uren gekost om de uitgedroogde mestkoeken te verzamelen, en hij kon zich de doordringende geur zo voor de geest halen.

Op zijn vijftiende verjaardag had hij er genoeg van en zonder iemand op de hoogte te brengen was hij van huis weggelopen. Hij had zich bij een handelskaravaan aangesloten die één keer om de twee jaar de streek doorkruiste, ze konden een paar extra handen wel gebruiken. Hij stelde geen eisen en toonde zich snel tevreden met twee karige maaltijden per dag en een kruik water. Wat nog altijd meer was dan hij thuis had gekregen.

Hij schrok op uit zijn gedachten toen volgens het afgesproken sein stil tegen het venster werd getikt. Tweemaal kort, driemaal lang, en dan nog eens net omgekeerd. Hij wachtte geduldig tien tellen, zoals hem was ingeprent, en opende dan de voordeur op een kier.

De man die soepel naar binnen gleed was voor hem een onbekende, maar dat hoorde ook zo. Ze zouden niet meer woorden wisselen dan strikt noodzakelijk om hun missie uit te voeren. Ze vermeden het zelfs om elkaar aan te kijken. Hoe minder ze van elkaar wisten hoe beter als ze in de handen van de vijand zouden vallen. Hij hoefde zijn gezicht niet te zien, zo kon hij het later in de martelkamers van de politie ook niet beschrijven, zelfs niet als hij dat zou willen.

Ismail koos een hoek van de kamer uit om zijn spullen neer te gooien. Hij installeerde zich op de sofa en begon een motortijdschrift te lezen. Geen van beiden deed een poging om een conversatie op gang te brengen.

Zo brachten ze de dag in volledige stilte door. Slechts één keer werden ze in hun rust onderbroken door een telefoontje van de commandant. Kort gaf hij zijn bevelen voor de volgende dag door.

Ismail noteerde zonder vragen te stellen, verbrak de verbinding en gaf het papier aan Farouk door. In de hiërarchie van de organisatie stond Ismail boven hem, maar daar had hij het niet moeilijk mee. Zijn tijd om een eigen cel te leiden zou nog wel komen, als bleek dat hij zijn taken naar behoren uitvoerde.

Farouk besloot vandaag niet naar zijn verloofde te bellen. Ze werd hem wat te opdringerig, met haar eeuwige geleuter over hoe ze hem miste en dat gegrien om haar gestorven grootmoeder. Hij had geen zin om mee te werken in de olijfbomenplantage, daar werd hij binnen de kortste keren gek. Hij had wel wat anders te doen.

*

De familie Bracke had het avondmaal achter de rug en zat op het terras nog wat na te tafelen. George Bracke had een longdrinkglas vol ijsblokjes en Jameson voor zich staan, het beste wat je op een zwoele avond kon drinken. Zoveel water aan een maltwhisky toevoegen zou zonde zijn, maar deze zachte en soepele blended whiskey was daar perfect voor. Inderdaad, whiskey met een -e-, dat wisten zijn kinderen al toen ze nog in de lagere school zaten. Met -e- in Ierse whiskey, zonder in Schotse whisky.

De werkdag was gewoon druk geweest zonder uitschieters, zoals dat van een klassieke eerste Gentse Feestendag mocht verwacht worden. In de feeststoet had Dille met zijn orkest het publiek geamuseerd, de prominenten op de eretribune moesten zijn schimpschoten op hun culturele beleid lijdzaam ondergaan.

Tijdens deze tiendaagse voerde de politie een maximaal tolerantiebeleid met uiterste waakzaamheid, zoals de burgemeester het tijdens de klassieke dagelijkse persconferentie had aangekondigd. Iets wat de volgende dag ook de kop in *De Gentenaar* zou zijn, want journalist Karel van Keymeulen had een neus voor spitse uitspraken.

Op het tafeltje lagen wat papieren voor Annemie uitgespreid. Ze kon nog altijd moeilijk thuis afstand van het werk nemen, volgens de drogredenering dat wat ze vandaag al deed morgen niet meer moest gebeuren. Ze vergat gemakshalve dat de vrijgekomen tijd wel weer door een ander klusje werd ingevuld.

Jonas maakte van het frisse avondwindje gebruik om nog wat vrijworpen te oefenen. Hij vertrok de week na de Feesten met zijn ploegmakkers van Gentson op basketstage in Frankrijk. In een jaar tijd was hij veertien centimeter gegroeid, en alles wees erop dat ze over een paar jaar een dubbele meter in huis zouden hebben.

Julie zat al een half uur aan de telefoon met een van haar vriendinnen te kletsen. Sinds telefoonoperator Telenet het bellen naar een vast toestel gratis had gemaakt, was er geen rem meer om per telefoon hartsgeheimen uit te wisselen, al woonden ze maar enkele huizen van elkaar.

Jorg belde stoer met zijn mobieltje naar zijn liefje en zag er heel ernstig uit. Hij had het voorbije jaar een onverwachte metamorfose ondergaan waar ze alleen maar blij konden om zijn, want hij was altijd het zorgenkindje van de familie geweest. Op een bepaald moment was wegens zijn onhandelbare gedrag zelfs even geopperd hem in een instelling te plaatsen, maar nu gold hij in de klas als een toonbeeld van ijver en goede wil. Over al die dingen mijmerde George Bracke. Hij zag dat zijn glas ongemerkt leeg was geraakt. Hij slofte op zijn pantoffels naar de diepvriezer in de garage om een nieuwe lading ijs en zag een schim in een van de struiken wegduiken.

Prompt veranderde de gezapige burger in een alerte panter. Zijn zintuigen stonden ondanks de drank meteen op scherp. Zonder geluid te maken sloop hij naar de acaciastruik die in volle bloei stond. Hij herademde toen hij een meisje van een jaar of twintig ineengedoken zag zitten.

'Eh, juffrouw...'

Jessie keek met grote, angstige ogen op. Bracke wist dat hij haar al eens gezien had, maar kon zich niet meteen herinneren waar.

'Kan ik iets voor u doen?'

'Is Jorg thuis?' vroeg Jessie met een snik in haar stem.

'Dit is privéterrein. Mag ik u vragen wat u hier doet, juffrouw? En wie bent u?'

Jessie had zich al te lang groot proberen te houden. Ze barstte in snikken uit. Toen klonk onder de struiken ook het gehuil van een baby.

Jessie nam Sarre uit de Maxi Cosy in haar armen en probeerde het kind te troosten.

Bracke was sprakeloos. Hij belandde niet vaak in dit soort situaties, zeker niet bij hem thuis.

'Eh, kom maar mee.'

Annemie liet van verbazing haar glas rode wijn vallen toen ze de stoet naar het terras zag trekken. Bracke voorop met zijn nog steeds lege glas in de hand, gevolgd door een huilend meisje met een baby. Dan Jorg, die meteen zijn gesprek afbrak en het meisje tegemoet liep.

'Jessie! Wat doe jij hier?'

Ze plofte de baby in de handen van Annemie, die verbouwereerd naar het huilende jongetje keek, en drukte zich tegen de borst van

Jorg. Hij maakte achter haar rug hulpeloze gebaren naar zijn moeder, die het tafereel geamuseerd gadesloeg. Haar zoon als redder van de verdrukten, de wonderen waren de wereld nog niet uit.

Ook Jonas en Julie kwamen nieuwsgierig kijken wat al die herrie in de tuin te betekenen had. Jessie was het middelpunt van de belangstelling, en dat maakte haar er niet kalmer op.

Bracke haalde een glas water zoals hij dat zo vaak in films had zien doen, maar ze wimpelde het af.

'Nee, bedankt, meneer Bracke. Sorry dat ik zo kom binnenvallen.'

Pas nu herkende Bracke haar.

'Jij bent toch dat meisje uit dat kraakpand aan de Gasmeterlaan? Naast de Dienst Feestelijkheden?'

Ze knikte en nam nu toch het glas water, dat ze in twee grote slokken leegdronk.

'Ik was dat meisje. Het is grondig misgegaan. Ik heb ruzie gehad met Cliff.'

'Dat is zo een beetje de leider', verduidelijkte Jorg ongevraagd.

'Zo, jij kent dat fameuze heerschap ook?' Bracke fronste zijn wenkbrauwen.

'Ik ben daar al een paar keer langsgefietst.' Jorg wreef over zijn kin, waar enige aarzelende baardstoppels doorkwamen. 'Tenslotte doen die krakers niemand kwaad.'

'We hebben gevochten, en ik ben weggelopen. Maar nu is hij op zoek naar mij, en ik heb gehoord dat hij razend is. En geloof me, dan wil je niet in zijn buurt zijn.'

'Het beste wat je kunt doen is klacht indienen tegen die kerel', zei Bracke.

'Nee, vooral geen politie.' Jessie zwaaide met haar handen. Toen besefte ze hoe belachelijk het klonk. Ze kon er zelf om lachen, en dat nam de spanning wat weg.

'Zouden we niet met zijn allen rustig gaan zitten?' vroeg Annemie. Ze droeg Sarre nog steeds in haar armen en had zijn gezichtje schoongemaakt. 'Heb jij vandaag al gegeten, Jessie?'

Jessie schudde aarzelend haar hoofd.

'Ik heb de wenk begrepen', zei Bracke, die fluitend naar de keuken verdween. In deze familie zou hij nooit de gelegenheid hebben zich te vervelen.

Intussen was Jessie gekalmeerd. Ze kon zelfs lachen om Jonas, die gekke bekken naar de baby trok. Sarre lachte terug, en dat deed hij zelden bij vreemden.

Bracke maakte snel een koude schotel met maatjes en raketsla klaar. Jessie viel als een hongerige wolf aan en at ook het halve Frans brood helemaal op.

Annemie warmde in de magnetron een papflesje op voor Sarre, die het gelukzalig leegsabbelde.

'Nog wat?' vroeg de commissaris. Jessie haalde haar schouders op, maar haar ogen schreeuwden het uit dat ze nog honger had. Bracke liep terug naar de keuken, weer sloffend, nippend van zijn ijswhiskey. Hij floot een wijsje van Helmut Lotti, hij kreeg het maar niet uit zijn hoofd. Hij keek uit naar het optreden van de zanger op het Sint-Baafsplein, waarbij iedereen met enige naam aanwezig zou zijn.

Jessie praatte met Annemie over koetjes en kalfjes. Over hoe moeilijk het was om als jonge alleenstaande moeder de eindjes aan elkaar te knopen bijvoorbeeld, zeker als je geen werk of dak boven het hoofd had. Annemie fronste haar wenkbrauwen. Ze kon zich met de beste wil van de wereld niet voorstellen dat haar dochter ooit met een kind door de straten zou moeten zwerven.

Daar kwam Bracke al met een tweede goed gevuld bordje aandraven. 'Aanvallen, meid!'

Jessie liet het zich geen twee keer zeggen. Ze had haar schroom helemaal overwonnen en at alles keurig op. Ook het brood verdween volledig.

'Zo, nu kan er echt geen hap meer bij', pufte ze. 'Jullie zijn erg bedankt, hoor. Maar ik zal jullie niet langer ophouden. Ik kwam alleen maar even langs omdat ik Jorg wilde zien. Die is altijd al vriendelijk voor me geweest.'

Annemie keek haar echtgenoot vragend aan. Hij knikte, nauwelijks merkbaar.

Jessie wilde opstaan, maar Annemie legde haar hand op die van het meisje.

'Heb je een slaapplaats voor de nacht?'

'Ik vind wel iets', zei Jessie stoer. 'Ik heb in de stad enkele goede vriendinnen wonen. Daar kan ik in noodgevallen zeker terecht.'

'We hebben liever dat je vannacht hier blijft', zei Annemie op een toon die geen tegenspraak duldde. 'Het is voorbij middernacht, en ik laat je met je baby niet alleen op straat lopen. Je kunt in de logeerkamer slapen.'

'Dat is echt niet nodig', zei Jessie, maar haar lichaamstaal drukte het tegenovergestelde uit. Ze zuchtte diep.

'Je hebt gehoord wat de chef zei', lachte Bracke. 'Tegenstribbelen is zinloos, meid. Trouwens, met die Cliff die naar je op zoek is, ben je op je eentje niet veilig. Help me even zijn signalement te maken, dan kan ik het aan de fieldploegen doorgeven.'

'Ik ga intussen het bed opmaken', zei Annemie. 'Op zolder staat ook nog een kinderbedje.'

Het was al voorbij twee uur toen Jessie in de logeerkamer eindelijk de slaap kon vatten. Voor het eerst sinds lange tijd voelde ze zich weer een beetje gelukkig. Jammer toch dat Jorg al een vriendin had, maar, zo meende ze, hij was toch te hoog gegrepen voor haar.

*

De kick die door de spieren van zijn pezige lijf joeg was te vergelijken met de adrenalinestoot in het opleidingskamp toen hij geblinddoekt uit het zweefvliegtuig sprong. Tijdens die test had Farouk van schrik in zijn broek gescheten, zo aangrijpend was de ervaring geweest. Ze hadden allemaal met een blinddoek om in het vliegtuig moeten stappen, kregen een valscherm omgegord en hun handen werden op hun rug gebonden.

De opdracht van de commandant was duidelijk. Ze moesten tijdens de val hardop tot twintig tellen en intussen proberen hun samengebonden handen onder hun voeten door te schuiven zodat ze

aan het touwtje vooraan op hun borst konden. Ze mochten, zo benadrukte de commandant, pas na twintig seconden het valscherm openen, en geen ogenblik vroeger. Hijzelf zou beneden hun prestaties
beoordelen.

Toen hij uit het vliegtuig werd geschopt, had hij een luide kreet
geslaakt. Beroofd van zijn gezichtsvermogen had hij geen enkel refe-
rentiepunt meer, en de zenuwen gierden door zijn lichaam terwijl de
wind in zijn oren suisde. Hij had niet eens geteld en probeerde als
een gek zijn handen onder zijn voeten door te krijgen, wat na slechts
de vierde poging lukte omdat al zijn spieren trilden van spanning.
Even kwam het in hem op de blinddoek af te rukken, maar zijn handen weigerden dienst.

Zonder na te kunnen denken had hij bevend naar het touwtje
gegrabbeld, zich inbeeldend hoe hard de smak zou zijn. Hij maakte
steeds meer vaart, en hij besefte niet dat hij de hele tijd schreeuwde.

Toen was het valscherm eindelijk opengegaan. Hij verloor snelheid,
en maakte zich klaar voor de onvermijdelijke smak tegen de grond.

Het had naar zijn gevoel een eeuwigheid geduurd. Toen hij het
water raakte, had hij eerst niet begrepen dat hij in zee was geland.
Hij had het te druk met niet te verdrinken, want het valscherm viel
over hem heen.

Een stel stevige armen had hem in het bootje getrokken. Hij werd
aan boord gehesen, en de grijnzende commandant verloste hem van
zijn blinddoek.

'Je hebt niet geteld', lachte hij. 'Maar je hoeft jezelf niets te verwijten. Dat doet niemand.'

Farouks hart ging nog steeds tekeer als een machinegeweer. Hij
slaagde er maar niet in om het beven te doen stoppen.

'Ik raakte in paniek.'

'Zo hoort het ook', had de commandant geprezen. 'De angst voor
het onbekende zit in ieder van ons. Wie geen angst kent, is gevaarlijk
voor zichzelf.'

Aan die test dacht Farouk terug, rijdend langs de achtertuintjes
in de chique buitenwijken van Parijs. Alles leek rustig, een typische

vakantiedag waarover in de kranten weinig te melden zou zijn behalve akkefietjes als een aanrijding tussen twee stapvoets rijdende wagens. Hij voelde weer iets van de opwinding van de sprong en hoopte dat het resultaat van zijn inspanningen maximaal zou zijn.

Ongelooflijk hoe slap de waakzaamheid in deze wereldstad mocht genoemd worden. Hij was met zijn vervalste papieren zonder problemen voorbij de *Sécurité* geraakt, zijn bestelwagen werd niet eens onderzocht. Bij een oppervlakkige controle zouden ze toch niets gevonden hebben, want de gedemonteerde springstofinstallatie was vakkundig over de hele wagen verdeeld. Een paar minuutjes geconcentreerd schroefwerk, en hij had zijn dodelijke wapen weer helemaal in elkaar. Trefzeker bovendien, daar twijfelde hij niet aan. De commandant had zijn zaakjes goed voor elkaar.

Het liep allemaal nog mooier dan gehoopt, want de binnenplaats was op een lome poes na die zich in het zonnetje schoonlikte, helemaal verlaten. Wat Farouk de kans gaf om de bom in alle rust zonder pottenkijkers te assembleren en in zijn gereedschapskist te verstoppen.

Hoewel het routine was, verrichtte hij deze klus met de grootste aandacht. Eén draadje verkeerd verbinden en de boel ging nu al de lucht in. Dat zou zonde zijn van de moeite, want hij had nog zoveel missies te vervullen. En met een krater op de binnenplaats zouden ze vast het nieuws niet halen, tenzij misschien onder de noemer klunzen.

Elders in de stad zorgde Ismail voor het gepaste afleidingsmanoeuvre. Hij was doorgedrongen tot de verkeerscentrale, die op vakantieregime draaide. Dat betekende slechts vier agenten en twee technici, die zich met de Franse slag door de werkdag sleepten. Een van hen had in de nabijgelegen bistro enkele liters landwijn gekocht die ze gretig proefden en rijkelijk van kritische commentaar voorzagen.

Met zijn vervalste badge kreeg Ismail probleemloos toegang tot het luchtgekoelde gebouw. De bewaker zat op zijn stoel te suffen en reageerde amper op Ismails prachtig gespeelde nonchalante groet.

Ismail hoefde niet eens van zijn gaspistool gebruik te maken. Dat speet hem eigenlijk wel een beetje omdat hij het nog nooit had kunnen gebruiken. De controlekamer was leeg, want de agenten en technici hadden besloten collectief pauze te nemen in de kantine. Op één technicus na, die net aan een sanitaire stop toe was en van de gelegenheid gebruik maakte om een dikke joint te rollen.

Lang had Ismail niet nodig. Hij plakte de draadloze interface in een hoek van de kamer achter een kamerplant, checkte op zijn portable unit of hij met de centrale computer verbinding kreeg en haastte zich weer naar buiten.

Geen ogenblik te vroeg, want hij kon de technicus horen doortrekken. Met de haren in de wind een liedje uit de nieuwe cd van Arno fluitend, maar voor Ismail klonk alle westerse muziek als herrie. Op straat deed Ismail zijn best er als een doordeweekse immigrant uit te zien. Dat was ook niet moeilijk, iedereen liep er behoorlijk sjofel gekleed bij.

In zijn hotelkamer vlakbij begon hij als een bezetene op zijn notebook te tokkelen. Af en toe checkte hij een tabel die hij in een rood boekje geplakt had.

Over het scherm rolde een eindeloze reeks digitale getallen die hij ingespannen bestudeerde, turend over zijn fijne brilletje. Uit zijn bevroren gelaatsuitdrukking viel niets af te leiden. Zo kon hij dagen doorgaan als het moest, zijn geest leeggemaakt, functionerend als een perfect afgestelde robot.

Op dat ogenblik dacht hij aan niets, een zeldzame gave die hij door jarenlange meditatie verder had ontwikkeld. Hij dacht zeker niet aan Farouk, die hij een te verwaarlozen dommekracht vond. Van het type dat ze helaas nodig hadden bij het succesvol vervullen van hun heilige opdracht, maar hij hield niet van patsers die nooit hun verstand gebruikten en vooral op hun spieren rekenden. Farouk zou blindelings een bevel uitvoeren zonder erbij na te denken terwijl dat net Ismails grote kracht was. Hij moest echter toegeven dat de commandant bij deze opdracht de ideale mix had gevonden. Ze konden niet zonder elkaar en zouden enkel hun doel kunnen bereiken door als een goed gesmeerde machine samen te werken.

In de brij cijfers vond hij eindelijk de logaritmen die hij nodig had om de geplande actie verder te kunnen zetten. Voor sommigen was wiskunde het meest verfoeilijke vak, maar hij had als kind al de schoonheid ervan ingezien. Zijn talent was niet onopgemerkt gebleven, en de burgemeester van zijn dorp in het Rifgebergte had hem naar de universiteit van Rabat gestuurd. Daar was hij enkele maanden geleden benaderd door de commandant, die op zoek was naar informatiegenieën met hart voor de goede zaak. Een vraag waar hij geen twee keer over na had moeten denken. Zijn oom was als vrijwilliger omgekomen in de strijd voor een vrij Palestina en hij wilde diens dood wreken.

De commandant had amper één middag nodig gehad om hem te overtuigen van de noodzaak het westen klappen toe te brengen op de zwakste plekken. De opdracht in Parijs was de vierde in de rij na eerdere aanslagen in Malmö op een treinstation, een supermarkt in Brno en een school in Lissabon. Aanslagen met een steeds hogere dodentol, wat voor hem het bewijs was dat ook in deze materie oefening kunst baart.

Zijn vingers deden als vanzelf het werk. Zonder naar de toetsen te hoeven kijken tikte hij de ene na de andere code in en kraakte zo de veiligheidsprocedure. Langzaam maar zeker drong hij door tot het hart van de verkeerscomputer, voorlopig zonder dat iemand op het centrale bureau het merkte. De verleiding was groot om nu al in te grijpen, maar hij bedwong zich. Niet zolang hij zijn hand nog niet rond de keel van dit monster gelegd had om hem ongenadig te kunnen dichtknijpen.

Parijs wist nog van niets en kreunde onder de verschroeiende zon, maar lang zou dat niet meer duren.

Ismail keek op zijn digitale horloge en wachtte geduldig het afgesproken tijdstip af. Hij deed intussen ontspannende yogaoefeningen, vooral voor zijn nek, waar hij vaak last van had. Het gevolg van zijn onnatuurlijke houding aan het klavier, voorovergebogen en met opgetrokken schouders. Het leek vaak alsof hij in de computer wilde kruipen.

Op datzelfde moment parkeerde Farouk de gehuurde bestelwagen die voor hem in een buitenwijk had klaargestaan, in de werkplaats en sloot de poort.

Het was te gek voor woorden dat de bewaking zo laks was, en dat voor deze toch gezaghebbende dienst. Hij had er gisteren al een kijkje genomen, verkleed als werknemer van de elektriciteitsdienst. Ook toen had niemand hem staande gehouden, eenvoudig wapperen met zijn vervalste papieren volstond. Tijdens deze verkenningsronde was de werkplaats de beste locatie gebleken om toe te slaan, onder de vergaderruimte en vlak bij de plek waar de stookolieketel stond.

Overmoed maakte zich van Farouk meester toen hij de bom verder afstelde. Een werkje dat hij met volle aandacht uitvoerde. Bij elke in te geven code dubbelcheckte hij de cijfers op een tabel die hij op zijn hand geschreven had. Hij ging er zo in op dat hij de poetsvrouw niet hoorde binnenkomen. Ze neuriede een wijsje van Axelle Red en keek verbaasd op toen ze hem bezig zag.

'*Et alors, qu'est-ce que tu foutes là!*'

Farouk sprong op, als door een bij gestoken. In een fractie van een seconde besliste hij dat hij geen keuze had. Ze had hem op heterdaad betrapt, als het ware met zijn broek op zijn enkels.

Ze had niet eens de tijd om te schreeuwen. Ze zakte onderuit op de grond en werd helemaal slap in zijn armen. Een lelijke vrouw met een dikke kont, stelde hij vast. Helemaal niet zijn type, want hij viel op slanke grietjes. Er was toch geen tijd meer om haar te nemen.

Farouk wreef de dolk zorgvuldig schoon aan een vod die hij in een vuilnismand gooide. Hij sleepte het lijk achteloos naar een donkere hoek van de werkplaats en stapelde er een hoop kartonnen dozen op. Zonder dat zijn hart ook maar één tel sneller sloeg.

Hij schrobde de vloer met water tot al het bloed verdwenen was. De plas vloeide weg langs een rooster, het riool in. Hij vloekte, zulke intermezzo's kon hij missen als de pest. Anderzijds was het een goede les om zijn concentratie nooit te laten verslappen.

Hij had maar een beetje tijd verloren. Op zijn digitale horloge – hetzelfde betrouwbare Zwitserse merk als dat van Ismail – zag hij dat hij nog ruim zeven minuten had.

Hij inspecteerde de werkplaats voor de laatste keer. De kans was klein dat er nog iemand zou binnenkomen, maar die zou niets abnormaals aantreffen.

Door een kier in de poort keek hij zorgvuldig na of er geen pottenkijkers waren. De kust leek veilig. Hij opende de poort, reed naar buiten en sloot weer af.

Binnen ging het tijdmechanisme van de bom de laatste zeven minuten in.

*

Met de nodige flair vestigde Werner van Aken de aandacht van de hem slaafs volgende Japanse cameraman op het standbeeld dat Walter de Buck over leven en werk van volkszanger Karel Waeri had gemaakt.

De politiechef werd een dag gevolgd door een Japanse ploeg die een reportage over de politie maakte. Allemaal het resultaat van het fotoboek dat hij vorig jaar door Johan Martens had laten samenstellen[10] en dat internationaal hoge ogen had gegooid.

De belangstelling van ASAHI-Television, een van de grootste Japanse zenders, had zijn ijdelheid gestreeld. Ze waren vooral gevallen voor de foto waarvoor hij zittend op Dikke Bertha had geposeerd, het oude kanon aan de Vrijdagmarkt. Een scène die ze prompt hadden overgedaan, al wilden ze Van Aken nog iets vuriger op het kanon posteren.

Uiteindelijk was het een scène geworden waarbij hij er als een rodeorijder uitzag, compleet met hoed en een triomfantelijk in de lucht wapperende hand.

In zijn jubelende commentaar had de reporter het over een koene ridder die de misdaad met harde hand bestreed, en werd Van Aken ook opgevoerd als de man die eigenhandig de vele kindermoorden in dit gewelddadige land had opgelost.

De groep kinderen van vrijetijdsorganisatie Ideefiks die toevallig passeerde op weg naar een volgende kampactiviteit was ideaal om de politieoverste te omringen, en de reporter liet zich bepaald gaan toen hij met opgewonden stem meldde dat het allemaal potentiële slachtoffertjes waren geweest die door Aki san (zoals hij Van Aken noemde)

10 Zie *Tango Mortale.*

op het nippertje uit de klauwen van een moordlustige crimineel werden gered. Eén keer per jaar, zo ging het pezige mannetje met lijzige stem verder, kwamen ze samen om hun held te eren en daar mocht de ploeg exclusief getuige van zijn.

De cameraman schoot nog wat extra beeldjes waarbij de politiebaas zich als de perfecte ambassadeur van zijn stad gedroeg. Hij strooide kwistig anekdotes in het rond, toonde fraaie plekjes en troonde de ploeg mee naar whiskyclub *Glengarry* van Bob Minnekeer op het Sint-Baafsplein omdat hij dat wel een exotische locatie vond om de reportage mee af te sluiten. Hij was er nog maar een paar keer binnen geweest, maar deed toch alsof de baas en zijn vrouw Patsy zijn beste vrienden waren. Gelukkig was Bob, nooit vies van enige publiciteit, flexibel genoeg om het spelletje mee te spelen. Toen hij een Yamazaki Pure Malt 12 years bovenhaalde, begonnen de ogen van de reporter te blinken.

'*Me too from Kyoto!*' wees hij op de fles, gedistribueerd door Suntory. In gebroken Engels vertelde hij over de mysterieuze Yamazakivallei, een met pijnbomen overdekt rivierengebied met veel mist en nevels.

'*Just like Scotland*', herinnerde Bob zich uit een van zijn eigen whiskyboeken, die nog steeds als warme broodjes over de toonbank gingen. '*And also slightly peated.*'[11]

De reporter knikte enthousiast. Ondanks zijn gebrekkige kennis van het Engels begon hij een geanimeerde discussie met de whiskykenner, die met een glas Hibikiwhisky bezegeld werd. Ze hadden het over de diverse graansoorten en het belang van zuiver water.

Werner van Aken zat er voor spek en bonen bij. Hij probeerde zich groot te houden, maar lachte als een boer die kiespijn heeft.

'Die whiskyflauwekul ook altijd', mompelde hij. Knarsetandend wachtte hij tot het gesprek eindelijk beëindigd werd en probeerde intussen een conversatie met Patsy te voeren, die hem maar een engerd vond.

Ze zei dat ze dringend iets te doen had en liet hem alleen aan de bar zitten, waar hij uit pure verveling de prijskaart begon te bestuderen.

11 En ook licht geturfrookt.

Drie weken later kregen de nietsvermoedende Japanse kijkers een opmerkelijke reportage over een klein stadje in een al even klein westers landje te zien. De zware criminaliteit die er tot voor kort had geheerst was in korte tijd uitgeroeid door een ware samoerai die als een heilige door de kinderen werd vereerd en die van de stad een kanon had gekregen.

Deze dappere krijger, zo meldde de reporter met gezwollen stem, vond alleen verpozing bij een man met een imposante snor die gek was van Japan en in een middeleeuwse kelder woonde. Hij dronk enkel Japanse whisky en had maar één grote wens: ooit begraven te worden in het Land van de Rijzende Zon.

Japanse touroperators belden meteen als gek naar het televisiestation om het adres van die magische whiskyclub te krijgen. De voorbode van een ware invasie toeristen die in het najaar dat kleine stadje in het onbeduidende landje zou overspoelen.

*

Hij moest niet meer hollen. Farouk besefte dat hij zich op die manier verdacht maakte. Die racisten ook, een islamiet die het op een lopen zette zou hun argwaan wekken.

Hij dwong zichzelf naar een etalage te kijken, zonder dat hij iets van de juwelen zag. Het gefonkel deed pijn aan zijn ogen. Al die luxe die lag uitgestald terwijl elders hele bevolkingsgroepen honger leden, het was een schande die om bestraffing smeekte.

Zijn starende ogen en de verbeten trek om zijn mond konden verkeerd opgevat worden. Hij las het in de ogen van de omstanders: wat doe jij daar, vuile dief!

Hij draaide zich om en keek naar de heerlijk blauwe lucht. Zomaar een dag in Parijs, er was een tijd dat hij ervan droomde, toen hij nog naar het westen wilde om een of andere goed betaalde job te doen en geld te kunnen sparen.

Hij keek op zijn horloge. Het spektakel zou weldra beginnen. Een fijne, gelukzalige grijns maakte zich meester van zijn gelaatstrekken.

Eindelijk begon hij zich te ontspannen, in afwachting van de grote klapper. Dwazen, ze zouden niet weten welke storm hen trof. Niet dat hij zich illusies maakte, ze zouden in hun oneindige arrogantie gewoon met hun goddeloze gedrag doorgaan zonder zich vragen te stellen.

Toen zonden wij de storm en de sprinkhanen en de luizen en de kikvorsen en bloed over hen – als duidelijke tekenen, doch zij gedroegen zich hoogmoedig en waren een schuldig volk.

In een ander kwartier van de stad, op de pittoreske heuvelwijk Montmartre, zat een naamloze artiest op de stoep een krijttekening te maken. Zeker, hij wist van zichzelf dat hij niet het talent had van grote namen als Dalí, Picasso en Van Gogh, die zich hier ooit in het flamboyante uitgaansleven hadden gestort. Maar hij verdiende een aardig zakcentje aan toeristen die graag hun portret op de stoep lieten maken om er daarna met hun digitale toestel een foto van te nemen.

Hij haastte zich naar huis, als je de zolderkamer in een zijstraatje tenminste een thuis kon noemen.

Bij het verkeerslicht aan bar *La Loca* was enige opschudding. Blijkbaar scheelde er iets aan de lichten, zonder aanwijsbare reden stonden ze in alle richtingen op groen. Voorlopig heerste nog de wet van de snelste en de luidst toeterende, maar het was al bijna prijs. Een BMW ramde ei zo na een bestelwagen die nietsvermoedend van rechts het kruispunt opreed.

De pseudoartiest merkte de drukte niet op. Hij zat met zijn gedachten bij de huisbaas, die niet langer schilderijtjes wilde aanvaarden in plaats van huur. Dat betekende dat hij binnenkort werk zou moeten zoeken, een grotere gruwel was nauwelijks denkbaar.

Hij keek niet eens op van de eerste klap tussen twee gezinswagens die met een lage snelheid frontaal op elkaar knalden. De bestuurders stapten uit en begonnen elkaar de huid vol te schelden.

Dat werd meteen overstemd door de gemene smak waarmee een vuilniswagen een Mini Cooper tegen een gevel kwakte. De bestuurster kreeg het stuur tegen haar kin geramd en was nog bij volle bewustzijn toen ze haar gebeente voelde versplinteren. Ze wilde gillen, maar toen ging het licht uit. Een donker waas ontnam definitief het licht aan haar brekende ogen, en het enige waar ze kon aan denken was dat ze de liefdesbrief van haar minnaar nog op zak had.

Nu gingen de poppen pas goed aan het dansen. Niet alleen dit kruispunt lag lam. Nu sprongen alle lichten van de aanpalende kruispunten op groen, als een rijtje dominostenen dat begon te vallen.

In het controlecentrum van het verkeershoofdkwartier was niets verdachts op de monitors te zien. De hoofdverantwoordelijke at geeuwend zijn frisse slaatje met veggieburger op, in de overtuiging dat hij gezond bezig was. De dikke klodder mayonaise en de gepaneerde burger bevatten meer vet dan hij in een week tot zich mocht nemen.

Het was de stilte voor de storm. Ineens begonnen overal in het gebouw de telefoons te rinkelen.

*

In het grootste geheim had George Bracke een afspraak met een van de hoogste functionarissen binnen Interpol, de Nederlander Hans Grym, die al verschillende jaren in Brussel woonde. Hij had Grym ooit ontmoet dankzij zijn vriend en journalist Sigiswald Steyaert, een vooraanstaand lid van de loge die de meeste van zijn 'soortgenoten' op sleutelposities kende.

'Nou George, ik kan je natuurlijk niet zeggen wat je moet doen, maar als je het me toch zou vragen, zou ik aanraden deze kans met beide handen te grijpen', wist Grym. 'Het is een feit dat we allang op zoek zijn naar een persoon met jouw capaciteiten, en ik kan *off the record* misschien melden dat ik jouw kandidatuur meteen gesteund heb.'

Bracke at met smaak van zijn portie mosselen natuur. Ze hadden voor een onopvallend restaurantje gekozen, en zaten in een rustig hoekje. Hoe minder pottenkijkers, hoe beter.

'Je zult begrijpen dat we je grondig doorgelicht hebben', zei Grym met volle mond. Hij kon niet van de Belgische frieten blijven, en dat was aan zijn lijn te zien. Ongegeneerd veegde hij zijn mayonaisevingers schoon aan het tafelkleed.

'Het enige wat me tegenhoudt is dat er geen duidelijke functie-omschrijving is', zei Bracke. 'Ik had het nooit in mezelf gezien, maar blijkbaar ben ik toch conservatief en wil ik graag zekerheid voor ik me in een avontuur stort.'

'Wat uiteraard begrijpelijk is', knikte Grym. 'Maar we gaan niet over één nacht ijs in deze materie. Je werk zul je voor een groot deel zelf kunnen invullen. Het is onze grote bekommernis dat binnen het nieuwe eengemaakte Europa de verschillende politiediensten ook beter zullen moeten samenwerken, en jij bent volgens velen de geknipte figuur om de rangen te vervoegen. Je spreekt vlot je talen, je hebt meermaals blijk gegeven van een open geest en vooral, je wist je op eigen kracht op te werken van de basis tot de top. Dat zijn stuk voor stuk doorslaggevende troeven waarover slechts weinig mensen in het korps beschikken, neem dat maar van me aan. Ook hoger geplaatste figuren niet.'

Bracke spitste zijn oren. Binnen het korps stonden alleen Van Aken en Verlinden hoger op de hiërarchische ladder dan hij. Dat betekende dat minstens één van beiden of misschien wel alle twee zich ook kandidaat gesteld hadden.

'De droom om ooit tot een echte Europese eenheidspolitie te komen zal wel altijd een droom blijven, maar we kunnen toch een heel eind in die richting opschuiven', meende Grym. 'En daar komt jouw vakkennis goed van pas. Jij bent een van de weinige figuren op topniveau die letterlijk geen kleur, en dus ook geen tegenstanders heeft. Die bovendien diplomatisch genoeg is om met al die verschillende gevoeligheden op tactvolle wijze om te gaan. Zeker dat er aan jou geen groot politicus verloren gegaan is, George?'

Bracke rilde. De herinnering aan de zaak van de vermoorde politicus Raymond Deweert[12] zat nog vers in zijn geheugen.

'Nee, bedankt, toch maar niet.'

Het smaakte hem, en hij liet nog een tweede kom mosselen aanrukken. Ook Grym wilde wel wat extra frieten, en hij likte zonder complexen het laatste restje mayonaise uit de kom.

12 Zie *Koudvuur.*

*

Nog sneller dan een lopend vuurtje verspreidde de verkeerschaos zich over de stad. Geen enkel verkeerslicht in het centrum van Parijs leek nog te werken.

De politie zat met de handen in het haar. Het algemene noodnummer 17 werd overspoeld met oproepen van wanhopige automobilisten of mensen die vanuit hun huis zagen hoe het verkeer hopeloos in de soep draaide. Overal vroegen loeiende sirenes klagend om vrije doorgang, op weg naar nieuwe slachtoffers.

Een bejaarde vrouw was met haar rolstoel omvergereden door een Aixam, een zogenaamde brommobiel waarvoor je geen rijbewijs nodig hebt.

Een bus met vakantiegangers uit Lissabon was tegen een vrachtwagen aangeknald en tegen een fontein tot stilstand gekomen. Passagiers hadden zware breuken opgelopen en konden slechts moeizaam uit het wrak bevrijd worden. Een van hen, een oudere vrouw met lichtgrijs haar en een blauwe blazer, bewoog niet meer, ook niet toen de bloedende bestuurder hysterisch aan haar mouw trok.

Op verschillende plaatsen was brand uitgebroken na spectaculaire botsingen. In één warenhuis waren plunderaars aan de gang die de kans schoon zagen om met breedbeeldtelevisies aan de haal te gaan. De camera's van de televisieploegen registreerden de gebeurtenissen genadeloos, beseffend dat ze misschien wel de beelden van hun leven schoten.

Blijkbaar slaagde niemand erin de stroom van die verdomde verkeerslichten die op groen bleven staan, uit te schakelen. Het systeem had te goed gewerkt, want de circuits waren vanzelf op noodstroom overgeschakeld.

In het *P'tit Café* vlak bij het Louvre genoot Ismail van een geurige kruidenthee. De verrukkelijke thee, die hem aan thuis deed denken, was net warm genoeg, en hij voegde er een behoorlijke dosis suiker aan toe.

De chaos was tot op het terras te horen, maar de meeste aanwezigen stoorden er zich niet aan. Het was altijd wel iets in deze grote stad.

Pas toen de televisie in het café opgewonden het nieuws van de verschrikkelijke verkeersellende spuide, keken sommige gasten ver-baasd op van hun drankje. Toen de waard luid vloekte en het volume wat hoger zette, beseften ze dat er blijkbaar iets ergs aan de hand was.

Ismail bleef met zijn rug naar het televisietoestel zitten, bang zichzelf te verraden. Trots slurpte hij van zijn thee. Het effect was nog groter dan verwacht, dan gehoopt.

Hij wenkte de waard om een glas wijn te bestellen, een kleine zonde die de Schepper hem ongetwijfeld zou vergeven. Het glas wijn zou zijn bestemming nooit bereiken. De cafébaas keek met open mond en stijgende ergernis naar de verkeersellende op het scherm, die de hele stad leek lam gelegd te hebben.

*

George Bracke was op de sofa ingedommeld, een glas met nog een bodempje Glenfarclas in zijn hand. De dag was lang en vermoeiend geweest, met naar zijn zin veel te veel geklets tijdens vergaderingen en te weinig constructieve actie.

's Avonds had hij zich geweldig geamuseerd bij een voorstelling van de cabaretgroep Kommil Foo, en eindelijk had hij de belofte aan Annemie om eens binnen te wippen in het tangosalon van Pol van Assche waargemaakt.

De tango, hij zou er nooit meer los van raken, en hij durfde einde-lijk toe te geven dat hij dat ook niet wilde. Het had lang geduurd voor hij zijn schroom had weten te overwinnen. Tenslotte danste Annemie, die al een leven als professionele ballerina achter de rug had, veel beter dan hij. Toen ze hem jaren geleden de oren van het hoofd gezeurd had om in danscentrum Polariteit een tangocursus te volgen, had hij tegen beter weten in de boot zo lang mogelijk afgehouden.

Intussen hadden ze al een paar cursussen achter de rug en was Pol een vriend voor het leven geworden. Om een of andere reden was het nooit gelukt om het tangosalon tijdens de Gentse Feesten te be-zoeken, maar nu had Bracke Annemie verrast door er na de cabaret-voorstelling eindelijk eens binnen te wippen.

Voor het eerst in zijn leven ging hij naar huis met het gelukzalige gevoel dat hij eindelijk echt de tango gedanst had.

'Kom je niet naar boven, schat?' Annemie wenkte hem. Annemie lonkte. Ze had haar zijden slaapkleedje met de jarretelles aan, merkte Bracke. Er was vandaag weinig gebeurd dat de pers kon interesseren, en ze had blijkbaar besloten er een snipperdagje van te maken.

Het geutje Glenfarclas ging snel naar binnen. Hij volgde haar naar de trap, en kon al niet van haar blijven.

'De kinderen', kirde ze, maar die liepen nog ergens op de Gentse Feesten rond. Of niet, het kon hem op dit ogenblik niet schelen.

Hij nam de fles Glenfarclas mee de trap op.

*

Steeds meer ziekenwagens reden af en aan door de Lichtstad. Eindelijk had iemand gevonden hoe de verdomde verkeerslichten konden uitgezet worden, maar intussen was de ontreddering compleet. Alle grote straten zaten vast, en de janboel vertakte zich via de zijstraten en zelfs de steegjes verder.

Farouk was intussen al een heel eind van het grote gebouw verwijderd. Op de eerste verdieping liep de vergadering intussen op zijn einde. De voorzitster begon aan haar slotwoord, al werd ze even onderbroken omdat haar secretaris haar op de hoogte bracht van de recente ontwikkelingen van de verkeersellende.

Armande Leblanc had zich door noeste arbeid opgewerkt van een eenvoudige loodgieter tot de baas van een internationaal sanitair concern. Al verschillende jaren was ze actief binnen de Association des Femmes Entrepeneurs d'Europe, en drie maanden geleden had deze organisatie haar tot voorzitster benoemd. Het opzet van de AFEE was de banden tussen de vrouwelijke chefs van Europese ondernemingen nauwer aan te halen, en in Leblanc had de vereniging de geknipte persoon gevonden.

Dit congres hartje Parijs, waarin de actielijnen voor de toekomst werden vastgelegd, zou het eerste van een hele reeks projecten zijn die de AFEE voorgoed op de kaart moest zetten. Zo wilde ze grensover-schrijdend werken en ook de niet-Europese regio's bij de werking betrekken. In feite was ze een feministe in hart en nieren, die even-goed de Afrikaanse als Aziatische zusters wilde helpen bij hun ont-voogdingsstrijd.

'We zullen hier wat langer zitten dan gepland, want blijkbaar zit het verkeer in heel Parijs potdicht. Ik vind dat helemaal niet erg hoor, meiden onder elkaar.' Ze knipoogde naar Murielle, haar goede vrien-din die officieel haar raadgeefster was maar vooral in bed haar kwa-liteiten bewees.

De aanwezigen lachten. De sfeer zat er goed in, en er was genoeg spijs en drank om er nog een leuke avond van te maken. De meeste congresgangers hadden er dan ook geen bezwaar tegen om wat lan-ger te blijven.

Armande Leblanc gaf toch ook enig *sérieux* aan haar redevoering door met de nodige cijfers en tabellen uit te pakken, die moesten bewijzen dat in Europa steeds meer vrouwen aan het hoofd van een bedrijf stonden en dat dat een positief effect op de economie had.

'Dat is de plaats waar we de mannen moeten treffen, in hun por-temonnee', giechelde ze als een schoolmeisje, en ze had meteen de zaal op haar hand.

Ze was genoeg door de wol geverfd om te weten dat een goede speech vooral kort en grappig moest zijn. Voor de aanwezigen het goed en wel beseften, was ze al aan de afscheidsgroet toe, gevolgd door de uitnodiging om bij het buffet aan te schuiven.

Ineens begon de buik van het gebouw te grommen. De vloer scheurde open, en dan was er alleen nog stof en lawaai.

15

Sommigen meenden dat Johan Martens de kolder in de kop had gekregen, maar wie hem beter kende, wist dat hij gerangschikt mocht worden bij de categorie prettig en aangenaam gestoord zonder gevaarlijk te zijn. Zes weken duurde het al, en het had te maken met het tennistornooi Coupe Gantoise, waar hij zowaar de finale had gehaald. Dit tornooi vond traditioneel tijdens de Gentse Feesten plaats en werd door niemand ernstig genomen, behalve door de deelnemers, die speciaal voor de gelegenheid dure outfits en rackets kochten om mee uit te pakken zonder dat het hun prestaties verbeterde. Het was dan ook vooral een sociaal gebeuren waarbij het belangrijker was om gezien te worden en de nodige handjes te schudden dan ook echt naar de wedstrijden te kijken.

Al die tijd had de fotograaf geen druppel alcohol aangeraakt, en een collega had hem op een dag tot zijn grote verbazing om zes uur 's morgens aan de Watersportbaan gesignaleerd, waar hij al aan zijn tweede rondje van vijf kilometer moeizaam joggen bezig was. De collega had eens tegen zijn hoofd getikt, zelf kwam hij net thuis van een uit de hand gelopen feestje van P-Magazine.

Johans vrouw Carine klaagde zeker niet over de opvallende fitheid van haar vent, want daar deed ze alleen maar haar voordeel mee. Johan zelf zei tegen iedereen die het horen wilde dat voor hem het resultaat niet telde, maar ging in het geniep wel stiekem trainen in een club in de Vlaamse Ardennen waar niemand hem kende. Maar o nee, hij had geen last van de midlifecrisis!

'Die heb ik al gehad in 1997, op 23 april, van 14 tot 16 uur', grijnsde hij weleens.

De andere finalist was bijna tien jaar jonger en had ook een tennisverleden, wat de fotograaf zo goed als kansloos maakte. Niemand die het hem had durven te zeggen.

Auteur Bavo Dhooge had ooit een carrière als tennisvedette geambieerd en was tot een behoorlijk niveau doorgegroeid. Tot ook hij voor de verlokkingen van het leven was bezweken en bovendien met zijn kniegewrichten begon te sukkelen.

Nu sleet hij zijn dagen als lesgever tennis aan gefortuneerde meisjes en schreef het ene na het andere boek, sneller dan het publiek ze kon lezen. In zijn werk kon hij behoorlijk moordlustig uit de hoek komen, en met dezelfde attitude stapte hij het tennisveld op.

Een hardnekkige supporter had een spandoek met het opschrift 'de clash der titanen' gemaakt en liep ermee in de straten van Gent te vendelzwaaien.

*

Op het bureau zat André Cornelis verveeld met een van de stomme spelletjes op zijn gsm te spelen. Dat was niet zijn gewoonte, en Annemie aarzelde of ze er een opmerking zou over maken. Nog even deed ze alsof ze druk bezig was met een dossier, maar lang hield ze dat niet vol.

'Scheelt er iets, André?'

Brackes beste collega haalde zijn schouders op. Dat beloofde weinig goeds, normaal had hij overal zijn zegje over.

Annemie voelde dat ze niet moest aandringen en dook weer in het dossier. Al was dat te zwaar uitgedrukt, want er zat nauwelijks een velletje papier in. Gelukkig maar, besefte ze. Het dossier betrof de probleemgevallen op de Feesten, en verder dan de klassieke wildplassers en een paar gestolen portefeuilles was het voorlopig niet gekomen.

Wel bleef er de dreiging van een mogelijke aanslag, maar persoonlijk hechtte Annemie daar weinig geloof aan. Gent was tenslotte München niet. Die aanslag had een duidelijke symbolische waarde, want het was allicht geen toeval dat de schutter vlak bij een joods museum had toegeslagen. Een duf provincienest als Gent een mogelijk doelwit noemen ging haar toch wat te ver.

Cornelis hield het niet langer uit. Hij legde zijn mobieltje net iets hardhandiger dan gepland op het bureau neer en schrok er zelf nog het meest van.

'Problemen thuis?'

Hij haalde nogmaals zijn schouders op.

Ja dus. Annemie wist genoeg. Tussen Bart en André zat af en toe net als bij de meeste koppels een haar in de boter, en de commissaris trok zich deze ruzies met zijn echtgenoot altijd erg aan. Hij liep dan met sombere gedachten rond en wilde vooral met rust gelaten worden.

'Hij vindt me cynisch geworden. En het ergste van al, hij heeft nog gelijk ook, al wilde ik dat eerst niet toegeven. Dit werk vreet aan me.'

Daar kon Annemie inkomen. Cornelis was in feite te goed voor dit werk. Doorgaans kon hij dat aardig verbergen, maar wellicht kreeg Bart 's avonds het leed van de dag mee te verwerken.

Annemie voelde dat ze nu niets moest zeggen. Als er werkelijk iets op zijn lever lag, zou hij het wel vertellen. Hij had altijd eerder met haar dan met zijn boezemvriend Bracke zijn diepste zielenroerselen gedeeld.

'Barts woorden dat ik niet meer dezelfde ben hebben me aan het denken gezet. Ik heb er lang over gedaan, maar mijn besluit staat vast. Ik kap ermee.'

Met dit soort gewichtige uitspraken werd je normaal van je stoel geslagen, toch was Annemie niet verrast. Niet echt.

'Je bedoelt...'

Hij knikte.

'Ik verlaat het korps. Je bent voorlopige de enige die het weet. Zelfs Bart is nog niet op de hoogte. Wacht met het tegen George te zeggen, wil je? Ik kijk niet naar dat gesprek uit, maar het is iets tussen ons. Het heeft niets met hem te maken. Ik zoek alleen nog het juiste moment om het hem te vertellen.'

Toen deed Annemie het enige wat ze in deze situatie kon doen. Ze omhelsde hem, en dacht: wat ruikt hij lekker. Die knuffelbeer ook, ze kon hem alleen maar het beste toewensen.

'Bedankt', zei hij simpel, nog net niet in tranen. 'Bedankt, gewoon omdat je bent wie je bent. Bedankt omdat je geen vragen stelt. Bedankt omdat je met mijn beste vriend getrouwd bent, en hij niet half weet hoe gelukkig hij daar wel om mag zijn.'

Verdorie, dacht ze. Hij zou triest moeten zijn omdat hij weggaat. Toch probeert hij me nog op te beuren.

Toen stond Cornelis op.

'Ik ga me vanavond aan een druppelkot te pletter drinken. Nee, je hoeft niet mee te gaan, ik wil liever alleen zijn. Morgen krijg je het hele verhaal van me te horen, beloofd.'

Hij vermeed het haar aan te kijken toen hij de kamer uitging. Dat vond ze prima, want het zou niet lang meer duren voor bij haar de tranen doorbraken. Ze kende Cornelis goed genoeg om te weten dat hij zijn besluit genomen had en er niet meer op zou terugkomen.

Nog nooit was een telefoontje zo goed getimed. De centrale stuurde de oproep door van Eric Ryckaert, een van de inspecteurs die in de Feestzone patrouilleerden. Hij meldde triomfantelijk dat ze net een gauwdief hadden geklist, nieuws dat wellicht interessant genoeg was voor de redacties. Ryckaert had de smeekbede van chef Van Aken om alert te zijn voor de media blijkbaar goed in zijn oren geknoopt.

Annemie bedankte de inspecteur hartelijk en welgemeend. Snel maakte ze een persberichtje op dat onmiddellijk werd rondgestuurd naar iedereen die het kon aanbelangen. Niet dat ze er veel van verwachtte, maar in deze nieuwsluwe dagen kon het natuurlijk altijd dat een luie redacteur er snel een kolom mee vulde. Ook de journalisten van de lokale pers wilden graag nog iets van de Feesten meepikken.

Een krachtige klop op de deur deed haar uit haar gedachten opschrikken. Staelens, daar was ze zeker van. Alleen hij bonkte zo fors op een deur, alsof hij er zeker van wilde zijn dat ze hem zouden horen.

'Nog zo laat bezig, Annemie? George zal op de Coupe Gantoise al op je zitten te wachten.'

'O ja, die wedstrijd die veel belangrijker is dan Wimbledon', zei Annemie sarcastisch. 'Maar je hebt gelijk, hij zou het me nooit vergeven als ik daar mijn neus niet liet zien. Zeker niet nu hij erelid van de jury is.'

'Waarom ze bij een tennismatch van het zevende knoopsgat een jury nodig hebben, is me eerlijk gezegd een raadsel.' Staelens schudde meewarig zijn hoofd. 'Nu ja, er is natuurlijk wel meer dat me ontgaat. Waarom dat mietje hier jankend buiten kwam bijvoorbeeld. Heb je hem eens goed op zijn nummer gezet? Die omhooggevallen windbuil ook, sinds ze hem commissaris gemaakt hebben, ziet hij me niet meer staan.'

Het stak Annemie een beetje dat Staelens Cornelis in die kwetsbare toestand gezien had. Het was een publiek geheim dat het tussen die twee nooit echt geboterd had, en de commissaris zou Stormvogel wellicht als laatste over zijn vertrek inlichten.

'Ach, iets persoonlijks waar ik geheimhouding over gezworen heb', suste Annemie. 'Mannenzaken, weet je wel.'

Staelens knikte, naar zijn gevoel erg begrijpend. Ieder deed in bed wat hij wilde, maar hij was net niet ruimdenkend genoeg om de levensstijl van Cornelis goed te keuren. Er begrip voor opbrengen, dat was echt het maximum. Hij probeerde niet om van Annemie meer te weten te komen, want ook hij kon bij haar weleens terecht om zijn hart uit te storten over zijn bedilzuchtige vrouw.

'Enfin, als ze elkaar de kop inslaan, zullen we dat wel te horen krijgen, zeker', grinnikte hij. 'Ik ga in ieder geval kijken hoe dat stukske fotograaf door die tennissende schrijver wordt ingemaakt. Tot later dan maar, ik zal er al eentje op je gezondheid drinken, en twee ook.'

Annemie glimlachte. Ze wist dat Staelens niet bepaald in zijn schik was geweest met het portret dat Johan Martens in het politiefotoboek van hem had gemaakt. Toegegeven, zijn pens zag er op de foto behoorlijk indrukwekkend uit.

Genoeg gepiekerd nu. Nog een paar mailtjes afwerken en dan zat haar werkdag er echt wel op.

De mailtjes zouden tot de volgende dag blijven liggen, want er belden drie journalisten met vragen over de identiteit van de opgepakte gauwdief. Daarna was het hoog tijd om af te sluiten.

Ze kende haar George, hij had zeker al vijf keer op het punt gestaan haar te bellen met de vraag waar ze bleef. Nu zat hij natuurlijk binnensmonds op haar te foeteren, wat hem zou beletten ten volle van de wedstrijd te genieten.

Als er van een echte wedstrijd sprake kon zijn, want ze was ervan overtuigd dat die arme Johan, voor wie ze wel een boontje had, er niet aan te pas zou komen. Bavo Dhooge had vorig jaar tijdens de sportdag van de stad Gent een beklijvende demonstratiewedstrijd gespeeld tegen niemand minder dan gastvedette Olivier Rochus, en de kleine beroepstennisser had behoorlijk afgezien.

Dan ging het licht eindelijk uit en de deur op slot. Ze dwaalde alleen door de bijna lege gangen, denkend aan alles en niets tegelijk.

*

Het nieuws kwam langs deuren en ramen overal naar binnen gesijpeld. Achteraf zou iedereen zich herinneren waar hij op dat moment was, net zoals bij de moord op Kennedy.

George Bracke zat op het toilet van de tennisclub toen zijn gsm ging. Vloekend tastte hij naar zijn achterzak. Hij haatte het om op het toilet een telefoongesprek te voeren. Eigen schuld, dan had hij het toestel maar moeten uitschakelen. Hij keek naar het nummer en zag dat het zijn chef was.

'Ja, baas?'

'Slecht nieuws vanuit Parijs', blafte Van Aken in de hoorn. 'Die smeerlappen hebben weer toegeslagen.'

Bracke had genoeg aan deze cryptische informatie om te beseffen dat er iets ergs gebeurd moest zijn. Hij wachtte geduldig tot Van Aken meer zou vertellen.

'Voorlopig weten we nog niet veel, behalve dat er een bom is ontploft tijdens een of ander feministisch congres. Tientallen slachtoffers, waarschijnlijk allemaal vrouwen. Verder zat het verkeer in Parijs nog eens helemaal in de soep, met eveneens enkele doden tot gevolg.'

'Heeft het een iets met het ander te maken?' vroeg Bracke, die zijn broek probeerde dicht te knopen. Wat met één hand niet evident was, maar hij had voor hetere vuren gestaan.

'Verdere gegevens ontbreken voorlopig nog.' Van Aken wiste het zweet van zijn voorhoofd. Daar ging het rustige dagje dat hij gepland had. 'Ik bel je wel als ik meer nieuws heb.'

In het clubhuis was de aanslag het gespreksonderwerp van de dag. Iedereen stond naar de beelden op het kleine televisiescherm te kijken, en Bracke huiverde. De ontreddering moest in Parijs compleet zijn.

Ook Annemie belde hem, helemaal ontdaan. Het was niet bepaald het soort nieuws dat haar onverschillig liet. Haar nicht woonde in Parijs, maar die had al laten weten dat met haar alles in orde was.

'Is de wereld helemaal gek geworden?' snikte ze, en Bracke had geen woorden klaar om haar te troosten. Hij voelde zich machteloos.

'Ik weet het schat, het is heel erg. We kunnen alleen maar hopen dat ze de daders zo snel mogelijk vatten.'

Gebiologeerd staarde Bracke naar het toestel. Hij kon maar niet begrijpen wat de daders van deze bloedige actie bezielde.

Langzaam werd meer nieuws bekend. Het verhaal van de bijeenkomst van de AFEE en de korte carrière van Armande Leblanc als voorzitster werd over het scherm uitgesmeerd. Met stijgend ongeloof was de blik van de aanwezigen op het rechtstreekse verslag gefixeerd. Niemand zei een woord, zoveel impact hadden de beelden.

Ook Johan Martens en Bavo Dhooge stonden perplex. Ze wisten niet goed wat ze tegen elkaar moesten zeggen, en hielden het bij een hardnekkig stilzwijgen.

Sportschepen Chistophe Peeters, tot voorzitter van het tennistornooi gebombardeerd, deed het enige wat hij in deze situatie kon doen. Hij verzocht de uitbater van de kantine de televisie even uit te schakelen en nam het woord.

'Geachte aanwezigen, ik ben net als iedereen hier van de kaart door de recente gebeurtenissen in Parijs. In deze omstandigheden heeft het geen zin de finale van de Coupe Gantoise te laten doorgaan. Ik heb net met de burgemeester overlegd, en ons voorstel is de wedstrijd tot morgen uit te stellen. Heeft iemand daar bezwaar tegen?'

Iedereen knikte instemmend. Dat was inderdaad de beste oplossing.

Zelfs Johan Martens was het ermee eens.

'Mijn hoofd staat nu toch niet naar tennis. Een aanslag in Parijs verdomme, waar gaat dat eindigen!'

Die woorden recht uit het hart gaven George Bracke een onaangenaam gevoel in de maag. Hij besloot zelf eens te bellen naar zijn contactpersoon bij Interpol, wellicht wist die al iets meer.

Niemand had nog zin om iets te drinken, wat de uitbater anders niet zo leuk zou gevonden hebben, maar ook hij was de kluts kwijt. Een voor een dropen de mensen af, om naar huis te gaan of zich toch maar in het feestgewoel te storten.

George Bracke bleef verslagen zitten. Hij reageerde zelfs niet toen Noël, de uitbater die anders altijd het hoge woord voerde, ongevraagd een glas Johnnie Walker voor hem neerzette.

Zo trof Annemie hem een half uur later aan. Ze had eerst nog enkele journalisten te woord moeten staan, die wilden weten of er op de Gentse Feesten extra veiligheidsmaatregelen genomen zouden worden.

Aan hun toon had ze kunnen horen dat de journalisten zelf niet geloofden dat Gent een doelwit kon zijn, ze zouden niet meer dan een kaderstukje schrijven op een van de vele bladzijden die in de kranten aan de aanslag gewijd zouden worden.

'Kom, George, we gaan naar huis.'

'Dat is het verstandigste wat ik vandaag al gehoord heb', zuchtte Bracke, en hij liet het glas Johnnie Walker onaangeroerd staan. Om dan op zijn stappen terug te keren en het in één keer naar binnen te kappen.

'Merci en bedankt!' riep Noël hen uit gewoonte na.

Thuis had Jessie zich uitgesloofd. Ze stond neuriënd in de keuken de tafel te dekken, en de heerlijke geur van moussaka kwam hen tegemoet. Bracke en Annemie kregen spontaan een knuffel.

'Ik heb wat in jullie voorraadkast zitten rommelen. Ik hoop dat je het niet erg vindt?' lachte ze.

'Toch iemand die goedgehumeurd is.' Bracke klonk alweer wat opgewekter. Hij had besloten toch maar niet naar Interpol te bellen, want daar schoot hij uiteindelijk niets mee op. Per slot van rekening had hij met die aanslagen niets te maken.

'Scheelt er iets dan?' vroeg Jessie verbaasd.

'Jij hebt duidelijk het nieuws nog niet gehoord', zei Annemie verbaasd.

'Waarom zou ik, het is toch allemaal kommer en kwel. Meer dan dit heb ik niet nodig', wees ze naar haar iPod. 'Heb ik iets gemist?'

'Dat zou je kunnen zeggen, ja', zei Jonas, die knabbelend aan een appel de keuken binnenkwam. 'Het was weer van dat in Parijs. Bom ontploft, minstens veertig doden.'

'Dat is net wat ik bedoelde', huiverde Jessie. 'Ik kan niet tegen dat soort afschuwelijk nieuws. Kijk maar, ik begin er helemaal van te beven.'

'Rustig maar', suste Bracke. 'Van al dat kletsen heb ik honger gekregen. Wat schaft de pot vanavond?'

Algauw druppelde ook de rest van het gezin binnen. Ze maakten er een heerlijke avond van, en aten de moussaka tot de laatste kruimel op.

'Ik heb nog een tijdje in een restaurant gewerkt', reageerde Jessie lacherig op Annemies complimentjes. 'Misschien moet ik maar weer in die sector gaan solliciteren, daar is altijd werk te vinden.'

Bracke zette bewust de televisie niet aan, hij wist zo al wat hij te zien zou krijgen.

En hij had gelijk. De hele avond waren op de meeste zenders extra uitzendingen over de aanslag in Parijs te zien. Wie bleef kijken, kreeg geregeld dezelfde beelden voorgeschoteld, veel viel er voorlopig ook nog niet te filmen. De rampzone was hermetisch afgesloten, en de verkeerschaos raakte eindelijk langzaam opgelost.

De speurders hadden uitgevlooid dat de verkeersellende niet aan een menselijke of computerfout te wijten was, maar wel degelijk kwaad opzet was geweest.

Die nacht raakte Bracke maar moeilijk in slaap. Hij liep te ijsberen en ging uiteindelijk in het duister op het terras zitten, luisterend naar de geluiden van de katten uit de buurt. Zijn kater Nestor kwam spinnend op zijn schoot liggen. Zo dutte hij langzaam in, tot hij rond drie uur wakker schoot. Hij wist dat hij de volgende ochtend helemaal stijf zou zijn en sloop de trap weer op.

*

Farouk had intussen allang de Lichtstad verlaten. Hij was met de Thalys vertrokken om anderhalf uur later fluitend in Brussel aan te komen. Daar nam hij zijn intrek in een goedkoop hotelletje vlak bij het Zuidstation dat vooraf door de commandant gereserveerd was.

Daar belde hij op het afgesproken tijdstip naar zijn superieur, die in een anoniem stadje op een bank onder een lindeboom geduldig op het telefoontje wachtte. Andermaal in codetaal, enkele woorden die ogenschijnlijk niets te betekenen hadden.

Het gesprek was kort, zoals altijd. Geen tijd om zijn soldaat te feliciteren met het doeltreffende werk, alleen maar verkapte zakelijke berichten over de volgende opdracht.

De commandant zat met een cocktail in zijn hand heerlijk na te genieten. Zelfs in dit afgelegen stadje waar nauwelijks toeristen kwamen, ging de aanslag in Parijs over de tongen.

Hij klapte zijn laptop open en werkte verder aan de evaluatie van de aanslag, zoals zijn meerderen dat van hem eisten. Ze hadden hem via een anoniem e-mailadres al gefeliciteerd. Op hun website kon hij de triomfantelijke boodschap lezen dat dit nog maar het begin was.

Hij prees de hemel dat hij deze goddelijke taak mocht uitvoeren. Bij het kiezen van de doelwitten en het uitdenken van de aanslagen had hij de vrije hand gekregen, een blijk van vertrouwen die hij niet wilde beschamen. Voor hij aan het werk was gegaan, had hij eerst met het oog van de koele manager de aanslagen van bevriende organisaties geanalyseerd.

Los van hun doeltreffendheid had hij heel wat kritiek. Zo bleken ze stuk voor stuk verrassend eenzijdig in hun opzet, zodat het gevaar dreigde dat de aanslagen ondanks hun meedogenloze doeltreffendheid op de duur saai zouden worden en de publieke opinie gaan vervelen.

De commandant koos voor een andere weg en stelde een gedetailleerd plan op waarbij geen twee aanslagen dezelfde zouden zijn. Hij zocht locaties uit die niets met elkaar te maken hadden, en wilde ook telkens andere bevolkingsgroepen treffen om de verwarring en de angst te vergroten. Niets zo efficiënt als de dreiging dat het iedereen kan overkomen, dacht hij met zijn boerenverstand.

Het idee om een vrouwenorganisatie als target te nemen was een gouden ingeving geweest. In de westerse wereld gold nog altijd de hoofse gedachte dat je niet aan vrouwen mocht raken, en waarschijnlijk zouden de zogenaamde experts die zich over de aanslagen bogen tot de conclusie komen dat deze aanslag een veroordeling van de emancipatie van de vrouw inhield.

De commandant grinnikte, hij had zelf lang genoeg in het westen gewoond om te weten hoe de mensen en de media dachten. Hij had feilloos voorspeld dat deze aanslag een golf van verontwaardiging zou veroorzaken, en stelde tot zijn genoegen vast dat het al de hele dag het absolute topitem van de internationale pers was.

Met het creëren van de verkeerschaos had hij een ander effect beoogd én bereikt. Hij wilde aantonen dat technologie een wapen kon zijn dat zich tegen zijn maker keerde, wat op zijn beurt weer moest bijdragen tot een algemeen klimaat van onzekerheid.

De commandant grijnsde. Ondanks de opleiding waren er toch van die dagen dat hij zichzelf niet helemaal onder controle had.

Veel tijd om van zijn successen na te genieten had hij niet, want er waren nog verschillende operaties die hij op moest volgen. De wapens die in het doorganghuis in München waren opgeslagen hadden hun weg naar andere operaties gevonden, en hij keek al uit naar het resultaat.

Farouk was een godsgeschenk, besefte hij. Die begon op volle toeren te draaien, en de commandant popelde al van ongeduld om hem opnieuw in te zetten. Het ijzer smeden terwijl het heet is, grinnikte de commandant, slurpend van zijn ananassap.

16

12 Dhu al-Qa'da 1137, Yawm al-Khamis, De Vijfde Dag uit de Maand van de Grote Hitte, 23 juli 1725 volgens de gregoriaanse tijdrekening.

Tersago was nu echt door zijn laatste krachten heen. Wit schuim stond op zijn lippen en het paard zwijmelde, snuivend van links naar rechts. Zijn grote, verschrikte ogen rolden wild heen en weer in hun kassen.

De steeds nerveuzere aanmoedigingen van Recep hielpen niet meer. Het restje water dat hij het dier in een lederen zak voorhield had evenmin effect.

Toen zag hij in de verte iets glinsteren. Zijn hart sprong op van vreugde.

'Nog even volhouden, Tersago! We zijn er bijna!'

Met vernieuwde moed begon hij aan de holster te rukken. Het was alsof Tersago begreep dat de redding nabij was, want hij schudde met zijn hoofd en stampvoette in het mulle, hete zand. Hij dronk nu wel van het water, dat veel te snel op was. Met zijn snuit streek hij langs de muezzin, bedelend om meer.

'Rustig maar, brave jongen! Straks kun je drinken zoveel je maar wilt!'

Hij hees zich voorzichtig in het zadel en merkte tot zijn grote vreugde dat het paard weer kon stappen.

Nu moesten ze voorzichtig zijn. Hij hoopte dat er niemand op de uitkijk stond. Dat was weinig waarschijnlijk, want op dit snikhete middaguur lag iedereen waarschijnlijk binnen te doezelen. Je moest goed gek zijn om je in deze hitte buiten te wagen.

Daar onderaan de zandheuvel lag Cadiye.

Eindelijk.

Ze hadden het gehaald.

Het dorp was gebouwd aan de voet van een rotspartij bij een oase waar wat groen omheen was gegroeid. Het vooruitzicht van overvloedig water maakte hem even ijl in het hoofd, maar hij mocht vooral niet overmoedig worden.

Om te beletten dat Tersago hen met zijn gehinnik zou verraden, bond hij een doek rond de mond van het dier. Het paard rook wellicht water, want het werd erg onrustig.

Op zijn hoede sloop hij dichterbij. Tussen de rotsen was een kleine inham waar hij Tersago kon verbergen. Het was er ook heerlijk koel, en hij maakte het dier aan een uitstekend rotsblok vast.

'Nog eventjes geduld, Tersago.' Hij klopte zijn rijdier zachtjes op de hals.

Nu kwam het gevaarlijkste deel. Op weg naar het water moest hij nog een heel eind over open terrein. Hij had geen keuze. Dit was het moment van de waarheid.

Hij holde zo hard door het hete zand dat zijn vel verschroeide. De pijn verbijtend zette hij door.

De waterput was verlaten. Snel vulde hij zijn waterzak en haastte zich terug naar de grot. Geen seconde te vroeg. Toen hij zich omdraaide, zag hij bij de put metaal glinsteren. Hij kneep zijn ogen tot spleetjes en zag een slaperige man in wapenrusting een emmer ophalen.

Tersago brieste onrustig toen Recep de grot betrad. Hij maakte het doek los en liet het paard uit zijn kom drinken. Pas toen het dier voldoende had, leste hij ook zijn dorst.

Binnen in de grot maakte Recep het zich gemakkelijk. Ook hij was aan rust toe, en een handvol dadels ging er best in. Liefkozend streelde hij de manen van Tersago, het trouwe dier dat hem zo ver gebracht had.

De zon ging langzaam onder. Het sein voor de mannen uit het dorp om hun koele rotshuizen te verlaten. Ze verzamelden op de binnenplaats en luisterden naar hun leider, die in bezwerende woorden opriep om de rangen te sluiten. Dit was niet minder dan een kwestie van leven en dood, verzekerde hij. Ze hadden geen keuze en moesten nu toeslaan, voor het te laat was en het dorp helemaal ten onder zou gaan.

Allemaal luisterden ze met volle aandacht. Toen gingen ze terug naar binnen om hun wapens te omgorden. Hun vrouwen hielpen hen daarbij. Niemand sprak een woord.

Recep merkte er niets van. Hij was algauw in een diepe, verkwikkende slaap gesukkeld. De dagen van ontbering eisten hun tol, en ook zijn paard was verheugd met de onverwachte rust. Zachtjes hinnikend at het dier de haverzak tot het laatste kruimeltje leeg.

*

Het was bijna middag, maar Jessie lag nog steeds te slapen. Annemie kon het niet over haar hart krijgen de onverwachte gast te wekken en had Julie naar de apotheker gestuurd om babyvoeding. Nu zat ze met een voldane grijns de kleine Sarre in de veranda een flesje te geven.

Het was lang geleden, maar het deed haar meteen denken aan de heerlijke tijd dat ze volop in de luiers zaten. De huishoudelijke taken kwamen toen hoofdzakelijk op haar schouders neer, want Bracke was volop bezig met carrière maken.

Sarre dreigde even te beginnen schreien, maar toen Annemie hem vakkundig liet boeren, sliep hij snel gelukzalig verder.

'Dat gaat je goed af, ma', zei Jonas, vooral omdat hij dat zelf een wijze opmerking vond. 'Moet jij trouwens niet op je werk zijn? Of geef je dat op en word je kindermeisje?'

'Misschien nemen we er zelf nog eentje', zei Annemie plagend, en ze zag haar zoon even verbleken.

'Meen je dat werkelijk?'

'Hm, als ik dit mormeltje hier zie...'

Jessie kwam geeuwend binnen. Met haar haren in de war en nog half slapend zag ze er best appetijtelijk uit, vond Jonas, die steeds meer last van zijn hormonen begon te krijgen. Hij werd er 's nachts soms wakker van en voelde zich 's ochtends dan schuldig omdat hij weer niet aan de drang van het vlees had kunnen weerstaan.

'Gaap niet zo, snotneus. Straks vallen je ogen nog uit je kop', spotte Julie.

'Ook een goedemorgen', piepte Jessie, die duidelijk geen ochtendmens was. 'Heb ik heerlijk geslapen, zeg. Hoe lang was het al niet geleden dat ik nog in een bed gelegen had. Is Jorg er niet?'

'Wat dacht je, die is gaan fietsen, naar Sonja natuurlijk.' Julie schudde haar hoofd. 'Dat doet hij tegenwoordig elke dag. Straks neemt hij nog deel aan de ronde van Frankrijk.'

'Jammer', zei Jessie met een stem vol spijt. 'Ik had hem even willen spreken. Nu ja, het is niet dringend. Ik zie hem later nog wel.'

'Ach, die is binnen een uurtje wel terug', suste Annemie, die de baby verschoonde.

'Maar ik wil jullie echt niet langer tot last zijn', stribbelde Jessie voor de schijn nog wat tegen.

'Nonsens. We laten je voorlopig nog niet gaan. Je blijft hier tot je weer helemaal uitgerust bent. En nu ga je ontbijten.'

Ze stopte Jessie haar baby toe en ging in de keuken aan de slag. Even later vulde de heerlijke geur van spek met eieren de kamer. Niet eens aangebrand. Annemie was trots op zichzelf.

Bracke kwam pas laat in de voormiddag opdagen. Zijn rug voelde inderdaad aan als een stijve plank, maar een stevige massage van Annemie zou vast wonderen doen.

Bracke keek snel de kranten in. Overal zag hij bladzijden vol verslagen over de aanslag, maar die legde hij voorlopig nog even opzij.

Daar kwam Julie hem al een omelet brengen. Hij bekeek genietend het huiselijke tafereeltje en dacht heel even aan niets.

*

Nu ze gezamenlijk gebeden hadden, maakten de ruiters zich klaar voor hun verre tocht. Ze bonden doeken voor hun mond tegen het opwaaiende stof en vuurden hun paarden aan. Hun kromzwaarden blonken in de zon.

Recep voelde zijn hart in zijn keel bonzen. Hij had van de paar uur rust in de koele grot gebruik gemaakt om wat op krachten te komen.

Ook Tersago leek weer helemaal de oude. Het edele paard schuurde zijn neus tegen de baard van zijn meester aan en brieste speels.

'Wees maar niet ongeduldig, ouwe jongen. We gaan weer naar huis.'

Diepe ongerustheid weerklonk in Receps woorden. Hij hoopte vurig dat zijn voorgevoel hem bedroog, maar dat had het nog nooit gedaan. De stem had hem niet zomaar dwars door de woestijn gestuurd om deze vervaarlijke bende op een zorgeloos uitstapje te volgen.

Hij wachtte nog even tot de ruiters uit het gezicht verdwenen waren. De zon stond aan het hoogste punt, en het idee om opnieuw door het hete zand te zwalpen was allerminst aanlokkelijk.

Op zijn hoede reed hij met het paard naar de bron. De hutten waren verlaten, maar hij nam geen enkel risico. Behoedzaam naderde hij de waterput.

Tersago voelde blijkbaar dat hij de zon weer zou moeten trotseren. Hij dronk snel twee emmers leeg en begon aan een derde.

Intussen vulde Recep de waterzakken. Hij wist nu hoe ver het naar huis was, en dat stelde hem enigszins gerust. Hij maakte zich vooral zorgen om het dorp.

De volgende drie dagen sjokte hij door de woestijn, op een veilige afstand van de ruiters. Ze hielden er een stevig tempo op na zonder hun paarden af te jakkeren. Tijdens de heetste uren van de dag maakten ze met tentzeilen een afdak waaronder ze voor de ergste hitte konden schuilen. Recep deed hetzelfde met het tapijt waarop hij 's nachts sliep en kon zichzelf wel voor het hoofd slaan omdat hij daar niet zelf opgekomen was.

Opletten nu. Hij mocht de ruiters niet uit het oog verliezen.

17

Met een gezicht dat het midden hield tussen opperste concentratie en gedachten mijlenver van de realiteit verwijderd zat George Bracke op een van de ereplaatsen naar de tenniswedstrijd te kijken.

De match was met enige vertraging gestart omdat de scheidsrechter eerst een minuut stilte voor de slachtoffers in Parijs had gevraagd.

Om idiote opmerkingen te vermijden had hij thuis op de computer snel nog even de basisregels van het tennis opgesnord. Die vermaledijde match die hijzelf enkele jaren geleden had gespeeld was zijn enige contact met deze sport. Zeker geen goede herinnering, want hij had er een scheur aan de kuitspier aan overgehouden.

George Bracke genoot van het onverwachte uitje midden in de Gentse Feesten. Het vele vergaderen hing hem de keel uit, en hij besefte ineens weer waarom hij de Feesten was gaan haten.

Nu kon hij zich achter het excuus verschuilen dat hij in functie bij deze wedstrijd aanwezig was, want de Coupe Gantoise – het meest pretentieloze liefdadigheidstornooi van het grijze amateurcircuit – werd sinds jaar en dag door het politiekorps gepatroneerd.

In een grijs verleden had Bracke er zelf nog aan deelgenomen. Als je dat deelnemen kon noemen, want hij was in twee korte sets afgeslacht door een bode van het SMAK. Die was nochtans herstellende van een hernia en moest na de ultrakorte wedstrijd van het terrein gedragen worden.

Zoals elk jaar maakten de prominenten van de stad er een erezaak van bij de finale aanwezig te zijn. Niet dat de wedstrijd hen een barst kon schelen, maar het leverde doorgaans wel een verslag op de regionale televisie AVS en wat krantenknipsels op. En er was natuurlijk de receptie met de nodige hapjes en drankjes, gesponsord door de stad.

De enigen die de wedstrijd wel ter harte namen, waren de twee finalisten. Johan Martens was al de hele dag niet aanspreekbaar en had net voor hij thuis vertrok op zolder nog vlug enkele yogaoefeningen gedaan.

Hij had al enige tijd last van zijn meniscus, maar weigerde – als een echte man – om naar de dokter te gaan. Voor de eerste keer in zijn loopbaan als persfotograaf had hij zelfs een opdracht geweigerd zodat hij zich optimaal op de finale kon voorbereiden. Collega Frederiek van de Velde, naar wie hij de opdracht had doorgeschoven, had zich in zijn koffie verslikt toen hij van Johan het aanbod kreeg.

De voor de gelegenheid opgezette tribune raakte aarzelend halfvol. De echte prominenten verkozen tot het allerlaatste moment te wachten of kwamen binnen als de wedstrijd al aan de gang was, want eigenlijk kon het tennis hen gestolen worden. Door te laat te komen konden ze er zeker van zijn dat iedereen hen opgemerkt had. Ze konden het nog altijd op hun drukke agenda steken, al viel dat tijdens de Feesten meestal aardig mee.

Op de hoogste trede van de tribune likte Farouk genietend aan een vanille-ijsje. Hij wist dat hij een elementaire regel overtrad, want het was verboden om zich in volle voorbereiding van een actie in het gewone leven te mengen.

Diep binnenin was er iets geweest dat hem naar buiten had gedreven. Was het de wetenschap dat al deze zondaars tien dagen lang liepen te feesten, terwijl hij dat nog nooit gedaan had? Plots was er de onbedwingbare neiging geweest om de straat op te gaan en mee te doen, al was het maar voor één keertje. Ook al had hij geen geld op zak, hij had de eerste de beste bus genomen en was drie haltes verder aan de Blaarmeersen uitgestapt, waarna hij lukraak een lange kerel met een sporttas had gevolgd.

Bavo Dhooge had niet eens gemerkt dat hij geschaduwd werd, zozeer zat hij in gedachten bij zijn volgende boek. Het zou een lekker vettige westernthriller worden waarbij niet alleen de schurken, maar ook de *good guys* bij bosjes zouden worden afgeschoten.

Wist de brave schrijver veel dat hij op weg naar zijn zoveelste finale in zijn kielzog een koelbloedige moordenaar had, die bovendien een stiletto in zijn laars had verstopt. Een vlijmscherp wapen waarmee bij een actie in Madrid nog twee politieagenten waren gekeeld.

Dhooge zou niet eens een naakte miss België naast zich opgemerkt hebben, want hij zag zichzelf de beker uit de handen van de burgemeester ontvangen. Het was alweer een tijdje geleden dat hij een tornooi gewonnen had.

Met groeiende belangstelling keek de killer naar het publiek. Hij zag heel wat schaars geklede jongedames, net het type grietjes van losse zeden waarvoor hij in het instructiekamp was gewaarschuwd. Hij had toen net als de anderen luidkeels zijn verontwaardiging over die goddeloze vrouwen geuit en het nog werkelijk gemeend ook. Ze zouden branden in de hel en boeten voor hun zonden.

Nu hij deze welgevormde schepsels zo dichtbij zag zitten, wist hij dat het avontuurtje met Helena geen eenmalig zwak moment was geweest. Hij nam zich voor om de richtlijnen van de commandant voortaan ter harte te nemen en zich tijdens acties inderdaad van zijn omgeving af te zonderen. Want van één ding bleef hij overtuigd, en dat was dat hij de heilige taak waarvoor hij op de wereld was gezet, moest uitvoeren.

Deze ene avond wilde hij echter net als iedereen zijn, en misschien kon een van die aanlokkelijke juffrouwen hem Helena wel doen vergeten. Op zulke ogenblikken dacht hij helemaal niet aan zijn verloofde.

Een fris avondbriesje zorgde voor aangename verkoeling na een veel te hete dag. Bracke had die grotendeels op een terrasje doorgebracht, met zijn gsm binnen handbereik, maar er belde niemand. Een vreemde maar prettige gewaarwording waar hij snel aan zou kunnen wennen. Het leek wel de ziekte van deze tijd dat je pas belangrijk werd geacht als men je vaak aan de telefoon nodig had.

Hij kon het niet helpen, steeds opnieuw woog hij de voors en tegens van zijn nieuwe functie af, maar het was momenteel weer meer een status-quo. Voor elk positief argument viel meteen weer een negatief te bedenken, en omgekeerd. Ach, het was natuurlijk spelerei, dat wist hij zelf. De wortel die hem werd voorgehouden zag er veel te aanlokkelijk uit om te weigeren.

Het was een overbodige dag geweest. Hij had uiteindelijk niet aan de verleiding kunnen weerstaan om de kranten te lezen, en was bijna misselijk geworden toen hij de verslagen van ooggetuigen over de ontploffing onder ogen kreeg.

Uiteraard gonsde het op het hoofdkwartier van de geruchten over de gebeurtenissen in Parijs. Velen wierpen een blik op de interne rapporten van hun Franse collega's die via het interne politienet beschikbaar waren en vonden er allerlei bloedige details die niet bekend waren gemaakt via de media.

Johan Martens mepte voor de derde keer op rij de bal hard in het net, maar bleef bewonderenswaardig kalm. Sinds hij, na jarenlang niet meer aan sport te hebben gedaan, opnieuw was gaan tennissen, had hij een ware metamorfose ondergaan. Het beginnende buikje was verdwenen, hij stond 's morgens met duidelijk plezier in het leven op en naar verluidt zat er zelfs meer diepgang in zijn foto's.

Ondanks de drie opeenvolgende stomme fouten wist de fotograaf toch een break op de service van zijn tegenstander uit de brand te slepen.

Bavo Dhooge was niet van plan zich zomaar gewonnen te geven. Hij was een tennisser met een erg zuivere techniek die steeds fair probeerde te spelen, maar als puntje bij paaltje kwam, wist hij altijd nog wat trucjes uit zijn mouw te schudden.

Zo had hij al vaak een hoger geplaatste speler weten te verslaan door zijn beruchte doordringende blik die dwars door je heen leek te gaan. Of hij begon erg verdedigend te spelen en bleef de bal terugslaan tot de tegenstander een fout beging.

George Bracke dreigde even in te dommelen, maar Christophe Peeters, de flamboyante schepen van Sport die door sommigen Kuifje genoemd werd, tikte hem tijdig aan. Discreet geeuwde hij in de palm van zijn hand. Waar bleef Annemie toch!

De spelers waren aan een spannende tiebreak bij het einde van de eerste set bezig, en het zou nog een hele tijd kunnen duren. Bavo had de set al twee keer in zijn voordeel kunnen beslechten, maar verknalde het telkens door een al te slordige bal net buiten. Voor Johan was dat een opkikker, en het stond voor de zoveelste keer gelijk. Een opmerkelijke prestatie, gezien het duidelijke voordeel dat de tennissende schrijver – of was het omgekeerd – had op de fotograaf, die er dankzij de doorgedreven fitnesstraining steeds slanker en gespierder begon uit te zien.

Een harde donderslag volgde onmiddellijk op een bliksemflits. Je kon de schrik op de gezichten van de mensen zien, die zich meteen weer ontspanden toen ze merkten dat het aangekondigde onweer nog wel even op zich liet wachten. Wel werd de lucht steeds dreigender grijs, en het koele briesje was een behoorlijke wind geworden.

Ondanks al zijn ervaring leek Bavo Dhooge het meest onder de indruk van de weersomstandigheden. Nu was hij het die de bal in het net sloeg en Martens een setbal cadeau gaf.

De fotograaf was steeds beter gaan serveren en gooide de tennisbal op voor een laatste, vernietigende opslag.

Blaaskaak, dacht Farouk, die het instinctief niet voor sportmensen had. Ze sloofden zich naar zijn zin veel te veel uit, en dat voor zoiets onbenulligs als een tenniswedstrijd.

Zijn hand streelde in zijn binnenzak liefkozend over de dolk. Hij stelde zich voor hoe hij deze twee opscheppers voor de ogen van het verbaasde publiek aan het dodelijke wapen zou rijgen. De kans was groot dat de mensen zo verbouwereerd zouden zijn dat hij gewoon zou kunnen wegwandelen zonder dat iemand hem een strobreed in de weg legde.

De blikken van Farouk en Bracke kruisten elkaar; kort, zonder echt notitie te nemen van de ander.

Als het van Werner van Aken afhing, zouden we binnenkort van elke buitenlander een vingerafdruk nemen, bedacht Bracke. Toch die met een bruin kleurtje. Dan mochten we ze ter observatie een tijdje vasthouden als hun uiterlijk ons niet beviel.

De eerste opslag had bijna onmerkbaar het net geraakt. Johan Martens wilde eerst nog met de scheidsrechter redetwisten, maar hield zich bijtijds in. Het was alleen maar negatieve energie, en die kon hij nu missen als de pest. Positief denken, Johan, sprak hij zichzelf moed in.

De tweede opslagbal ging loodrecht de hoogte in. Johan Martens strekte zijn opslagarm, maar het zou nooit tot een service komen.

Een felle bliksemschicht doorkliefde de lucht, onmiddellijk gevolgd door luid gedonder. Het begon meteen te stortregenen, en joelend haastten de toeschouwers en eregasten zich naar de kantine.

Alleen de twee tegenstanders bleven perplex staan en keken elkaar schouderophalend aan. Toen zagen ook zij in dat de wedstrijd afgelopen was.

In het gewoel werd Farouk door de haastige massa mee naar binnen gedreven. In de kantine was het broeierig warm, ondanks de geopende ramen en deuren. De tapkranen draaiden op volle toeren. Iedereen was de tennismatch vergeten, op de twee spelers na, die in een hoekje sip in hun glas bier stonden te staren.

'Kop op, jongens.' George Bracke kwam de verongelijkte spelers opbeuren. Niet dat zijn schouderklopje veel hielp, want beiden waren ze niet aan te spreken.

'Ach,' lalde de directeur van de Dienst Feestelijkheden, die er duidelijk al eentje te veel op had, 'dan spelen jullie morgen of zo toch gewoon weer verder. Dan komen we nog eens supporteren. Patron, geef er ons nog eentje!'

Zowel de fotograaf als de schrijver liet een halve liter pils aanrukken en nam een fikse hap uit de schuimkraag. Bij Johan Martens kon er al een eerste bescheiden lachje af, al had het nog een groene glans. Ook Bavo Dhooge herstelde zich.

'Knap gespeeld', prees hij, en Johan Martens kon niet anders dan het complimentje retourneren, al was hij geen man van veel woorden.

'Insgelijks. Stevige opslag heb je', zei hij, zij het niet helemaal van harte.

De twee verongelijkte tennissers besloten het samen op een drinken te zetten, en maakten alvast een afspraak om de wedstrijd binnenkort onder hun tweetjes verder te beslechten.

Farouk dacht allang niet meer aan de tennissers. Hij was in een druk gesprek met veel gebarentaal verwikkeld geraakt met drie pronte juffrouwen die op de dienst Gentinfo werkten en blijkbaar aan een zorgeloos avondje uit toe waren. Ze hadden ook de hele dag de vragen van steeds ongeduldiger wordende toeristen over de Gentse Feesten moeten beantwoorden en konden enige ontspanning best gebruiken.

Het blondje Marina zag wel wat in de pezige, gebruinde kerel die duidelijk ook door haar verschijning geïmponeerd was. Ze had net haar vriendje gedumpt omdat hij te bezitterig werd. Een nieuwe relatie wilde ze niet, maar ze was van plan om zich tijdens deze dolle feestdagen eens goed te laten gaan. Die grappige Arabier of wat hij ook was leek haar wel wat, maar dan moest ze hem wel uit de klauwen van haar collega's zien te houden.

De hoogblonde Angelique was na haar tweede scheiding goed op weg een mannenverslindster pur sang te worden, en ook de valse brunette Annick had blijkbaar haar oog op deze potentiële loverboy laten vallen. Ze drumden met zijn drieën om het dichtst bij hem te staan, vertrouwend op de onweerstaanbaarheid van hun parfum.

Farouk kreeg het steeds warmer. Westerse vrouwen, hij zou ze nooit begrijpen. Hij wilde dat ook niet, zo kon hij deze verrukkelijk decadente wezens verafschuwen en toch zonder wroeging aan zijn lusten toegeven.

Ze waren wegwerpvoorwerpen, simpel in het gebruik maar verder zonder waarde. Leuke speeltjes, gemaakt om echte mannen met een missie te behagen. Maar ook bedoeld om zo snel mogelijk aan de kant te schuiven, ze liepen anders toch maar in de weg en stelden vervelende vragen.

*

12 Dhu al-Qa'da 1137, Yawm al-Khamis, De Vijfde Dag uit de Maand van de Grote Hitte, 23 juli 1725 volgens de gregoriaanse tijdrekening.

Recep kon zichzelf wel voor het hoofd slaan omdat hij zich verslapen had. Dat overkwam hem anders nooit, en hij schaamde zich dat het op zo een belangrijk moment gebeurde.

Het was die nacht wat warmer dan normaal geweest zodat hij niet voortdurend wakker geworden was. Tussen de rotsen verscholen had hij zich voor het eerst sinds het vertrek uit zijn dorp veilig gevoeld.

De opgestapelde vermoeidheid van de voorbije week had een zware tol geëist, en de zon stond al behoorlijk hoog aan de hemel toen hij wakker schrok.

Van de ruiters was geen spoor meer te bekennen. Recep wist dat hij geen tijd te verliezen had en raapte snel zijn spullen bij elkaar. Als ze maar niet te veel voorsprong hadden genomen!

Gelukkig waaide het niet zodat hij de sporen in het zand nog kon zien.

'Vooruit, Tersago!' spoorde hij zijn paard aan. Het dier was na de nachtrust en het water helemaal opgekikkerd en schudde speels zijn lange manen.

De ruiters zetten er stevig de pas in. Hun aanvoerder, Osman Keser, leidde vastberaden de groep. Uit zijn stalen blik viel niets af te leiden. Hij was zich bewust van het gewicht dat op zijn schouders rustte.

Hij keek even over zijn schouders. Zijn mannen volgden hem blindelings, desnoods naar de hel. Misschien waren ze daar ook wel naar onderweg.

De voorbije maanden was de toestand in hun dorp van alarmerend naar dramatisch geëvolueerd. De waterbronnen raakten langzaam uitgeput zodat rantsoenering zich had opgedrongen. Regen bleef uit, en de dorpsoverste had in de sterren gezien dat er de volgende maanden ook geen neerslag te verwachten viel.

Niet alleen het water maar ook het voedsel raakte op. De gewassen die ze de vorige jaren met wisselend succes hadden geteeld stonden op het land te verdrogen. De eerste kinderen gingen dood, en het viel te vrezen dat er nog heel wat zouden volgen.

Toen had Osman Keser een belangrijk besluit genomen. Cadiye was ten dode opgeschreven als ze niet zouden ingrijpen.

Tijdens een nachtelijke vergadering had hij zijn mannen toegesproken. Lang had het niet geduurd, want iedereen was zich bewust van de ernst van de situatie. Allemaal keken ze bedrukt voor zich uit.

In enkele woorden had Osman Keser hen aan de roemruchte daden uit het verleden herinnerd, toen ze in opdracht van de kalief hun land tegen nomadenstammen hadden verdedigd.

Bij wijze van beloning hadden ze hun wapenrusting mogen houden, en aanvoerder Keser had daarna op regelmatige tijdstippen een oefenkamp gehouden zodat zijn mannen in constante staat van paraatheid verkeerden.

Met enige trots keek Osman Keser naar zijn troepen. Niemand had geprotesteerd toen hij zijn plan ontvouwde. Het was een meedogenloos plan, maar ze hadden geen keuze. Een roofdier dat zich zwak toonde, werd zonder genade door een ander roofdier verscheurd.

In de verte lagen de rotsen van Cümüne in het zonlicht te blinken. Er waren geen wachters te zien, en dat kon Osman Keser maar niet begrijpen. Dit dorp had wellicht niet te lijden gehad van de invasie van de nomaden. Dat zou de dorpelingen zuur opbreken.

Hij gebaarde zijn mannen zo weinig mogelijk geluid te maken. Hij voelde de spanning stijgen en genoot van dat gevoel. Nog heel even, en ze zouden geschiedenis schrijven.

*

De Gentse Feesten waren hun vierde dag ingegaan, en alles verliep gesmeerd. Dat was de conclusie van Werner van Aken, die er opvallend sereen bij liep. Hij had daar reden toe, want uit een nachtelijke teleconferentie met de verantwoordelijken van de speuracties naar de aanslagen in München en Parijs vielen geen indicaties af te leiden dat de terreur zich ook naar België zou verplaatsen.

De voorlopige balans was erg bloedig. In München stond de teller op 26 doden, en drie mensen vochten in het ziekenhuis nog voor hun leven. In Parijs hield men het voorlopig bij 51 slachtoffers.

'Voor ons zijn het namen zonder gezicht in een lijst, maar het waren allemaal mensen van vlees en bloed', zei Van Aken in een zeldzame filosofische bui tegen Annemie. 'Een paar gekken, meer heb je niet nodig om een ravage aan te richten. Ik begrijp dat soort mensen niet, Annemie, met de beste wil van de wereld niet.'

Dergelijke ontboezemingen was ze van haar baas niet gewoon, en ze wist niet goed hoe ze erop moest reageren. Blijkbaar verwachtte hij niets van haar, want hij stond met zijn handen op zijn rug door het raam naar de straat te staren, waar poppenspelers zich opmaakten om met hun act te beginnen.

'Weet je, Annemie,' zei hij zonder om te kijken, 'ooit dacht ik dat iedereen het goed met zijn medemens voorhad. Maar dat is lang geleden. Het is een harde wereld daarbuiten, daar moeten we ons elke dag opnieuw van bewust zijn. Het ergste wat we kunnen doen, is onze aandacht laten verslappen. Het gevaar loert op ons, en als we ons zwak opstellen, worden we erdoor verzwolgen.'

Ze was van hem klare taal gewend, en deze woorden kon ze niet echt plaatsen. Hoe goed ken ik die man eigenlijk, dacht ze. We zien elkaar dagelijks, maar nog altijd kan ik geen hoogte van hem krijgen.

'Maar genoeg gemijmerd nu. Terug aan de slag!' zei hij energiek. Hij stroopte letterlijk zijn mouwen op en belde naar Staelens met de dringende vraag waar dat dossier over de schijnhuwelijken bleef.

Annemie kreeg een telefoontje van Abdel Hassim, die het intussen tot hoofdinspecteur geschopt had. Hij belde vanuit zijn vakantieoord in Tanger, waar hij voor het eerst in jaren met zijn gezin een verblijf had gehuurd om tijdens zijn tocht door de Arabische wereld even halt te houden.

'Ja, alles hier in orde, Abdel', glunderde Annemie. Ze kon het ook niet helpen, als ze Hassim hoorde, was haar dag goed. 'Nee, de boel staat hier niet op stelten. Wie heeft je dat wijsgemaakt?'

Ze zag dat Van Aken zat mee te luisteren en gaf met haar hand op de hoorn enige verduidelijking: 'De kranten ginder staan er blijkbaar vol van dat West-Europa kreunt onder de terreur.'

Van Aken kon alleen maar zuchtend zijn ogen neerslaan. Die journalisten toch, ze waren overal hetzelfde.

'Ja Abdel, ik zal hier iedereen zeker de groeten doen. Tot over twee weken', sloot Annemie het gesprek af.

Van Aken was intussen alweer weg. Dat dossier liet echt toch wel te lang op zich wachten, en dat wilde hij Stormvogel eens persoonlijk gaan zeggen.

*

Recep gaf alle voorzichtigheid op en spoorde zijn paard aan. Tersago was helemaal bezweet, maar zijn berijder besteedde daar niet de minste aandacht aan. Hij had andere dingen aan zijn hoofd.

Zijn hart sloeg meteen heel wat sneller toen hij in de verte de dikke rookpluimen zag. Hij hoorde het geluid van schreeuwende, hulpeloze mensen in nood. Hij kreeg er een wee gevoel in de maag van.

Het paard vertraagde vanzelf, alsof het ook wist dat er iets verschrikkelijks was gebeurd.

Recep sprong van het dier en kwam met kleine stappen dichter bij de plek des onheils. Hij zou er alles voor geven om ergens anders te kunnen zijn, maar hij wist dat het zijn lot was om getuige te zijn.

Recep haalde diep adem toen hij de laatste zandheuvel op weg naar Cümüne beklom. Het zand was gloeiend heet, maar hij scheen het niet te merken.

Het paard bleef hinnikend achter. Tersago ving de geur van de rook op en werd er nerveus van, maar uiteindelijk haalde zijn heimwee naar huis het op zijn angst. Schuddend met zijn hoofd volgde hij zijn meester.

Bovenop de heuvel hield Recep halt om naar zijn dorp te kijken. Naar wat eens zijn dorp was.

18

Met bloeddoorlopen ogen staarde Cliff naar het jonge trouwkoppeltje dat bij de fontein op het Sint-Baafsplein onbezorgd zat te zoenen.

Hij had in geen drie dagen meer geslapen, en hij voelde zich belabberd. De weed die hij van de nieuwe dealer gekocht had was blijkbaar niet zuiver, want hij kreeg er verschrikkelijke hoofdpijn van.

Het was kort na de middag, maar het centrum liep alweer aardig vol. Hardnekkige feestgangers die de hele nacht waren doorgegaan, maar vooral oudere mensen die niet zo van het lawaai hielden en gezinnen met jonge kinderen op weg naar het springkastelenfestijn aan het Zuid.

Cliff werd er op een vreemde manier weemoedig van. Zoveel gelukkige mensen, likkend aan een ijsje, happend van een hamburger, het was een gevoel dat hij nooit had gekend. Toen hij op zijn 18de zelf uit het weeshuis was weggegaan, had hij snel met het echte leven kennisgemaakt.

Dat gebeurde enkele jaren geleden op de eerste dag van de Gentse Feesten. Hij had de tiendaagse eerst overleefd met centen van enkele vrienden die hem snel lieten vallen en daarna door zijn handige vingers, die wonderwel portefeuilles wisten op te vissen uit handtassen.

Eén ding stond voor hem toen al vast: hij verafschuwde de maatschappij die hem in de steek gelaten had en was vast van plan zich nooit aan regels te binden.

Algauw had hij aansluiting gevonden bij een groepje jongeren die net als hij maar één principe huldigden: *screw them before they screw you*. Ze hadden hem meegetroond naar een kraakpand op de Muide dat ruim een half jaar als woonst en oord van plezier zou dienen, tot de mobiele brigade hen op een ochtend letterlijk kwam uitroken.

Bij deze actie had hij zich blijkbaar op een indrukwekkende manier verzet, want toen hij twee dagen later na intens verhoor weer werd vrijgelaten, had hij bij zijn makkers zoveel krediet verworven dat ze hem voortaan als ongekroonde leider waren gaan beschouwen. Toen was er iets in zijn bovenkamer definitief verkeerd gegaan. De krakerbeweging groeide snel aan tot een vijftiental leden, onder wie drie jongelui die overdag keurig een baan hadden en de nodige centen binnenbrachten.

Hij leerde het klappen van de zweep met als belangrijkste zorg zo weinig mogelijk op te vallen. De krakers konden bij een bepaald deel van de bevolking op sympathie rekenen, en het was dus belangrijk om hun imago niet te besmeuren.

Cliff was de eerste krakerleider die op gezette tijden zelf contact opnam met de pers. Tijdens deze gesprekken lette hij bijzonder op zijn taalgebruik, bijgestaan door een van 'zijn' jongens die ooit nog dictieles aan de muziekacademie had gegeven. Hij leerde keurig praten. Bekakt, noemde hij het zelf, maar hij merkte dat het indruk maakte, vooral op de jonge vrouwelijke journalisten die hij dan ook recht in de ogen keek en al eens op een knipoogje durfde te vergasten.

Intussen waren ze al aan hun vierde kraakpand toe en had zich een zekere gewenning van de krakers meester gemaakt. Het kon hen niet meer schelen dat ze om de zoveel tijd weer moesten verhuizen, en het ledenbestand bleef al een tijdje op peil.

Meer zelfs, blijkbaar waren ze zo populair geworden dat ze kandidaten konden weigeren. Nu hij erover nadacht, Jessie was de laatste geweest die hij had toegelaten, maar dat was enkel omdat ze zo'n lekkertje was.

Jessie, hij kon haar bloed wel drinken. Het was nog nooit gebeurd dat iemand hem in het bijzijn van de anderen een trap had verkocht, en dat riep om wraak.

De krakerleider sprong op uit zijn lethargie. Hij botste tegen een imposante figuur aan, die hem bekeek met ogen die konden doden.

'Kun je niet uitkijken waar je loopt, pummel', snoof Dille, terwijl hij naar de papieren scharrelde die uit de map onder zijn arm waren gevallen.

Cliff stond al klaar in gevechtspositie toen hij de travestiet herkende. Hij was tijdens vroegere Gentse Feesten een paar keer naar zijn spektakels gaan kijken en kon de mix van decadentie, glamour en nostalgie best pruimen.

'Sorry, maat', verontschuldigde hij zich, misschien wel voor de eerste keer in zijn leven, en hij hielp de papieren oprapen. Zijn handen beefden, en hij voelde zich misselijk worden. Smerige dealer ook, als hij die ooit in handen kreeg, zou hij er niet goed van zijn.

'Het is goed voor één keer', zei Dille alweer heel wat milder. Met het klimmen van de jaren was hij verdraagzamer geworden. Die knul kon het natuurlijk ook niet helpen, en aan zijn lijkbleke verschijning te oordelen draaide hij al dagen in het feestgewoel mee.

Veel tijd om te ruziën had Dille niet, want in het NTGent, het vroegere Publiekstheater, stond alweer een vergadering op het programma. Voor de zoveelste keer vroeg hij zich af waar hij in hemelsnaam aan begonnen was, maar nu kon hij niet meer terug. De 1500 polsbandjes die het stadsbestuur voor het spektakel had bedrukt waren op minder dan twee uur de deur uit, en de pers speelde gretig in op de torenhoge verwachtingen van het publiek. Een van de kranten sprak zelfs van een afscheidsgeschenk van de burgemeester, die aan zijn laatste maanden toe was, al had Frank Beke met het project niets te maken. In de gemeenteraad had hij net zijn bezorgdheid om de veiligheid van het publiek uitgesproken, wat in de kranten gemakshalve achterwege gelaten was.

De voorbije dagen had Dille het ene na het andere interview afgewerkt. Hij was nooit vies van media-aandacht geweest, maar nu begon hij er toch langzaam genoeg van te krijgen.

Zelfs de zogenaamd serieuze pers had meer ingezoomd op zijn privéleven dan op het evenement zelf. Hij vond het niet leuk om na al die jaren weer geconfronteerd te worden met zijn behoorlijk wilde verleden. Dat waren andere tijden, en hij werd er liever niet aan herinnerd.

Het Sint-Baafsplein liep vol. Ouderen raakten vertederd bij de aanblik van al die kinderen die met ogen vol verwachting hun ouders naar de springkastelen volgden.

Een kerel die ladderzat van de Vlasmarkt kwam bezong in verwarde bewoordingen de lof van de Irish coffee die daar royaal geserveerd werd. Daar keek niemand nog van op, het waren tenslotte Gentse Feesten.

Politiechef Werner van Aken stond het tafereel hoofdschuddend te bekijken. Zolang de man niemand lastigviel, was het niet nodig in te grijpen, maar zijn geërgerde blik verried dat hij de dronkenlap het liefst persoonlijk had opgepakt. Hij kon niet begrijpen dat mensen zich zo lieten gaan. Eigenlijk, bedacht hij sip, zou je een opname moeten maken en die achteraf in het bijzijn van zijn familie aan de betrokkene tonen. Maar goed, tijdens de Feesten moest de politie iets door de vingers kunnen zien. Hij was bovendien niet van plan zijn koffie te laten koud worden.

'Ze kunnen allemaal mijn kleurpotloden kussen!' lalde de dronkaard, en hij begon aan zijn legerbroek te sjorren om de bewuste lichaamsdelen aan de nieuwsgierige blikken bloot te stellen.

Van Aken ging prompt over van waakstand naar fase geel alarm. De wijzers sloegen helemaal in het rood toen de kerel met zijn broek al open een pistool uit zijn achterzak haalde en ermee richting hemel wees.

Van Aken sprong op en knalde het tafeltje met zijn koffie omver. Hij werd een panter die in een paar tellen het plein over holde. Hij gooide zich met een luide schreeuw op de nachtbraker, die zwaar tegen de grond plofte.

Persfotograaf Frederiek van de Velde, die aan de fontein wat beelden van het trouwkoppeltje stond te schieten, drukte net op het juiste moment af en maakte de foto van zijn leven. Eigenlijk was hij op vakantie, maar met de trouwreportage had hij een onverwachte financiële meevaller die met het oog op zijn reisplannen naar Azië goed van pas kwam.

De fotograaf keek op zijn horloge en zag dat hij nog net de deadline van *De Gentenaar* kon halen. Dat zou meteen goede reclame zijn voor zijn foto. Die kon hij ongetwijfeld aan meer dan één blad doorverkopen.

Fijn toch, die Gentse Feesten, grijnsde hij.

Werner van Aken was razend. Het verhoor van zijn arrestant had weinig opgeleverd, behalve de onthulling dat hij Jaak Vandersteen heette, 44 jaar oud was en zich die nacht zowat te pletter had gezopen omdat hij een depressie wilde verdrinken. Het wapen was een onschuldige replica waarmee geen schot te lossen viel, en hij wist zelf niet waarom hij het meegenomen had.

Jaak Vandersteen stond in ieder geval een fikse bolwassing en wellicht ook een straf van de rechter te wachten, want met wapendracht tijdens publieksmanifestaties werd in deze stad niet gespot. Ook niet als het slechts een nepwapen betrof. Er alleen maar mee zwaaien kon tot paniekreacties met enorme gevolgen leiden.

Vandersteen werd langzaam nuchter en besefte de reikwijdte van zijn daden. Hij zat stilletjes te snotteren en stootte bevend de kop koffie om die een hoofdschuddende George Bracke had gebracht.

De politiechef had meteen een spoedvergadering bijeengeroepen, want de zaak zat hem hoog.

'Hoe kan het dat iemand een hele avond met een wapen in een *risk area* als de Vlasmarkt rondloopt zonder dat wij dat gemerkt hebben!' brieste hij. 'Om het even of het pistool vals is of niet, dit is een blamage voor het korps! Als het naar de pers uitlekt, zijn de gevolgen niet te overzien!'

Cornelis bleef er onverschillig bij. Hij probeerde zijn gezicht in de juiste plooi te krijgen, want de voorliefde van zijn baas om met Amerikaanse termen uit te pakken, werkte bij hem op de lachspieren.

George Bracke zag de ernst van de situatie in. Het voorval deed hem beseffen dat één enkele onverlaat hun op papier zo goed voorbereide veiligheidsplan onderuit kon halen. Hij kreeg een wee gevoel in zijn maagstreek en verlangde ineens hevig naar het einde van de Feesten.

140

Na de plotse dood van Güley was het voor Berker Kerim zonneklaar dat hij niet langer bij Ayhan zou blijven. De gedachte dat de grootmoeder van zijn gastheer van angst was gestorven nadat ze hem had gezien, kon hij niet uit zijn hoofd zetten. Een betere verklaring voor deze plotse dood was er niet.

'Onzin, neef.' Ayhan probeerde zorgeloos te klinken. 'Ze was een oude vrouw, en vroeg of laat moest het toch gebeuren. Waarschijnlijk is ze geschrokken omdat je haar aan iemand uit haar jeugd deed denken die haar leed heeft aangedaan. Je moet je vooral niet schuldig voelen.'

Kerim hield voet bij stuk. Hij wist zichzelf geen houding te geven, en struikelde over zijn woorden. Hij had geen keuze, hij moest hier weg. Van deze plek die hem benauwde. Van de heks die hij naar de hel had gestuurd zonder het zelf te beseffen.

'Hartelijk bedankt voor je gastvrijheid. Ik heb echter een opdracht uit te voeren, en ik zou je toch maar voor de voeten lopen. Je hoeft niet aan te dringen, ik ga wel op hotel.'

Het was aan Ayhans lichaamstaal te zien dat hij dat zo goed als een belediging beschouwde. Zijn neusvleugels trilden, en zijn mondhoeken trokken krampachtig samen.

'Ik kom je opzoeken zodra ik met mijn werk klaar ben. Beloofd, *arkadasim*[13].'

Dat leek Ayhan een beetje op te beuren. Zijn gezicht klaarde op, en hij sloeg zijn neef vriendschappelijk op de schouders.

'Afgesproken. Jij voert dat verdomde mysterieuze werk van je uit, en zodra je klaar bent, kom je terug. Dan maken we er een gezellig feest van.'

Berker Kerim haalde opgelucht adem. Het had geen enkele zin de eer van zijn schaarse familieleden in dit land te krenken, en wie weet had hij Ayhan nog nodig. Op zoek naar een hotelkamer sprong hij even binnen op de tentoonstelling van oude Vlaamse wandtapijten in het Gravensteen. Hij knikte eerbiedig, dit was vakwerk.

13 Mijn vriend.

Hij nam zijn intrek in het Novotel. Toen hij de prijs voor de kamer omrekende in Turkse valuta, schrok hij. Het bleef wennen aan Yeni Turk Lirasi (YTL), de nieuwe Turkse lira die was ingevoerd om de enorme devaluatie op te vangen.

Bij deze wijziging werden gewoon de laatste drie nullen van de oude biljetten geschrapt. Op die manier kreeg de nieuwe munt een tegenwaarde van ongeveer 1,6 YTL voor 1 euro, tegenover 1600 oude Turkse lira.

Op zijn luxekamer kreeg hij verschrikkelijke heimwee naar huis. Hij dacht aan zijn vrouw Merican, die rond deze tijd de kleine Aygül een badje gaf. Ook al had hij de stem niet meer gehoord sinds hij op het vliegtuig was gestapt, toch twijfelde hij niet aan de noodzaak van zijn missie. Hij zou doen wat moest gedaan worden, en daarbij was zijn eigen persoon en zijn familie van geen tel.

Tot zijn tevredenheid stelde hij vast dat hij op de televisie naar verschillende Turkse zenders en Al Jazeera kon kijken. Het deed deugd zo ver van huis vertrouwde beelden te zien. Maar de vermoeidheid liet zich voelen, en hij schakelde het toestel uit.

Nog nooit had hij één druppel alcohol gedronken, maar nu snakte zijn lijf ernaar, om de aanblik van de heks te vergeten. Hij dronk verschillende flesjes uit de minibar in één teug leeg en voelde zijn benen slap worden. Hij liet zich onderuitzakken in een heerlijk schuimbad terwijl zijn gedachten op hol sloegen.

Een paar uur later schrok hij wakker toen het water koud was geworden. Hij had barstende hoofdpijn, maar was er dankbaar om. De pijn belette hem te piekeren. Toen hij op het bed ging liggen, draaide alles om hem heen.

De opkomende misselijkheid probeerde hij te onderdrukken door diep in te ademen, maar uiteindelijk won zijn weerbarstige maag het. Hij haalde het nog net tot aan de toiletpot en bleef erboven hangen tot hij het gevoel had dat ook zijn longen mee uitgekotst zouden worden.

Terug in bed waren de beangstigende draaiingen verdwenen. Hij merkte dat hij langzaam opnieuw controle over zijn lichaam kreeg en voelde zijn hoofd weer helder worden.

Opeens kwam hij in een toestand van opperste alertheid. Hij zag beelden voor zich, wel wat onduidelijk, maar ze lieten niets aan de verbeelding over. Hij zag een pezige, taaie gestalte die ergens op de loer lag, en dan volgde een explosie die eindigde in een bonte kakofonie van felle kleuren en verzengend licht. Hij herkende het gezicht van de man niet, maar wist instinctief dat het zijn vijand was. Ook al fluisterde de stem hem niets in, hij besefte dat de confrontatie onvermijdelijk was. Waarschijnlijk heel binnenkort al, dat zei elke vezel van zijn lijf hem. Op de vraag wie de strijd zou winnen, bleef het antwoord uit.

Hij sukkelde in een lome, weinig verkwikkende slaap. Hij werd vaak wakker, en steeds kwam de vernietigende knal van de ontploffing terug. Ook was de man te zien, grijnzend, tevreden over het resultaat. Nooit zag hij hem scherp genoeg om de fijne trekken van zijn gezicht te kunnen onderscheiden.

19

12 Dhu al Qa'da 1137, Yawm al-Khamis, De Vijfde Dag uit de Maand van de Grote Hitte, 23 juli 1725 volgens de gregoriaanse tijdrekening.

De wanhopige kreten van de dorpelingen van Cümüne werden door de bende van Osman Keser meedogenloos gesmoord in een poel van bloed. Ze spaarden niemand, niet het kleinste kind, niet de bedlegerige ouderling die wanhopig nog onder zijn bed probeerde te kruipen.

De slachtpartij werd snel en vakkundig uitgevoerd. Er was geen ruimte voor genade, voor medeleven. De ruiters hadden die gevoelens lang geleden afgestoten, toen ze bij de onverwachte invasie van de wreedaardige nomaden ontdekten dat ze alleen konden overleven door zelf nog wreder te zijn. Ze hadden niets tegen hun slachtoffers, maar dit moest nu eenmaal gebeuren.

Osman Keser keek van op een veilige afstand toe hoe zijn manschappen met hun kromzwaarden meedogenloos hun beulenwerk verrichtten. Hij had zelf het goede voorbeeld gegeven door de dorpsoverste en zijn drie vrouwen over de kling te jagen.

Het werd algauw akelig stil in Cümüne.

Zijn naaste getrouwen inspecteerden de voorraden. Ze gingen snel en vakkundig te werk, en ontdekten meteen de geheime schuilplekken.

Zoals verwacht had ook dit dorp onder de droogte geleden, maar er was tenminste nog voedsel en water voor minstens enkele weken voorradig.

Geen van zijn mannen had zich bij de slachtpartij vragen gesteld. Ze hadden de voorraden ook kunnen meenemen zonder de dorpelingen af te slachten, maar het deed hem deugd dat ze blindelings zijn bevelen opvolgden.

Toch vond hij dat hij ze een verklaring voor deze slachting verschuldigd was. Hij wenkte zijn ordonnans, die de manschappen samenriep.

In zalvende woorden schetste hij de noodzaak om de bevolking van dit dorp van kant te maken. Tijdens de inval van de nomaden hadden ze geweigerd manschappen en proviand te leveren omdat ze geïsoleerd in de woestijn woonden. Toch beschikten ze over een oase, die meestal voor genoeg water zorgde. Tijdens de oorlog hadden ze geweigerd om ook maar één druppel te leveren, en deze strafexpeditie was hun verdiende loon. Tijdens de oorlog waren heel wat dappere mannen ver van huis van honger en dorst omgekomen, en deze bloedwraak was gerechtvaardigd.

De mannen van Osman Keser knikten instemmend. In de strijd met de nomaden hadden ze te veel wreedheden gezien én zelf begaan om stil te staan bij het lot van één onbeduidend gehucht.

'Cümüne is nog maar het eerste van vele dorpen die dit lot beschoren zijn', ging Osman Keser met hese stem verder, steunend op zijn kromzwaard. 'Toen wij dit land tegen de zwervers verdedigden, stonden we alleen in onze heilige strijd. De tijd voor weerwraak is aangebroken. We nemen waar we recht op hebben en straffen de hebzuchtigen.'

Zijn ordonnans boog zijn hoofd en citeerde uit de Heilige Verzen.

'En laat degenen, die gierig zijn, ten opzichte van wat Allah hun van Zijn overvloed heeft gegeven, niet denken, dat het goed voor hen is, neen, het is slecht voor hen. Hetgene, waarmee zij gierig zijn zal op de Dag der Opstanding als een halsband om hun nek worden gelegd. En aan Allah behoort het erfdeel der hemelen en der aarde en Allah is goed op de hoogte van hetgeen gij doet.'

Nederig knielden de mannen neer in het zand en bogen hun hoofd.

Bovenop de heuvel had Recep met tranen in zijn ogen naar deze woorden geluisterd. Ook hij kende deze verzen, maar hij zou ze nooit zo geïnterpreteerd hebben.

Nu moest hij opletten, de bloeddorstige karavaan maakte zich klaar om beladen met buit naar huis terug te keren. Hij haastte zich met Tersago naar een wat verderop gelegen rotspartij en wachtte daar tot de bende verdwenen was.

*

Zelden of nooit had Annemie haar chef Werner van Aken zo kwaad gezien. Ze zaten op een terrasje aan de Korenmarkt iets te drinken toen de verkoopploeg van *De Gentenaar* met de avondkrant langskwam. Ook al was het intussen verlieslatend om tijdens de Gentse Feesten met deze speciale editie uit te pakken, toch zette de krant het initiatief koppig verder. Tot vroeg of laat iemand bij de VUM-top in Groot-Bijgaarden zich verslikte in het kostenplaatje en de stekker uittrok.

Zich verslikken in zijn koffie was ook wat Werner van Aken deed toen hij mensen de krant zag lezen. Op de voorpagina stond een foto van hemzelf op het ogenblik dat hij zich op de zatte feestganger met het pistool stortte. Hij had gehoopt het voorval uit de pers te kunnen houden en was erg blij geweest dat geen enkele journalist bij Annemie om meer informatie had gevraagd. Het was dus ijdele hoop gebleken.

De krant had het bij een foto met een knoert van een titel en een onderschrift gehouden, maar dan wel op de voorpagina.

SUPERFLIK SLAAT TOE

Politiechef Werner van Aken gaf het goede voorbeeld en rekende gisteren eigenhandig een gewapende man in op de Gentse Feesten.

Het bericht en de foto streelden zijn ijdelheid, maar hij was er zeker van dat hij de volgende dag de voltallige pers over zich heen zou krijgen. Allemaal zouden ze vragen stellen over de veiligheid op de Gentse Feesten, en dat was het laatste wat hij kon gebruiken. Zeker nu hij de verontruste premier verzekerd had dat alles onder controle was.

'We mogen niet bij de pakken blijven zitten', blafte hij Annemie toe, die al zat te noteren. 'Dit voorval konden we missen als de pest, maar *tant pis*, het zij zo. Misschien kunnen we het in ons voordeel gebruiken.'

Zo kende Annemie haar baas weer. Hij was bij tegenslag behoorlijk pissig, maar bleef nooit bij de pakken zitten. Ongetwijfeld draaiden zijn radertjes al op volle toeren.

'Enige suggestie?' Hij keek nadrukkelijk in haar richting. Ze dacht hardop na.

'Als de andere redacties morgenvroeg die foto zien, zullen ze er wat graag een verhaal rond brouwen. Komkommertijd, weet je wel. Zoals je al zei, we kunnen er waarschijnlijk voordeel uit halen.'

146

Ze verwoordde precies wat Van Aken dacht, en hij bonkte op het wankele tafeltje, dat dreigde om te vallen.

'Morgen om 11 uur spoedpersconferentie op het stadhuis!' riep hij, heel wat luider dan hij bedoeld had. Een paar voorbijgangers schrokken, en eentje keek verbaasd van de voorpagina van *De Gentenaar*, die hij net gekocht had, naar de politiechef.

'We kunnen maar beter met de grote manoeuvres uitpakken. De burgemeester, de schepen van Feestelijkheden, voor mijn part de gouverneur en de minister van Justitie, we laten ze allemaal de revue passeren om te verklaren hoe veilig de Feesten zijn. We kunnen de foto's van die fotograaf gebruiken om aan te tonen dat het voltallige korps over de veiligheid van de mensen waakt, tot de baas in eigen persoon toe. Jij kunt daar ongetwijfeld een leuke tekst bij verzinnen. Ik reken op je, Annemie.'

Van Aken keek Annemie glunderend aan. Ze moest toegeven dat het lang niet slecht klonk. De wonderen waren de wereld blijkbaar nog niet uit. De laatste tijd was hij heel wat attenter voor haar. Niets te vroeg, want ze had er even aan getwijfeld of ze nog wel bij de politie wilde werken. Van Aken had er een handje van weg om zijn frustraties op zijn medewerkers af te schuiven, en ze zelfs de schuld te geven als er iets misging. Dat pikte ze niet, wie baas wil spelen moet ook de verantwoordelijkheid dragen.

'Bel onmiddellijk die fotograaf op en vraag hem of hij nog foto's heeft. We kunnen er een mooie collage mee maken om in de persmap te stoppen. Voor mijn part verdient hij een smak geld door de foto's verder te verkopen.'

Van Aken zag er al heel wat opgeruimder uit. Als oud-militair van de oude school genoot hij van situaties als deze waarbij snelle actie vereist was. De voorbije maanden was er amper wat gebeurd, en hij kreeg het gevoel dat hij aan het indutten was.

Annemie wilde opstaan en afscheid nemen, maar Van Aken hield haar tegen.

'Waar ga je naartoe?'

'Aan die tekst beginnen', zei ze verbaasd.

Hij lachte zijn keurig onderhouden tanden bloot.

'Zo een haast heeft het nu ook weer niet, dat kan best tot morgen wachten. Het zijn tenslotte Gentse Feesten voor iets, niet. Voor jou nog een Hoegaarden?'

Annemie meende even dat ze het in Keulen hoorde donderen. Anders was hij de eerste om haar aan te porren om aan het werk te gaan.

Van Aken genoot van haar verwarring. Enkele maanden geleden had hij zich op aanraden van de politiearts ingeschreven in een yogaclub, en de ontspanningsoefeningen begonnen vrucht af te werpen. Hij zou het tegenover zijn collega's nooit toegeven, maar hij had echt behoefte aan meditatie en contemplatie.

'Oké, nog eentje dan.'

Tot haar verbazing bestelde hij ook nog een tripel van Westmalle. Van Aken was op het vlak van drank altijd ietwat een droogstoppel, maar sinds enige tijd wist hij een goed glas te waarderen.

'Morgen gaan we er eens flink tegenaan!' zei hij strijdlustig, en de drie Hollanders die een tafeltje verder vrolijk halve liters zaten te hijsen, keken even op.

'Die hoort waarschijnlijk bij een van die straatacts', zei de dikste van de drie met dubbele tong.

*

Farouk kon en wilde niet verbergen dat hij van de hete nacht genoten had. Met een gelukzalige glimlach op zijn lippen lag hij naar het plafond te staren. Met een dikke havanna in zijn mond, ook al was hij daar principieel tegen.

De laatste dagen had hij wel meer gedaan dat niet tot zijn gewone gedrag behoorde. Het was alsof al die kleine zonden er niet meer toe deden nu hij zijn leven blindelings ten dienste van de goede zaak had gesteld.

Dit had hij nooit kunnen dromen. Na de tenniswedstrijd had de drank in de kantine rijkelijk gevloeid, en hij had dapper meegedaan.

De meisjes vochten bijna om hem een glas aan te bieden, met een of ander mierzoet maar sterk alcoholisch vocht dat hij niet kon thuisbrengen. Hij was het niet gewoon te drinken, en had meteen op zijn benen staan wankelen toen hij een Bacardi-cola ad fundum had gedronken.

Van de rest van de avond herinnerde hij zich bitter weinig, behalve dat de drie vrouwen steeds nadrukkelijker naar hem stonden te lonken en opdringerig werden.

Marina wilde een zoentje omdat ze na het dumpen van haar vriendje troost nodig had. Angelique snotterde dat ze nooit meer wilde trouwen omdat alle mannen zonder uitzondering varkens waren en ook Annick had blijkbaar redenen om zich nadrukkelijk tegen hem aan te schurken en hem haar lipstick te laten proeven.

Dat was wat hij van hun gebazel begrepen had, want zijn Engels was nog slechter dan het hunne en hun dronkemanspraat was nauwelijks verstaanbaar.

Tussen de vele zwarte vlekken die zijn geheugen rond de rest van de avond had geweven, was hier en daar nog een vleugje licht te onderscheiden. Zo wist hij nog dat ze hem ondersteund hadden. Angelique en Annick hadden hem elk langs één kant vastgepakt en Marina liep een paar meter achterop te mokken. Ze zwalpte over straat, af en toe moest ze zich aan een verlichtingspaal staande houden.

Dat was uren geleden, en het had nog een hele poos geduurd voor ze met zijn vieren de steile trap naar zolder hadden weten op te klauteren. Zijn voeten schenen dienst te weigeren, hij had rubberen benen en lood in de schoenen, en zijn maag wilde naar buiten.

Dit was dus het vrije, decadente westen. Hij moest erom schreien. Meer dan ooit was hij overtuigd van het heilige karakter van zijn missie. Hij was geneigd zichzelf een menslievende persoon te noemen, maar deze zondige wezens verdienden het om meedogenloos onder zijn hak verpletterd te worden. Hadden ze niet, lang geleden al, elk recht op genade verbeurd met hun rooftochten door de gebieden van zijn Moorse broeders onder het mom van de strijd voor hun geloof?

Een strenge straf drong zich op, meedogenloos en zonder genade. Hij wist zich gesteund door de woorden van de Heilige Schrift.

Kwaad is datgene, waarvoor zij hun ziel hebben verkocht; daar zij verwerpen, hetgeen Allah heeft geopenbaard, er afkerig van zijnde, dat Allah Zijn genade doet dalen over diegenen Zijner dienaren, die Hij wil. Daardoor brachten zij toorn op toorn over zich en er is een vernederende kastijding voor de ongelovigen.

Vernederend zou de kastijding inderdaad zijn. Ze zouden niet weten wat hen overkwam. De toorn van de wraak, zonder mededogen.

Hij wilde er even niet aan denken. Hij trok gretig aan de sigaar en kokhalsde. Onbegrijpelijk wat ze daar lekker aan vonden. Toch bleef hij met de havanna in zijn mond half rechtop liggen, dikke rookwolken uitblazend.

Om de vijand te kennen, moet je ook hun gewoonten leren kennen. Ontdekken wat ze prettig vinden.

Zoals de hunkerende dijen van een *fausse brunette* bijvoorbeeld. In de zwoele bordelen van Istanbul had hij na zijn legerdienst al heel wat hitsige liefde meegemaakt, maar Annick sloeg alles. Ze kwam ervoor uit mannen te verafschuwen en ze alleen voor haar eigen pleziertjes te gebruiken. Als hij er wat meer had over nagedacht, had hij wel ingezien waarom hij zo goed met haar kon opschieten. Ze was net zoals hijzelf.

Denken was het laatste wat hij wilde, met die drie naakte vrouwen, hun zachte armen, hun reikende klauwen en de zoete verlokking van hun wenkende schoot. Klaar om hem na de daad te verscheuren, als een bidsprinkhaan.

*

Terug in de tijd in het dorp Cümüne. In wat eens Cümüne was.

Bij elke stap die Recep zette, leek de omvang van de afschuwelijke ramp te verdubbelen.

Voor zover hij kon zien, waren alle woningen tussen de rotsen door de ruiters in brand gestoken. Hij koesterde geen hoop meer dat een van de inwoners van het dorp de slachting had overleefd.

De aanblik van de dode lichamen deed hem naar adem snakken. Toen vermande hij zich en begon een voor een de lijken te onderzoeken. Hij wist dat het ijdele hoop was, maar verplichtte zichzelf om het te doen.

Zijn eigen vrouw en kinderen lagen in een vreemde, gebogen houding in elkaar gestrengeld. Hij vermeed hen aan te kijken, want dat kon hij niet, nog niet.

Besluiteloos ging hij in het midden van het dorpsplein zitten, niet wetend hoe het nu verder moest. Hij zag dat de voorraadschuur leeggeroofd was, maar hij voelde niets, alleen maar berusting.

Gelukkig waren er overlevenden, een twintigtal mannen en vrouwen die zich in een van de grotten hadden kunnen verstoppen. Ze konden hem niets over de slachting vertellen. Ze hadden wel alles gehoord maar niets gezien. Huilend zochten ze tussen de brandende puinhopen, tegen beter weten in.

De uren verstreken. De zon brandde in zijn gezicht, maar hij bleef zitten. Zoekend naar een verklaring voor wat zich had afgespeeld.

Toen hoorde hij opnieuw de stem waar hij de laatste dagen zo naar had verlangd. De stem die hem troost kon bieden, zijn enige houvast.

'Treur maar niet, Recep, oudst geboren zoon van Ümit. Deze daad werd gepleegd door ongelovigen. Zij beweren de leer van de enige God aan te hangen, maar ze hebben zichzelf door hun gedrag verbeurdverklaard. Nooit mag de naam van Allah misbruikt worden om anderen onrecht aan te doen. Jij, jij alleen kent de woorden uit de Heilige Schrift.'

Recep knikte. Het Heilige Boek was zijn leidraad.

Voorzeker, zij die de wil van Allah verwerpen, over hen zal de vloek komen van Allah en van de engelen en van alle mensen.

Toen klonk de stem luid als kletterende donderslagen die de hemel deden rommelen.

'Vervloekt zij Osman Keser en zijn nageslacht tot in de zevende graad. Elke generatie zal de zevende zoon schande over zijn geslacht halen.'

Recep luisterde al niet meer. Hij zat daar drie dagen en drie nachten, en de overlevende dorpelingen durfden hem niet te storen omdat ze dachten dat hij gek geworden was. Ze begonnen het puin te ruimen om toch iets omhanden te hebben.

*

Nog één keer slapen en dan was de grote dag aangebroken. Als er van slapen tenminste sprake zou zijn, want Dille was ervan overtuigd dat hij geen oog dicht zou doen. Vroeger zou hij geprobeerd hebben zijn zenuwen weg te drinken, maar hij was nu op een leeftijd dat hij niet meer zo goed tegen drank kon en er ook geen behoefte aan had.

Het zou in ieder geval vroeg dag zijn, want Helmut Lotti had al rond 7 uur in zijn villa in Merelbeke een samenkomst met het orkest gepland om hun enige repetitie voor te bereiden.

Die repetitie zou 's middags plaatsvinden in de tent op het Laurent-plein, waar Toni Fakkel dagelijks een showprogramma had met heel wat Gentse artiesten zoals Luc Soens van Jawadde.

Overdag op het Sint-Baafsplein oefenen zou door de brandweer en politie nooit toegelaten worden met het oog op de veiligheid. Het publiek werd er al in de late middag in de afgeschermde zone voor het podium toegelaten. Het zou drummen worden, en zangers en band ter plaatse laten repeteren kon dan alleen maar voor problemen zorgen.

Dille vond het best spannend om bij Lotti thuis te mogen komen. Hij had vroeger nog duetten met diens vader gezongen en zijn moeder ook een tijdje geholpen bij haar soepronde, dat schiep een band.

Schepen van Feestelijkheden Daniël Termont had op de valreep in de voormiddag nog een allerlaatste vergadering belegd. Termont was al voor de vijfde keer feestburgemeester en tijdelijke vervanger van Frank Beke en hij wilde dat dit keer alles vlekkeloos verliep. In het najaar zou hij immers de door de partij vooruitgeschoven kandidaat zijn om Beke als burgemeester op te volgen. Hij besefte heel goed hoe bepalend de Feesten waren voor zijn imago en ijverde er een heel jaar voor om er een succes van te maken.

Hij had aan den lijve ondervonden dat het onmogelijk was voor iedereen goed te doen. Weliswaar sprak hij de taal van de gewone man, maar diens mening over politici was grillig als de wind.

Schepen Termont kon niet verbergen dat hij zorgen had. Hij had net een geheime vergadering met George Bracke achter de rug om de laatste bevindingen van Interpol in verband met het terrorisme-onderzoek door te nemen.

'Ziet er niet goed uit, George', zei Termont naar waarheid. 'Volgens goed ingelichte bronnen zouden de Gentse Feesten dit jaar wel degelijk een doelwit kunnen zijn. Gisteren is in München een koerier van een terroristische groepering opgepakt, en die heeft naast de Zoo van Antwerpen expliciet de Feesten als mogelijk target genoemd.'

Bracke had het rapport ook doorgenomen, en kon er weinig zinnigs over vertellen.

'De slotanalyse is kort maar duidelijk: eigenlijk staan we machteloos. We kunnen toch moeilijk iedere moslim die het land binnenkomt, onderzoeken?'

'Is dat echt onmogelijk?' polste Termont voorzichtig.

'Dan zou je pas het gedonder in de glazen krijgen', wist Bracke. 'Ik heb het voor de aardigheid even voor je nagekeken. Op één dag tijd komen gemakkelijk vijftig- tot honderdduizend islamieten het land binnen. Dat zijn vaak immigranten die terugkeren van een bezoek aan het thuisland, maar evengoed vrachtwagenchauffeurs, sportlui, politici die een bezoek aan onze instellingen brengen, diplomaten, zakenlui en noem maar op. Dat zijn nog maar de mensen die op een legale manier onze grenzen overschrijden.'

Termont zag meteen in dat het onmogelijk was. Hij vermeed Bracke aan te kijken, wat in zijn geval altijd een slecht teken was.

'Wat kunnen we dan wel doen, George?'

Bracke wachtte lang met zijn antwoord en haalde dan zijn schouders op.

'Uiterst waakzaam zijn en op onze engelbewaarder vertrouwen. We zouden natuurlijk ook gewoon de Feesten kunnen stopzetten', lachte hij fijntjes.

'Dat is geen optie', zei Termont, die dacht dat Bracke het meende, zuur.

*

Jessie voelde zich paranoïde toen ze in het park van de zon zat te genieten. Dat was de bedoeling, maar ze keek voortdurend om zich heen of ze Cliff nergens zag. Ze wist dat dit niet kon, want de kraker-leider was een nachtdier dat de natuur haatte als de pest. Hij lag waar-schijnlijk in het kraakpand zijn roes uit te slapen van de zoveelste nacht waarin de drank rijkelijk had gevloeid.

Ze kon zichzelf wel voor het hoofd slaan dat ze zo lang bij de kra-kers was blijven hangen. Ze had al een hele tijd beseft dat ze daar weg moest, maar had de beslissing zoals altijd voor zich uitgeschoven.

Ze checkte in haar handspiegeltje of haar make-up goed zat. Ze verwachtte Jorg elk ogenblik, en ze voelde een vreemde kriebel in haar buik. Ze liet zichzelf niet toe verliefd op hem te worden, maar eventjes dagdromen kon natuurlijk geen kwaad. Het zou toch niets kunnen worden tussen hen, daarvoor was hun afkomst te verschil-lend en blijkbaar was hij erg gehecht aan zijn vriendin.

In deze woelige periode in haar leven was Jessie al tevreden met een echte vriend. Met Jorg kon ze tenminste praten en vooral, hij luis-terde ook echt naar haar. Had ze hem maar een jaar eerder ontmoet, wie weet wat er dan gebeurd was.

Ze schrok, want in het struikgewas meende ze een van de kompa-nen van Cliff te herkennen, een overjaarse punker uit Terneuzen die jaren geleden in Gent was blijven hangen. Ron leefde van kleine klus-jes en wat diefstalletjes, maar was vooral een meester in de kunst van het nietsdoen. Hij kon hele dagen op zijn matras in het kraakpand liggen lezen, kleffe stationromannetjes die goed afliepen. Hij had een klein hondje, Tinky, en dat kwam hij in het park uitlaten.

Jessie trok de kraag van haar jeansjasje half over haar gezicht, maar dat was niet echt nodig. Ron liep alweer flink stoned rond en merkte niet dat de leiband van Tinky rond een lantaarnpaal gedraaid zat. Het beestje jankte luid, maar Ron kreeg de leiband met de beste wil van de wereld niet los.

Uiteindelijk moest een van de parkwachters eraan te pas komen om het poedeltje uit zijn netelige positie te verwijderen.

'Hé', zei Ron versuft, diepe denkrimpels in zijn voorhoofd. Hij keek naar de bank die nu leeg was, maar waar daarnet nog een meisje met een baby had gezeten. 'Was dat niet...'

Zijn geheugen liet hem even in de steek. Hij haalde zijn schouders op en sufte verder, diep inhalerend van zijn zoveelste joint.

Tinky had de gehate halsband eindelijk kunnen stukbijten en snuffelde opgewonden aan al die heerlijke etensresten die de bezoekers van het park hadden achtergelaten. Zijn baasje merkte niet eens dat hij enkel een leiband achter zich aan sleepte.

*

22 Safar 1230, Yawn al-Jum'a, Dag van de Samenkomst, 3 februari 1815 volgens de gregoriaanse tijdrekening.

'*Havlayan kopek isirmaz.*'[14]

Mustafa Keser zei de woorden vol verachting tegen zijn adjudant. Hij sloeg zonder er verder bij na te denken met een forse houw het hoofd af van de boer die met zijn hooivork zijn schamele bezittingen tegen de plunderaars probeerde te verdedigen.

Asker Mustafa, soldaat Mustafa, noemde hij zichzelf graag. Plunderaar zou een betere omschrijving geweest zijn. Wekenlang trok hij al door de onherbergzame streek, dorp na dorp op zoek naar alles wat waarde had.

De laatste tijd gingen de zaken wat slapjes. Onder Sultan Machmud was er weer wat meer eenheid in het rijk, en ze hadden vorige week maar op het nippertje een confrontatie met een strafexpeditie kunnen vermijden. De vele plunderingen waren de sultan een doorn in het oog, en hij was vastbesloten er op bloedige wijze paal en perk aan te stellen.

Zo was de bende van Abdul-Hamid, de vroegere rechterhand van Mustafa die zich met zijn mannen van hem had afgescheurd, in de rotsspleet van Hefiye in een hinderlaag van de troepen van de sultan gevallen. Hun gebeente lag in de woestijn ter afschrikking in de zon te bleken.

14 Blaffende honden bijten niet.

Mustafa Keser wist dat hij een gevaarlijk bestaan leidde, maar het kwam niet in hem op om ermee op te houden.

'*Insan yedisinde ne ise yetmisinde de odur.*'[15]

Hij was een plunderaar en huursoldaat, net als zijn vader en grootvader voor hem. De sultan, die steeds meer problemen ondervond met zijn elitetroepen, de janitsaren, had al een paar keer geprobeerd toenadering te zoeken. Machmud had zijn voorganger laten executeren en had het steeds moeilijker om de Serviërs, Grieken en Egyptenaren onder de duim te houden.

Op dit ogenblik lag bij Mustafa Keser een voorstel op tafel om zijn manschappen tegen een hoge prijs aan de sultan te verhuren, met volledige amnestie als bonus erbovenop. Aanlokkelijk, dat zeker, het kwam neer op een vrijgeleide om te doden en plunderen.

Mustafa Keser grijnsde zelfvoldaan. Het leven was nog zo kwaad niet als je van wanten wist.

*

De commandant zuchtte. Hij zat fris in zijn luchtgekoelde bungalow en zag hoe buiten de Britse tuinman in de brandende zon het gras maaide. Daar kon hij eindeloos van genieten; hij, een in Engeland geboren en getogen Arabier, die een Engelsman in dienst had om de vuile klusjes op te knappen.

Tot enkele maanden geleden was hij een onopvallende wiskundeleraar in een plaatselijke middelbare school, bekend onder zijn voornaam Ali. De leerlingen en ouders wisten weinig van hem, behalve misschien dat hij een positieve uitstraling had en steeds probeerde het beste uit zijn klas te halen.

Alles was veranderd na zijn reis rond nieuwjaar naar Libanon. De reis naar het land van zijn voorouders had hij al een paar jaar eerder gepland, maar steeds op het laatste nippertje uitgesteld. Nu had Ali Bashir eindelijk zijn zin doorgedreven. Vorig jaar hadden de verbou-

---

15 Wat een mens is op zijn zevende, is hij ook op zijn zeventigste.

156

wingswerken aan zijn gezellige rijhuisje hem de dag voor het vertrek thuisgehouden, twee jaar geleden had hij na een vrij onschuldig auto-ongeval een week lang het bed moeten houden.

De confrontatie met het thuisland, dat hij nog nooit had gezien, was schokkend geweest. Het was helemaal geen thuiskomen, zoals hij gehoopt had. Diep vanbinnen knaagden gemis en een nooit eerder ervaren hunkering die hij niet nader kon definiëren.

De eerste week had Ali doelloos gezworven door het land dat hij enkel van verhalen en de televisie kende. Hij had er genoeg familieleden bij wie hij kon logeren, en het werd een ontdekkingstocht waaraan hij steeds meer plezier beleefde. Overal werd hij met open armen ontvangen zodat er van heimwee naar Engeland geen sprake was.

Een oom had hem voorgesteld aan een plaatselijke schone die wel wat in hem zag, wel met de voorwaarde dat ze eerst zouden trouwen voor er van lichamelijk contact sprake kon zijn. Dat zorgde voor een gewetensconflict, want hij had zich altijd ruimdenkend en progressief opgesteld, ook in de liefde. Zijn Engelse ex-vriendinnen zouden later allemaal getuigen dat het verbreken van hun relatie zeker niets met zijn opvattingen of vrouwonvriendelijkheid te maken had.

Lang had zijn innerlijke strijd niet geduurd. 's Nachts lag hij te woelen bij de gedachte aan de lieflijke en aanlokkelijke maar zo onbereikbare Hayat, die enkel na het huwelijk de zijne kon zijn. De volgende dag al trok hij zijn stoute schoenen aan en vroeg haar vader volgens de regels van de kunst om haar hand.

Hij was er zich van bewust dat zijn Arabisch op deze Libanees wat verroest zou overkomen, maar merkte meteen dat hij de juiste snaar getroffen had. Zijn Europese achtergrond bleek geen belemmering maar net een positief punt, dat kon hij uit de reactie van Hayats vader, Yassar Ramzi, afleiden.

Nog voor hij zijn pleidooi met de belofte dat hij goed voor Hayat zou zorgen, had kunnen afronden, legde Yassar hem het zwijgen op en drukte hem onstuimig aan zijn borst.

Op dat moment had bij Ali Bashir een belletje moeten rinkelen. In de gesprekken met zijn aanstaande schoonfamilie viel aanvankelijk nog aarzelend maar dan steeds nadrukkelijker de naam *Jemaah Barakaat*. Een groepering waar hij nog nooit van gehoord had, maar hij stelde geen vragen. De amandelbruine ogen van Hayat waren op dat ogenblik veel belangrijker.

Stapje voor stapje hadden ze hem verder in hun netten verstrikt.

Āsh'hadu ān lā ilaha illā-llah, āsh'hadu ānna mūhammadār rasūlu-llah.[16]

Het vijfvoudige dagelijkse gebed hielden ze bij voorkeur niet thuis, maar in een verlaten pand diep in de stad, veilig afgesloten door een massieve metalen poort. Ook op vrijdag, de heilige dag in de week, waarop ze verondersteld werden in de moskee hun geloof te belijden, hielden de mannen hun gebedsstonde ver van de anderen.

Voorzichtig polsend naar de reden daarvoor, kreeg Ali Bashir van Yassar Ramzi slechts een lauwe verklaring.

'Dat zijn geen echte islamieten. Daar hebben wij niets mee te maken.'

De valstrik ging steeds verder open, uitnodigend, onweerstaanbaar. Hayat had zelfs al eens zwoel naar hem gelonkt, en toegestaan dat hij de geur van haar geparfumeerde haar opsnoof. Het vlees was zwak geweest, en hij had vlot de weg gevonden naar een luxebordeel. Hij had er zijn dollars moeiteloos kunnen inruilen voor snelle, hitsige, betaalde liefde.

Na twee dagen hadden ze hem meegenomen op een roekeloze rit door de streek van Kafra. Ali Bashir had zich op het ergste voorbereid. Dat dacht hij, want zijn ogen leken hem te bedriegen. Deze regio, die in de internationale berichtgeving zelden of nooit aan bod kwam, leek wel oorlogsgebied. Overal zag hij verwoeste huizen en karkassen van tanks, waarvan sommige nog nasmeulden.

Hij stelde toch de ene, overbodige vraag.

'Wie is hiervoor verantwoordelijk?'

Yassar Ramzi schudde meewarig zijn hoofd. Dat hij dat nog niet wist!

'Het westen. De joden. Wie anders dan de eeuwige vijanden? De honden uit de hel.'

---

16 Ik getuig dat er geen God is dan Allah, ik getuig dat Mohammed Gods boodschapper is.

De jeep hield halt bij een van de huizen, waar een vrouw zat te huilen. Dat wilde ze, maar ze had geen tranen meer. Geen zonen meer, geen man meer. Ook geen huis meer, één forse rukwind en de muren zouden vanzelf instorten. Ze zag er tachtig uit, maar was misschien half zo oud.

Een straat verder passeerde een stille stoet. Ali Bashir dacht even dat hij hallucineerde. Ze droegen vier open lijkkisten met zich mee, en waren waarschijnlijk al de hele dag op stap. Hun ogen waren diep weggezonken in de kassen, de dorst had een witte laag op hun gebarsten lippen gelegd, maar toch was er niemand die klaagde. Een van de dragers wilde nog wel schreeuwen, maar zijn keel was te schor geworden. Hij droeg een automatisch geweer op zijn rug en een patronengordel rond zijn buik.

Ali Bashir voelde een diepe haat opborrelen. Zijn wieg mocht dan in een koud en nat land hebben gestaan, dit was zijn volk, zijn zweet, zijn bloed.

Hij zag een moeder huilen, uitzinnig van verdriet. Een moeder die wraak wilde, die de mullah smeekte waarom haar zoon zo vroeg moest sterven, zonder haar kleinkinderen te hebben geschonken. Hij zag hoe de geestelijke met de mond vol tanden stond en niet verder kwam dan een handvol Heilige Verzen die haar niet konden troosten.

'*Zij zullen hun lot ondergaan zoals verordend is. En wij zullen de twijfel uit onze harten bannen. Zoek uw toevlucht bij Allah; voorzeker, Hij is Alhorend, Alwetend.*'

Toen wist Ali Bashir ineens wat hij lange tijd geweten had, maar niet had willen toegeven. De tijd was rijp om het masker te laten vallen.

Hij liep met stevige pas op de huilende moeder af en sloot haar in zijn armen. Zijn woorden klonken vastberaden, zonder een spoor van twijfel.

'Vrees maar niet, moedertje, de daders zullen hun straf niet ontlopen. Zoete wraak zal uw deel zijn, en hun moeders zullen deelgenoten worden in uw verdriet.'

De vrouw hield op met huilen. Ze keek hem met grote, rode ogen aan en drukte zich dan zelf tegen zijn borst terwijl ze zachte tikjes op zijn schouder gaf. Ze dankte in stilte Allah omdat Hij haar een ware strijder had gestuurd.

Yassar Ramzi had het tafereel aandachtig gevolgd en was tevreden. Zijn schoonzoon toonde zich een goede vangst en zou de beweging ongetwijfeld goede diensten kunnen bewijzen.

Ali Bashir kwam nu pas goed op gang. Hij wist zich verzekerd van de aandacht van de massa, en nam het geweer van een van de strijders af.

'De straf van het razende vuur zal het onafwendbare lot van deze satans zijn! Grijp hen, en boei hen, en gooi hen in de diepste krochten van de hel!'

Hij voelde de adrenaline in fikse opstoten door zijn lijf gieren. Een prettige sensatie, en hij besefte dat er geen weg terug was nu hij de eerste stap had gezet.

Toen vuurde hij een salvo af in de lucht. De ontroostbare moeder gilde het uit, maar niet langer van verdriet. Op haar gezicht stond het verlangen naar wraak te lezen, en ze keek in trance naar haar nieuwe held.

Ali Bashir was eindelijk thuisgekomen. Hij zou snel weer vertrekken en zijn goddelijke missie uitvoeren.

*

In het stadhuis was de zoveelste persconferentie afgelopen. Zoals altijd had de Dienst Voorlichting voor de nodige cijfers gezorgd over het aantal ton vuilnis, eventuele aanhoudingen, bezoekers en gesloten eetstandjes. Routinewerk, maar het spaarde de journalisten heel wat tijd uit die ze op een nuttiger manier konden besteden. De opgetrommelde prominenten, onder wie burgemeester Beke en gouverneur Denys, knikten goedkeurend toen Van Aken voor de zoveelste keer hamerde op de veiligheidsmaatregelen tijdens de Gentse Feesten. Een journalist van *Het Laatste Nieuws* zuchtte, want hij had dit thema de laatste dagen al meermaals belicht.

Feestschepen Daniël Termont wiste het zweet van zijn voorhoofd. Nu de Feesten al aardig gevorderd waren, liet het gebrek aan slaap zich langzaam voelen, maar hij was getraind in de materie. Straks misschien een snel middagdutje en hij was weer helemaal fris.

'Nog geen zenuwen voor het grote optreden op Sint-Baafs, Daniël?' informeerde Karel van Keymeulen langs zijn neus weg. Deze doorwinterde journalist van *De Gentenaar* kende de Feesten zo goed dat hij zijn artikels gewoon op de redactie kon schrijven. Hij bleef echter een reporter in hart en nieren die de kick nodig had om de straat op te gaan en de vinger aan de pols te houden.

'Alles is onder controle, Karel', antwoordde de schepen al even informeel. 'Maar we laten onze waakzaamheid uiteraard niet verslappen. Wie op zijn lauweren rust, moet op de verbrande blaren zitten. Enfin, zoiets, je begrijpt wel wat ik bedoel.'

Dat deed de journalist. Hij had de opkomst van Termont meegemaakt en kon diens geheel eigen taalgebruik wel pruimen. Termont ging er prat op de taal van het volk te spreken en deed zich niet anders voor dan hij was.

Ook Van Aken had, zij het discreet op de achtergrond, de dagelijkse persbriefing bijgewoond. Het viel hem wat tegen dat geen van de journalisten hem herkende. Het kwam niet in hem op dat ze hem niet interessant genoeg vonden om te vragen wat hij hier kwam doen.

Hij bleef onhandig rond een stand met informatiebrochures drentelen en deed alsof hij met belangstelling een foldertje las van de geleide bezoeken aan het Lam Gods.

Toen de laatste journalist eindelijk verdwenen was, klampte hij Termont aan.

'Hé, Werner, jij hier!' Termont deed verrast, maar hij had de politiechef allang opgemerkt.

'Ook een goeiedag, meneer Termont.' Werner van Aken klonk uitdrukkelijk formeel. Hij hield ervan met zijn functie te worden aangesproken.

'Nog nieuws sinds gisteren?' Termont verwees naar de laatste briefing van Europol over de aanslagen.

Van Aken haalde zijn schouders op.

'Er zijn inderdaad bepaalde aanwijzingen.' De politiebaas bleef op de vlakte. 'Maar dat kunnen we beter niet hier bespreken. Er zijn te veel perslui in de buurt.'

Termont ging Van Aken voor naar zijn bureau.

'Koffie?'

'Doe maar een watertje', zei Van Aken met een zuur gezicht. Hij had weer last van zijn maag, een oude kwaal die in periodes van stress vaak opnieuw de kop opstak.

Termont bestelde het watertje via de intercom en ging ontspannen zitten.

'Ik luister.'

'Europol heeft het spoor van de terroristen kunnen traceren, dat wil zeggen, gedeeltelijk. Er is achterhaald dat de man die de aanslag in München gepleegd heeft, later naar Parijs afreisde en daar het gezelschap van een tweede terrorist gekregen heeft. Ze hebben niet de volledige puzzel samen kunnen stellen, maar toch genoeg stukjes gevonden om het een en ander af te leiden. Een Duitse vrouw in München heeft zich tot de politie gewend met vermoedens dat een buitenlander die ze had leren kennen, bij de aanslag betrokken was. Een getuige heeft hem op een motor gezien vlak bij het museum, en hij zou ook in een trein naar Parijs gesignaleerd zijn. Maar daar loopt het spoor weer vast.'

Termont luisterde vol aandacht. Voorlopig belangde deze zaak hem als feestburgemeester niet aan, maar het feit dat de baas van de politie persoonlijk langskwam, deed vermoeden dat hij er toch mee te maken zou krijgen.

'In Parijs was sprake van een dubbele aanslag. De tweede terrorist is aangehouden en wordt momenteel intensief ondervraagd, niet alleen door Europol maar ook door de Amerikanen, die daar tenslotte meer ervaring mee hebben. Het valt te vrezen dat hij weinig of niets zal lossen.'

'En die andere terrorist?' Termont stelde de meest voor de hand liggende vraag.

'Diens spoor hebben ze later opgepikt en tot aan de grens kunnen volgen, waar het weer in rook opging. De grens met ons land, bedoel ik.'

'De kans bestaat dus dat hij in België rondloopt?'

'Inderdaad', moest Van Aken toegeven. 'Onze veiligheidsdiensten zijn intussen in staat van alarm. Fase alfa oranje.'

Termont meende zich te herinneren waar dat voor stond, maar wilde toch zekerheid.

'En dat betekent?'

'Fase alfa oranje houdt in dat de geheime dienst en de politie op discrete wijze maximale controle doorvoeren. We hebben een vaag signalement, dat intussen bij de inspecteurs over het hele land verspreid is. Er worden verscherpte controles op de autosnelwegen uitgevoerd. Ook hebben de veiligheidsmensen het signalement doorgekregen.'

Termont moest dat nieuws even verwerken. Zijn hersenen draaiden op volle toeren.

'Hoe groot is de kans dat die man op de Gentse Feesten opduikt? Met andere woorden, is er reden tot paniek?'

Op die vraag kon niemand antwoorden. Van Akens gezicht trok vanzelf in een afwerende plooi.

'Paniek is altijd een slechte raadgever. Het kan heel goed zijn dat die terrorist nooit in het land geweest is, of intussen allang ons grondgebied verlaten heeft. We mogen hem niet onderschatten. De kans bestaat dat hij weet dat we hem in het vizier hebben en dat hij gewoon rookgordijnen wil optrekken om de aandacht van zijn volgende doelwit af te leiden.'

'Met andere woorden, we weten het niet.'

'Inderdaad.' Van Aken knikte. 'Maar ik wilde je dit toch persoonlijk komen vertellen. Bracke zal je straks wel alle verdere details geven. Voorlopig houden we dit nieuws in ieder geval uit de media.'

'Bedankt, eh, meneer Van Aken.' Termont schudde hem de hand.

'*You're welcome*, eh, Daniël', antwoordde Van Aken gelaten. 'Maar je mag van één ding zeker zijn, we zullen niets onverlet laten om die schurk op te sporen als hij zich werkelijk in ons land bevindt.'

De schepen dacht snel na. Hij was iemand die in een fractie van een seconde een belangrijke beslissing kon nemen en in die korte tijd toch alle facetten overwogen had.

'Je hebt gelijk, het is wellicht beter dat het nieuws van deze mogelijke terrorist op ons grondgebied geheimgehouden wordt. Het laatste wat we op de Feesten kunnen gebruiken, is paniek. Overigens, zie ik je bij de optredens op het Sint-Baafsplein?'

Van Aken was niet zo een liefhebber van Helmut Lotti, maar dit buitenkansje wilde hij niet missen. Bovendien zeurde zijn vrouw bijna elke dag dat ze nooit meer eens samen iets deden.

'Uiteraard. We kunnen daar samen een pint drinken, om al dat gedoe weg te spoelen.'

'Graag, Werner.'

Het viel niet op te maken of Termont het werkelijk meende, maar zijn glimlach wees erop dat hij er al naar uitkeek. 'En breng zeker je vrouw mee, want ik geloof niet dat ik al de eer heb gehad haar te mogen ontmoeten.'

'Ik zal de boodschap overbrengen', zei de politiebaas. 'Ze zal niet meer te houden zijn, want je bent haar favoriete politicus.'

'Je vleit me, Werner. Denk maar niet dat ik het niet merk.'

*

Jorg hing over het stuur van zijn nieuwe racefiets uit te hijgen van de lange rit die hij doorheen het Meetjesland had gemaakt. Dorpen als Knesselare, Kaprijke, Sint-Laureins en Nevele hadden geen geheimen meer voor hem. Zijn vriendin Sonja woonde in Eeklo, en hij ging haar vaak met de fiets opzoeken. Hij had intussen al zijn rijbewijs, maar bij zijn leeftijdsgenoten was het net cool om te fietsen. Maar dan wel met een juweeltje van een fiets waar ze fanatieker voor zorgden dan racefanaten voor hun sportkar.

Hij vertelde Sonja het liefst niet te veel over Jessie, want hij was er niet zeker van hoe ze zou reageren. Hij wist ook niet of hij haar ervan kon overtuigen dat hij echt niets voor dat vreemde meisje met haar baby voelde.

Het kraakpand lag er verlaten bij. Sinds Cliff op de dool was, deed iedereen zo een beetje zijn zin, en de krakers zwierven allemaal in de Feestzone rond.

's Ochtends waren de overige krakers uit Nederland aangekomen na een nacht van zwalpen en zuipen, en lagen boven hun roes uit te slapen. Ze hadden zich stoer voorgedaan, maar ondervonden de naweeën van te veel koppig Belgisch streekbier.

Jorg voelde aan de poort en merkte dat ze niet op slot was. Hij twijfelde of hij naar binnen zou gaan, maar deed het niet. Daar kon alleen maar ellende van komen, en hij zou er zijn vader mee in een lastig parket brengen.

Hij had geen medelijden meer met mensen die aan de zelfkant van de maatschappij leefden. Je hoefde krakers helemaal niet te beklagen, want ze hadden er zelf voor gekozen om in de marge te leven. Hij had in een artikel over de Hollandse krakers gelezen dat ze helemaal niet onbemiddeld waren en hoofdzakelijk op de centen van hun ouders teerden of zelfs een leefloon ontvingen.

Hij schudde zijn hoofd. Van zijn hoogdravende plannen om de wereld te verbeteren was niet veel meer over, en dat had hij vooral aan zijn vader te danken. Zijn vader stond op het punt een belangrijke stap in zijn loopbaan te zetten, en Jorg keek daar zo mogelijk nog meer naar uit dan zijn vader, meer dan ooit zijn held, al was het moeilijk om hem dat ook te zeggen.

Geen muizenissen meer in zijn hoofd, zijn spieren waren intussen uitgerust en het lange stuk van de Gasmeterlaan smeekte uitnodigend om een sprintje.

Hij gooide de versnelling gauw in 53x12, en zijn benen wentelden steeds sneller. Hij voelde zich Lance Armstrong, de wielerhalfgod op pensioen, de man die niet alleen kanker maar ook de hoogste Tourcols bedwongen had.

Gerrit, de Nederlandse krakerleider, keek geeuwend door het raam en voelde zich bij het zien van de sprintende fietser onwel worden.

'Gek zijn ze', geeuwde hij, al had hij zelf niet door over wie of wat hij het had. Struikelend ging hij in de kookruimte op zoek naar koffie, maar vond enkel lauw bier. Pas twee blikjes later kwam hij weer enigszins bij zijn positieven.

20

André Cornelis had net met zijn echtgenoot Bart van een portie oesters met witte wijn gesmuld aan een van de betere eetstandjes. Ze slenterden nu arm in arm door de stad.

Hij kende hier elk steegje, elke straatsteen. Hoe lang had hij niet door de stad gepatrouilleerd, aanvankelijk zeer tegen de zin van zijn vader, die hem graag als opvolger in zijn bedrijf had gewild. Dat voorstel had hij afgewimpeld omdat hij zijn eigen weg wilde gaan. Nu vroeg hij zich af of hij er toch niet beter op ingegaan was.

'Waar denk je aan?' vroeg Bart, al wist hij het maar al te goed. Cornelis had de voorbije maanden dikwijls zijn twijfel over zijn toekomst bij de politie geuit, en Bart was blij dat hij eindelijk een beslissing genomen had.

Cornelis antwoordde niet. Dat was ook niet nodig, zijn zielsgenoot kon zijn gedachten lezen.

De commissaris merkte tot zijn verbazing dat ze op de Kouter liepen. Het oude volksliedje *Het bankske op de Kouter* speelde door zijn hoofd. En warempel, ze gingen op een bankje zitten, geamuseerd kijkend naar de feestgangers die hier even kwamen verpozen.

Bart merkte dat zijn partner een stel jongelui in het oog had die in een druk gesprek verwikkeld waren. Beduimelde bankbriefjes werden geruild tegen kleine zakjes. Ongetwijfeld softdrugs, en hij stelde grinnikend vast dat Cornelis hooguit even zijn schouders ophaalde. Een half jaar geleden zou hij er nog op afgestapt zijn, om de jongens te fouilleren of op zijn minst een fikse bolwassing te geven.

'Ja, de jeugd van tegenwoordig', zuchtte Cornelis. Hij legde zijn hand op de knie van zijn levensgezel en tastte in zijn binnenzak naar zijn pepermuntjes.

Dit is de man met wie ik oud zal worden, dacht Bart. Hij werd een heel klein beetje warm vanbinnen, maar liet het niet merken. Om niet als een sentimentele dwaas bestempeld te worden.

De jongeren stonden steeds luider ruzie te maken. Blijkbaar was de kwaliteit van de laatste levering niet in overeenstemming met de vraagprijs geweest, en ze probeerden wat af te pingelen. De dealer hield voet bij stuk, hij kon en mocht van de verkoopprijs niets afdoen want dan kreeg hij last met zijn leveranciers.

Het dreigde tot een handgemeen te komen, en Bart kon zich niet langer bedwingen.

'Zou je niet ingrijpen?'

Cornelis zuchtte diep.

'Ik ken die snotneuzen. Veel geblaat, maar weinig wol. Ventjes van de Brugse Poort die een hoge dunk van zichzelf hebben en denken dat ze met die rotzooi hun miserabele bestaan kunnen vergeten, maar ze zijn te gierig om voor goed spul te betalen. En dan maar afdingen, maar die dealer is ook niet van gisteren. Als hij toegeeft, weet morgen heel weedrokend Gent dat je bij hem voor goedkoop spul terechtkunt. En voor de dag om is, krijgt hij het dan aan de stok met zijn opdrachtgevers. Dan breken ze zijn vingers of zo, of vinden we hem ergens in elkaar getimmerd terug. Dan zegt hij dat hij van de trap gevallen is. Een ogenblikje.'

De commissaris stond op en slenterde in de richting van de jongelui.

'Oprotten. Het zijn Gentse Feesten voor iedereen, maar ik wil jullie hier niet meer zien.'

De dealer herkende Cornelis en droop af met gebogen hoofd. Zijn klanten keken de commissaris schattend aan. Bart voelde zijn hart in zijn keel kloppen, hij vreesde dat er heibel zou van komen. Uiteindelijk kozen ook zij het hazenpad.

'Kom, we gaan naar huis', zei Cornelis.

Daar zag Bart wel wat in. Een paar glazen wijn drinken, en dan vroeg naar bed. Nu de nacht nog jong en veelbelovend was.

*

Berker Kerim keek verbaasd op toen een vreemd wezen met een vogelkop en lange, schubbige poten hem op de schouder tikte en vervolgens met zijn snavel vreemde klepperende geluiden maakte die de omstanders aan het lachen brachten.

Journalist ADT stond het tafereel geeuwend te bekijken. Hij had zich laten overhalen om deel uit te maken van de jury van het straattheaterfestival, maar dat hield wel in dat hij de hele Feesten in het getouw moest zijn om de verschillende deelnemers te beoordelen. Meer dan dertig groepen, dat was bijna een volledige dagtaak. Gelukkig hing er een leuke financiële beloning aan vast, daar deed hij het tenslotte voor.

Verschrikt duwde Berker Kerim de vogelman van zich af. Hij merkte dat hij het middelpunt van de belangstelling was en zette er stevig de pas in. Dat was zijn bedoeling, maar de doorgang naar Sint-Jacobs slibde dicht in afwachting van het optreden van Walter de Buck.

In de controlekamer hielden vijf inspecteurs onafgebroken de monitors in het oog. De camera's konden de hele Feestzone bestrijken, en Van Aken was persoonlijk nog eens komen vragen een extra oogje in het zeil te houden. Ze hadden de uitvergrote robotfoto van de verdachte terrorist in veelvoud in de controlekamer uithangen, maar veel aandacht besteedden ze er niet aan. De tekening was zo vaag dat bijna iedere man tussen de twintig en veertig met een beetje een zuiders uiterlijk eraan beantwoordde.

Ook George Bracke kwam even poolshoogte nemen. Hij had slecht geslapen, geteisterd door een telkens terugkerende nachtmerrie die hij bij het ontwaken grotendeels vergeten was. Het had iets te maken met een dorp in de bergen en een groep ruiters die alles hadden platgebrand.

Hij was badend in het zweet wakker geschrokken, maar gelukkig was Annemie blijven slapen. Ze kon haar nachtrust best gebruiken, want Van Aken had haar tot in de late uurtjes beziggehouden met het grootscheepse veiligheidsdossier dat hij op het einde van de Feesten met de nodige luister aan de pers wilde doorspelen.

Plichtgetrouw als ze was, had ze er thuis nog even aan doorgewerkt, zoals ze dat zelf noemde. Tot ze op de sofa in slaap gesukkeld was en Bracke, die een glaasje water kwam drinken van de nadorst, haar met zachte hand naar bed had geleid.

168

'Lang uit geweest, commissaris?' Inspecteur Geert Verhamme knipoogde, en Bracke knipte een oogje terug. Ze zouden niet geloven dat hij een rotnacht achter de rug had.

'Niets verdachts te zien?'

'Voortdurend', antwoordde Verhamme droog. 'Daar zijn het Gentse Feesten voor. Heb jij ook een kaartje gehad van Abdel?'

Bracke knikte. Zijn jonge collega Abdel Hassim, die zich de laatste tijd bijzonder had onderscheiden en binnenkort promotie mocht verwachten, zat in Mekka met vrouw en kinderen. Ze waren op rondreis door de Arabische wereld. Een belofte die hij haar al enkele jaren geleden had gedaan. Blijkbaar hadden ze het erg naar hun zin, gezien de jubelende postkaartjes die hij naar zowat het voltallige korps stuurde.

'Als we die nog maar terugzien', lachte Verhamme. 'Wie weet draagt hij dan wel een lange jurk, en zijn vrouw een boerka.'

Bracke probeerde het zich voor te stellen, maar zijn verbeelding schoot op dat punt tekort. Binnen het korps was wellicht niemand toleranter dan Abdel.

'Je hoort dat toch vaker', zei Verhamme, nu in alle ernst. 'Die migranten passen zich hier aan, je denkt dat ze een van de onzen geworden zijn, ze keren terug naar huis en dan slaan ze ineens helemaal om.'

'Je hebt het hier wel over Abdel.'

Bracke dronk rustig een bekertje water leeg. Hij durfde voor zijn collega zijn hand in het vuur te steken. Het viel hem tegen van Verhamme, in wie hij altijd een ruimdenkende inspecteur gezien had.

'Afwachten maar', foeterde de inspecteur. Hij liet zijn aandacht even verslappen.

Bracke nam de walkietalkie en seinde een bericht door.

'Hoek van de Hooiaard en de Korenmarkt, op weg naar de oude Post. Gauwdief met blond piekhaar, rode polo en witte broek met lederen jack.'

Op het scherm konden ze zien hoe een ploeg de dief binnen de kortste keren bij de lurven vatte.

'Beter opletten, Geert', zei Bracke, en de inspecteur stond even met de mond vol tanden.

'Breng die kerel maar binnen op het bureau en wacht daar op mij', zei de commissaris via de walkietalkie. 'Overigens goed werk, jongens.'

'Sorry, commissaris', pufte Verhamme.

'Kan gebeuren. Maar maak er geen gewoonte van, wil je', klonk Bracke opvallend mild.

Verhamme haalde opgelucht adem. Hij mocht van geluk spreken dat Bracke hem geen blaam gaf, wat bij Van Aken zeker het geval zou geweest zijn.

Bracke maakte er een forse wandeling naar het bureau van. Het was behoorlijk warm, en hij kocht onderweg een ijsje. Nu nog een blikje cola, en hij leek helemaal op een toerist.

Intussen draaiden zijn hersenen op volle toeren. Hij meende dat hij de gauwdief al eerder gezien had, maar kon zich niet meteen herinneren waar.

Hij slenterde langs het terras van De Fabels, waar Bavo Dhooge aan iedereen die het horen wilde over zijn nieuwste roman zat te vertellen. Een schare vrouwelijke fans zat ademloos te luisteren en lachte op het juiste moment met zijn grapjes.

In het hoofdkwartier stonden de inspecteurs D'haese en Schockaert, die de arrestatie hadden verricht, geduldig te wachten. Schockaert had het duidelijk warm, want hij dronk met grote teugen een literfles water leeg. Hij moest dringend wat aan zijn gewicht doen, dacht Bracke.

'Het is een habitué', meldde D'haese.

'Dat gevoel had ik ook al', knikte Bracke, blij dat zijn vermoeden bevestigd werd. 'Maar ik was even kwijt waar ik die kerel nog gezien heb.'

'Het kraakpand', zei Schockaert tussen twee slokken door.

Nu wist Bracke het weer. De gauwdief was een rijkeluiskind dat zich bij de krakers had aangesloten omwille van de kick en vooral om tegen zijn ouders te rebelleren. Om helemaal tegendraads te zijn pleegde hij geregeld diefstallen, niet om het geld maar om iedereen te laten zien dat hij lak aan de maatschappij had. Ze hadden hem al een keer of drie op heterdaad betrapt, en telkens had hij weinig of geen moeite gedaan om zich uit de voeten te maken. Bij een van de diefstallen had zijn slachtoffer hem een paar meppen verkocht, waarop hij prompt een klacht wegens slagen en verwondingen had ingediend.

De gauwdief was allerminst onder de indruk. Hij zat in de verhoorkamer rustig een zelfgerolde sigaret te roken.

'Wie we daar hebben! Zijn de Feesten al een beetje meegevallen tot nu toe, commissaris?'

'Kop dicht, Bettens', zei Bracke korzelig.

'Ho maar, voor jou is het meneer Bettens.'

Bracke wist dat Karel Bettens niet liever zou hebben dan dat hij hem een oplawaai verkocht.

'Ik zou maar niet te hoog van de toren blazen, Bettens. Weer eens betrapt, dat ziet er niet goed uit.'

'Kom, Bracke, doe niet onnozel. We weten allebei wat er gaat gebeuren. Jij maakt je verslag op, de onderzoeksrechter zet er een stempel op en een half uurtje later loop ik weer op vrije voeten rond. Het probleem van de overvolle gevangenissen, niet?'

Bracke moest toegeven dat Bettens lef had, maar hij mocht zich vooral niet in diens spelletjes laten meeslepen.

'Laten we bij de feiten blijven. De inspecteurs zullen hun verklaring opstellen, en dan mag jij die ondertekenen.'

'Geen probleem', lachte Bettens. 'Wil je er wat vaart achter zetten? Hoe laat is het trouwens? Ik zou de conference van Pierke Pierlala vanavond niet graag missen.'

'Niet zo snel. Ik heb nog enkele vraagjes.'

Bettens leunde gelukzalig achterover op zijn stoel, die net niet omviel.

'Waar hangt die kraakleider van jullie uit, die Cliff?'

'Ik zou het echt niet weten', antwoordde Bettens, en Bracke was geneigd hem te geloven. 'Hij is al een paar dagen niet meer in het kraakpand te zien. Nu ja, dat is niets nieuws. Een eeuwige zwerver, niet? En ik zou die windbuil niet onze leider noemen.'

'Ach zo, zit er een haar in de boter?' vroeg Bracke geamuseerd.

'Het is een of andere wijvenhistorie waar ik niets mee te maken heb. Cliff is kwaad op die trien, hoe heet ze ook weer?'

'Jessie?'

'Ja, die. Ik heb trouwens nooit begrepen waarom hij dat wicht ooit binnengehaald heeft. Maar ja, aan Cliff is dan ook een steekje los.'

'Vertel vooral verder.'

'Dat ga ik nu eens niét doen!' lachte Bettens. 'Ik ben hier als verdachte van een diefstal, *remember*.'

'Correctie, dader van een diefstal.'

'Om het even. Hoe zit dat met die onderzoeksrechter?' Bettens roffelde met zijn keurig gemanicuurde vingers uitdagend op tafel.

'Alles op zijn tijd', zei Bracke.

*

Het was heel snel gegaan, razendsnel. Het huwelijk van Ali Bashir met Hayat werd drie dagen later al ingezegend, zowel bruid als bruidegom leefden hunkerend naar die gebeurtenis toe. Omdat de streek hard onder de terreur te lijden had, werd het feest bescheiden gehouden, al waren er enkele flessen whisky en cognac binnengesmokkeld die de mannen stiekem in het toilet aan elkaar doorgaven.

Ali Bashir had tot enkele dagen ervoor nooit kunnen vermoeden dat hij een feestje zonder drank zou beleven en er nog van genieten ook. In het kille Engeland was hij zich op tijd en stond aan gin en whisky te buiten gegaan zonder enige wroeging te voelen. Maar hier, in dit heilige land van zijn voorouders, was het anders. Tijdens het feest weigerde hij ook maar één druppel alcohol te drinken, en dat viel hem niet eens moeilijk.

In gedachten was hij al aan zijn huwelijksnacht bezig, die lang en zwoel zou zijn. Daar dacht Hayat ook al aan, las hij in haar ogen.

Zijn kersverse schoonvader, Yassar Ramzi, wenkte hem, een teken dat hij iets te vertellen had. Ali kwam dichterbij, kwispelend als een schoothondje. Hij begreep dat Yassar voortaan alle belangrijke beslissingen voor hem zou nemen, maar daar kon hij zich mee verzoenen.

Pas nu besefte hij dat hij zijn hele leven naar duidelijkheid had verlangd. Altijd was hij tussen twee stoelen gevallen, nu had hij een doel.

Het gesprek was kort en ter zake. Of beter gezegd: de monoloog, want Ali hoefde alleen maar te luisteren en dat deed hij met opperste aandacht. Af en toe knikte hij met een devote, zelfvoldane grijns op zijn lippen.

De boodschap van Yassar was niet mis te verstaan: zijn schoonzoon had recht op een paar wittebroodsweken waarin van hem verwacht werd dat hij het zijn bruidje naar de zin zou maken, maar dan begon het ernstige werk. Over exact vijftien dagen werd hij verwacht in het trainingskamp, nog ruikend naar de liefde maar gretig en bereid om zich voor de geloofsgemeenschap nuttig te maken.

Ali knikte nog harder, doordrongen van de wetenschap dat zijn leven eindelijk zin zou krijgen. De Heilige Woorden, die hij als kind had moeten leren tot hij ze kon opdreunen, werden hem eensklaps duidelijk.

Diegenen der gelovigen die niets doen, met uitzondering der onbekwamen, zijn niet gelijk aan degenen die met hun rijkdommen en hun persoon terwille van Allah strijden. Allah heeft degenen die met hun rijkdommen en hun persoon strijden doen uitmunten boven de rustenden en aan ieder heeft Allah het goede beloofd. Allah zal de strijders boven de stilzittenden doen uitblinken door een grote beloning.

Hayat klapte autoritair in haar handen ten teken dat het feest voorbij was. De aanwezige vrouwen bogen onderdanig en zij die niet gesluierd waren verborgen hun haar en gezicht voor ze de straat op gingen.

Yassar knikte naar zijn schoonzoon, die met zijn bruid aan de hand naar buiten wandelde. Naar het huis vlakbij dat ze voortaan zouden bewonen.

De mannen bleven onder het slaapkamerraam wachten. Boven was het opvallend stil omdat Hayat tijdens het liefdesspel haar hand in haar mond hield, en er hard op beet tot de afdruk van haar tanden in haar vlees stond. Ali kreunde binnensmonds, zwetend, stotend, tot zijn hart dreigde te ontploffen.

Het raam van de slaapkamer ging moeizaam open, het hout klem-
de wat.

Beneden begonnen de mannen triomfantelijk te roepen. Ze riepen aanmoedigingskreten naar de fiere Ali, die glimmend het bebloede laken door het raam stak.

21

Journalist Thomas Dierkens van *De Morgen*, die ook voor *Zone 09/* schreef, noteerde impressies voor het sfeerstuk dat hij over de kinder-middag op het Zuid zou maken. Hij keek hoofdschuddend naar de reclamepanelen voor juwelier Van Ruyskensvelde uit Merelbeke-Station en Fristi en maakte ijverig aantekeningen onder de parasol van Coca-Cola. De Gentse Feesten en de wild om zich heen grijpende commer-cialisering, daar zat ongetwijfeld een pittig stukje in dat hij met het nodige sarcasme zou larderen. Hij bestelde nog een pint en graaide in de snoeptrommel waar een van de clowns mee rondging.

'Papa Peter is vermist en wordt verzocht zich bij het podium te melden. Daar wacht zijn dochter Geike op hem', zei de animator van het Bumpa Bouncer team met een glimlach, een blèrend kind aan zijn hand. Daar, dat was papa al, en hij kreeg zowaar applaus. Zijn buik hing over zijn broekband, maar hij paradeerde er de trappen mee op.

Op het podium jureerden Hilde en Kathelyne van de organiseren-de Dienst Feestelijkheden de inzendingen van de kleurwedstrijd. Stef Simoens, geschminkt als een vinnig tijgertje, won in de categorie tot 6 jaar, de 8-jarige Kevin Coryn kaapte de prijs in de categorie 6 tot 12 jaar weg. De twee kinderen holden blij naar het podium om hun prij-zen in ontvangst te nemen en hielden ze als trofeeën juichend boven hun hoofd.

Farouk werd steeds nerveuzer. Hij had al veel te lang niets meer van de commandant gehoord, en dat maakte hem besluiteloos. Hij had instructies ontvangen om in dat geval naar eigen goeddunken te han-delen, maar alleen in deze vreemde stad had hij het moeilijk om zich te concentreren.

De voorbije maanden was zijn leven in een ware stroomversnel-ling geraakt. Hij kon zelf bijna niet geloven dat het amper een paar maanden geleden was dat hij de commandant had ontmoet. Dat gebeurde in de Afghaanse provincie Farah, waar Farouk tijdens zijn omzwervingen was terechtgekomen.

Die ontmoeting was magisch geweest. De commandant had Farouk even aangekeken en geknikt. Ze hadden amper woorden nodig gehad om elkaar te begrijpen. De volgende dag al zat Farouk in het trainingskamp, en voor het eerst had hij het gevoel dat zijn leven echt zin kreeg.

De commandant wreef zich in de handen, want het aanwerven van rekruten ging veel vlotter dan hij verwacht had. Farouk toonde zich gretig, leergierig en gemotiveerd, net het soort kanonnenvlees dat hij nodig had. Niet nieuwsgierig bovendien, zodat hij ook niet te veel uitleg behoefde.

De eerste opdracht werd feilloos uitgevoerd. Farouk schoot koelbloedig een Engelse nationalist neer die op televisie openlijk de islam hekelde.

De volgende missies gingen crescendo, en de commandant zorgde er steeds voor dat de verschillende aanslagen ogenschijnlijk geen verband met elkaar hielden zodat de verwarring groeide. Ging het om één of meer bendes?

Farouk wandelde op het Zuidplein voorbij de bibliotheek en stond op het punt het park binnen te stappen toen daar de stroom uitviel. Meteen was er geen muziek meer te horen, en nietsvermoedend ging hij voorbij het springkastelenparcours op weg naar de Vooruit. De demonstraties van de groep Dansende Wielen konden zijn aandacht niet vasthouden.

Of toch?

Hij twijfelde even. Een aanslag op een groep gehandicapten zou op de nodige weerklank in de media kunnen rekenen, maar er waren naar zijn zin te weinig deelnemers. En hij had geen instructies in die zin gekregen.

Zijn draagtas begon aardig zwaar te worden. Hij slenterde voorbij het standbeeld van Romain Deconinck aan de Minardschouwburg en hield aan het *Gebed Zonder End* even halt om een cola te drinken.

Schijnbaar geïnteresseerd bestudeerde Cliff aan de overkant de etalage van een kledingzaak. Hij hield vooral Farouk in het oog.

Farouk was één ogenblik onoplettend geweest, een paar minuten eerder toen hij naar het toilet was geweest. Cliff had daar net geplast, en zag in een flits hoe Farouk de dikke bundel bankbiljetten die uit zijn achterzak was gevallen, discreet probeerde weg te stoppen.

Het centrum dreigde dicht te slibben door de stromen toeschouwers die kriskras door de stad op weg waren naar optredens. Het was een heerlijke zomerdag, en de ijsjesverkopers deden gouden zaken.

Elk nieuw plein bracht Farouk weer aan het twijfelen. Al die mensen, hij voelde de opwinding stijgen. Hij zocht vooral naar een plek waar hij zijn tas kon achterlaten zodat hij zich veilig uit de voeten kon maken. Hij had weinig begrip voor zelfmoordterroristen, die hij stommelingen vond. Ze deden al die moeite voor slechts één dodelijke aanslag, wat puur economisch bekeken weinig rendabel was. Hij kon intussen op een aardig palmares bogen, en werd ook steeds efficiënter naarmate hij meer ervaring opdeed.

En dan waren er natuurlijk de woorden van Allah zelf, die in zijn ziel gegrift stonden.

O, gij die gelooft, gebruikt elkanders eigendom niet met leugen en bedrog maar handelt bij onderlinge overeenkomst. En pleeg geen zelfmoord. Voorzeker, Allah is u Genadevol.

Farouk ging zijn neus achterna, zonder te weten waar hij zich precies in de stad bevond. Hij had in de Infohal een plannetje meegekregen, maar raakte er niet wijs uit.

De vele agenten in het straatbeeld hadden hem eerst verontrust, maar niemand legde hem een strobreed in de weg. Die gedachte deed hem grinniken.

Op het Polé Polé festival zat de sfeer er al goed in. Een vrouw wankelde op haar benen nadat iemand iets in haar mojito had gedaan. Het Rode Kruis was snel aanwezig om haar de eerste zorgen toe te dienen, maar de organisatoren bleven er rustig bij. Weer iemand die te diep in het glas gekeken had.

De zoveelste Afrikaanse groep begon op het podium aan zijn

optreden, hongerig naar de roes van het ritme en de reacties van het publiek. De opzwepende trommels nodigden uit tot dansen, en de muziek klonk steeds luider.

De massa begon Farouk te benauwen. Hij moest weg. Hij kreeg ademnood, en overwoog even in alle ernst de spijkerbom toch te laten ontploffen. Zijn zenuwen werden op de proef gesteld, want het ontstekingsmechanisme was bijzonder gevoelig. Hij maakte zich breed door zijn ellebogen uit te steken, maar dat werd niet door iedereen geapprecieerd. Een ouwe rocker op weg naar het optreden van The Vipers op het Sint-Baafsplein had zijn vuisten al klaar om te knokken en hield zich enkel in omdat een paar inspecteurs met een braadworst in hun hand langsliepen.

Zijn aandacht werd getrokken door een koppel met een meisje van een jaar of acht en twee jongens. Het meisje had blond haar en leek een engeltje. Of Farouk het nu wilde of niet, hij moest en zou het meisje volgen. Ze was gewoon perfect.

Farouk stelde zich voor hoe de spijkers haar pure lichaampje zouden uiteenrijten. Hoe de nagels haar huid zouden scheuren, door vlees, botten en spieren dringen. Het liefst nog onder het oog van de veiligheidscamera's, die hij meteen had opgemerkt. Misschien moest hij eerst nog even wuiven voor hij de bom liet afgaan.

Er in deze massa een einde aan maken kon het orgelpunt van zijn bestaan op aarde zijn. Hij mocht niet aan deze drang toegeven, want hij kon de ongelovigen nog veel meer schade toebrengen door in leven te blijven en nieuwe, nog bloediger aanslagen uit te voeren.

Even overwoog hij of hij zelf geen contact met de commandant zou proberen op te nemen, maar die gedachte verwierp hij snel. De instructies waren duidelijk geweest: als de commandant niets van zich liet horen, moest hij op eigen benen staan en zijn geplande opdracht verder zetten.

Opletten dat hij het meisje met haar ouders niet uit het oog verloor. Wat niet eenvoudig was, want ze dreigden in de massa op te gaan. Er kwam wat duw- en trekwerk aan te pas om ze in te halen, en hij hield beschermend zijn armen rond de tas.

Er leek geen einde te komen aan de tocht. Hoe groot is deze stad, vroeg Farouk zich af, waar blijven al deze mensen vandaan komen?

Doorheen de Lange Munt ging het richting Vrijdagmarkt, waar de geluiden van de kermis met de muziek uit de verschillende windrichtingen voor een vreselijke klankenkakofonie zorgden.

Het meisje bleef voor een echte paardenmolen staan, maar haar ouders waren onverbiddelijk.

'Straks misschien, Leentje. We moeten nu naar het Baudelopark, want daar wachten ze al op ons.'

Leentje was blijkbaar een gehoorzaam type, want ze ging zonder morren met haar ouders en broers mee. Al ging haar onderlipje wel wat te hangen.

De geur van de braadworsten en de hotdogs vervulde Farouk met walging. En dan die dreunende rotmuziek. Het waren de typische excessen van het decadente westen. Hij was blij dat hij hier rondliep en zijn ogen de kost kon geven. Het sterkte hem in de overtuiging dat zijn strijd gerechtvaardigd was.

Langs de rommelmarkt van Sint-Jacobs haastte de familie zich naar het Baudelopark. De vader wilde even een blik werpen in de Spiegeltent, waar een kleinschalig optreden van de opkomende plaatselijke band Zoutlandt geprogrammeerd stond.

Farouk verkoos buiten te blijven staan. In gesloten ruimten die hij niet kende, werd hij altijd door een onbestemd gevoel van onbehagen overvallen. Hij besloot het gezin te laten gaan, want zijn oog was gevallen op een beter doelwit.

In het park was net een afdeling van de scouts aangekomen. Een dertigtal kinderen met begeleiders nam joelend bezit van de speeltuigen. Ze zongen luidkeels een liedje en begeleidden zichzelf op gitaar en tamboerijn.

Dat trok de aandacht van een paar feestgangers, die dachten dat dit tot het programma behoorde. Toen ook nog een vuurspuwer op de proppen kwam, die in deze groep mensen de ideale slachtoffers zag om een centje bij te verdienen, was er snel sprake van een volkstoeloop.

Farouk werd steeds rustelozer, alsof een meedogenloze hand zijn keel langzaam dichtkneep. Hij ademde zwaar door zijn neusgaten en voelde zijn kloppende bloed door zijn oren suizen. Het werd even zwart voor zijn ogen.

Toen hoorde hij het brekende stemmetje van een Turkse jongen, een jaar of twaalf oud, kletsend met zijn moeder. Het was alsof hij een vuistslag vol in het gezicht kreeg.

Hij was ooit ook twaalf jaar oud geweest, en werd daar liever niet aan herinnerd. Een naïeve snotneus die dacht dat in zijn leven alles vlekkeloos zou verlopen, die van zijn ouders hield, al hadden ze niets gedaan om die liefde te verdienen. Zeker zijn vader niet, die hem sloeg wanneer hij daar zin in had en dat was heel vaak. Yassim was verbitterd en ontgoocheld, beurs geslagen door alles wat in het leven kon misgaan en dat was heel wat.

Toen, op zijn twaalfde, had Farouk ingezien dat zijn ouders zwakke wezens waren. Dat ze hem niet probeerden te beschermen maar er enkel op uit waren hun schamele dagen te slijten zonder ambitie om iets van hun leven te maken. Die dag had hij besloten dat hij niet zo wilde zijn. Dat ze van hem nog zouden horen en dat zijn bestaan op aarde niet onbesproken zou blijven.

*

In de kleedkamers van het vroegere Publiekstheater op het Sint-Baafsplein begon de typische koorts net voor het optreden langzamerhand te stijgen.

Dille rookte ogenschijnlijk kalm een sigaret en staarde in de rookwolken. De technici wisten dat ze hem met rust moesten laten. Hij had de eigenschap om naarmate het optreden dichterbij kwam, steeds rustiger te worden.

'Alles goed, maat?' Helmut Lotti tikte de travestiet vriendschappelijk op de schouder.

'Als ik jou zie altijd, Helmutje', lachte Dille, en hij gaf de wereldster een klapzoen, half op de wang en half in de lucht.

Lotti schaterde het uit. Hij was in een opperbeste bui en neuriede een aria van Verdi die Dille meteen overnam. Arm in arm stonden ze zo luid te zingen dat iedereen die in het theater aanwezig was, kwam kijken. Prompt kregen ze een welgemeend applaus.

'Vanavond gaan we er eens een lap op geven, zie!' lachte Lotti. De pretlichtjes in zijn ogen verrieden dat hij naar het optreden uitkeek.

De plicht riep. De cameraploeg van plaatselijk televisiestation AVS had zich een weg naar de kleedkamer gebaand, al was de regel dat ze vooraf eerst een afspraak via manager Piet Roelen moesten maken.

De *security* wilde de cameraploeg de deur wijzen, maar Lotti gebaarde dat het voor hem geen probleem was.

'Kom maar binnen, jongens. Maar mag ik eerst mijn propere kleren aantrekken? Hier zit een ketchupvlek op.'

De andere namen van de affiche waren nog onderweg, maar Dille was vastbesloten het zich allemaal niet aan te trekken. Nu kon hij er toch niets meer aan doen. Hij voelde zich in het oog van de orkaan, daar was het ook altijd rustig.

Geroutineerd antwoordde Lotti op de vragen van de journalist, die vooral geïnteresseerd was in de link tussen de zanger en de Gentse Feesten.

'Als klein manneke hing ik tien dagen in de Feestzone rond, zwalpend van optreden naar optreden. Mijn grootvader was directeur van de Opera, en zo heb ik van in mijn kinderjaren zowel klassieke muziek als pop en Vlaamse schlagers beluisterd. Het was in feite bijna onvermijdelijk dat ik er ooit mijn eigen mix zou van maken. Je zou kunnen zeggen dat het hier op de Gentse Feesten allemaal samengekomen is.'

De journalist knikte, ten teken dat dit bruikbaar materiaal was.

'Ik zal je nog een anekdote vertellen', ging Lotti, goed op dreef, verder. 'Mijn manager Piet kwam tien jaar geleden in volle Gentse Feesten op de proppen met het idee om klassieke muziek te zingen. Ik verklaarde hem voor gek, maar mijn carrière zat toen echt op zijn gat. Ik speelde tijdens die Feesten samen met cabaretgezelschap Goe Weere in de Minardschouwburg, kun je nagaan. Maar ik ben goed opgevoed en luister altijd naar mijn manager. Meer om hem te bewijzen dat hij ongelijk had en ik waarschijnlijk daarna ergens als afwasser of strontraper achter de tram zou moeten werken, ging ik toch maar naar het eerste optreden met dat orkest. En de rest is geschiedenis', lachte hij fijntjes, duidelijk nog steeds genietend van zijn onverhoopte succes.

Ook Dille was zich heel goed bewust van de camera. Hij wrong zich in beeld en stak meteen van wal, zonder dat Lotti de kans kreeg om nog iets te zeggen.

'Ik heb nog een primeur voor AVS.' Hij lachte mysterieus in de lens. 'Ik was toen bezig met mijn soloprogramma *Dille anders dan anders*, en er waren plannen om Helmut als *special guest* bij mij te laten optreden. Tot die Hollandse manager roet in het eten kwam gooien en van Helmutje een ster maakte. Anders traden wij nu misschien nog altijd samen op.'

'In het circuit van de bejaardentehuizen, als *The beauty and the beast*', schaterde Lotti.

'En iedereen weet natuurlijk wie dan de schone is.' Dille stak prompt de fiere boezem naar voor.

De reporter van AVS stond bijna te kwijlen. Dit was materiaal dat zou inslaan als een bom. En dan moest het optreden nog beginnen.

*

Op de Korenmarkt haalde George Bracke met een twinkeling in zijn ogen herinneringen op aan de Gentse Feesten van ruim tien jaar geleden met zijn vriend Sigiswald Steyaert, sterreporter van de openbare omroep, maar voor één keer een vrije jongen en drinkebroer van dienst. Ze maakten er een erezaak van om elk jaar minstens één keer flink door te zakken, en deze avond leek bijzonder geschikt.

'Het plein was eivol, ook alle zijstraten zaten strop, maar toch bleef het volk toestromen', herinnerde Bracke zich. 'Op zich geen uitzonderlijke situatie voor de Gentse Feesten, tot dat onweer in alle hevigheid losbarstte. Dat had je moeten zien, Sigiswald. Iedereen vluchtte naar de overdekte terrassen of probeerde dat, want in de massa kon niemand nog een stap vooruit of achteruit. Er werd getrokken en geduwd dat het een lieve lust was, en ik stond in de vipruimte op mijn benen te trillen. Mijn volle glas bier was ineens leeg, en niemand was tegen me aangebotst.'

'Het klinkt al bijna als het Heizeldrama.' De journalist schudde zijn hoofd.

'Dat had het ook kunnen worden. Het ging van kwaad naar erger. Op een van de terrassen stampte een kind dat in het nauw gedreven was, een tafeltje lege glazen om, en dan begon de paniek pas echt. Iemand riep dat er gevochten werd, waarop de mensen allemaal weg wilden. Ze botsten tegen de golf van bezoekers die de andere kant uit gingen, het waren net twee pletwalsen die tegen elkaar opduwden.'

Steyaert sloot zijn ogen. Hij had zelf het drama in het Heizelsta-dion verslagen en werd er 's nachts soms nog wakker van. Toen was er bij de openbare omroep nog geen sprake van een psycholoog, maar enige tijd geleden had hij zelf de stap gezet om zich te laten begeleiden met het programma *It's OK to be not OK,* dat onder directeur Bert de Graeve was opgesteld om journalisten die in extreme omstandigheden hadden moeten werken, bij te staan.

'Mensen raakten geplet en probeerden zich met hun ellebogen vrij te maken. Vaders en moeders namen hun kinderen op de schouders, en iedereen schreeuwde erop los. Dat heeft zeker een kwartier geduurd, de politie stond machteloos, en ik kan je verzekeren dat ik het ergste vreesde. Pas toen de plensbui plotseling ophield, week de massa in de zijstraten terug, en kreeg de verpletterde menigte eindelijk wat ruimte.'

'Ik kan me niet herinneren of er toen slachtoffers gevallen zijn', pijnigde Steyaert zijn geheugen.

'Dat was een wonder', gaf Bracke toe. 'Het had helemaal anders kunnen uitdraaien. Toen ik een uur later door de massa waadde, zag ik overal mensen op de stoep zitten uithijgen, zowel kinderen, volwassenen als ouderen. Het Rode Kruis was nog volop bezig mensen lucht toe te dienen. Je kon letterlijk de doodsangst nog op hun gezicht lezen. Die dag is er meteen een speciale cel samengeroepen om gelijkaardige toestanden in de toekomst te vermijden. *Crowd management*, noemen ze dat sindsdien bij het stadsbestuur.'

Steyaert had aandachtig zitten luisteren, leergierig als altijd. Hij nam spontaan notities, en Bracke durfde erom wedden dat hij er ooit een item zou aan wijden.

'Overigens, hoe was toen het optreden van Margriet Hermans?' vroeg de journalist.

'Ik zou het niet weten', zei Bracke naar waarheid. 'Ik zat met de vips pinten te pakken tot het onweer losbrak. Het was nog voor haar maagoperatie.'

'Ik heb haar in de studio van Terzake eens duchtig aan de tand gevoeld, en ik vrees dat ze mij dat nooit echt vergeven heeft.' Steyaert krabde in zijn haar. 'We hebben haar vorig jaar gevraagd om op de nieuwjaarsreceptie een paar liedjes te komen zingen, maar ze vond dat het niet verenigbaar was met haar politiek mandaat. Jammer, want ik vind haar wel iets hebben. Nog een trappist, George?'

Dat liet Bracke zich geen twee keer zeggen. Van al dat praten had hij dorst gekregen, en het waren voor hem ook Gentse Feesten.

22

9 Jumada al-Ahira 1333, Ywan al-Sab't, Dag van de Sabbat, 24 april
1915 in de gregoriaanse tijdrekening.

Een duistere wolk hing onheilspellend aan de horizon boven de
vochtige straten van Constantinopel. Toch besteedde niemand er aandacht aan. De mensen hadden wel wat anders aan hun hoofd. Wie niet
buiten moest zijn, hield de deuren veilig gesloten want het was niet
langer veilig in de stad.

Hoofd van de politie Jemal Pasha liep zenuwachtig te ijsberen
door de gangen van zijn hoofdkwartier. Hij besefte dat hij vandaag
geschiedenis zou schrijven. Vandaag zou eindelijk een begin worden
gemaakt met de definitieve oplossing van het Armeense probleem.

Hij wenkte zijn adjudant Fatih Keser, wellicht de trouwste van zijn
onderdanen. Wat Pasha bijzonder in Keser waardeerde, was dat hij
elk bevel stipt uitvoerde zonder er zich vragen bij te stellen, hoe wreed
en ogenschijnlijk zinloos ook. Met een select regiment van dit soort
soldaten kon je elke oorlog winnen, en hij zou Fatih in de moeilijke
taak die hen te wachten stond, goed kunnen gebruiken.

Het werd tijd dat de Armeense kwestie voor eens en altijd afge-
handeld werd. Ze hadden het zelf gezocht, vond Pasha. Opgehitst door
de Russen waren ze tegen hun Turkse broeders in opstand gekomen,
en dat deed niemand ongestraft. Sultan Abdul Hamid was al streng
tegen de opstandelingen opgetreden, maar blijkbaar hadden ze hun
lesje nog niet geleerd.

Bij de machtsovername door de Jonge Turken[17] hadden de Armeniërs aanvankelijk het nieuwe bewind gesteund, maar algauw ondervonden ze dat ze niet pasten in de droom van één groot eengemaakt
Turks rijk van de Bosporus tot de grenzen van China, waarin geen
plaats was voor niet-Turkssprekende volkeren. Helemaal te gek werd
het toen de Armeniërs neutraal wensten te blijven tijdens de grote

---

17 In 1908.

oorlog die zich op dat moment in Europa afspeelde, waarbij de Turken wel degelijk de Duitse zaak steunden. Meer zelfs, de Armeense leiders onderhandelden openlijk met de Russen en Britten om na het beëindigen van de oorlog een aantal Ottomaanse provincies aan hun nog te stichten rijk te mogen toevoegen in ruil voor hun militaire en financiële steun aan de geallieerde troepen.

De toestand werd langzaam onhoudbaar, want steeds meer Armeense guerrillatroepen opereerden op gewelddadige wijze op Turks grondgebied om hun eisen kracht bij te zetten.

Met andere woorden, het was hoog tijd om de Augiasstal te reinigen en Jemal Pasha had zich als vrijwilliger opgegeven om bij deze goddelijke missie van dienst te zijn. Hij ergerde zich mateloos aan de nationalisten die in zijn ogen spotten met het heilige gezag van de sultan.

De sfeer van dreiging drukte zo vroeg op de dag al op de stad. Een handelaar in tapijten had zich toch op straat gewaagd, maar werd door een groepje gewapende politiemensen staande gehouden. Ze doorzochten zijn koopwaar grondig en beroofden hem van zijn beurs.

Jemal Pasha bekeek het tafereel en zuchtte. Er waren al enige tijd problemen met de soldij, en hij kon het zijn mannen niet kwalijk nemen dat ze de man in elkaar sloegen. Het was immers een Armeniër die erom bekendstond woekerprijzen aan te rekenen voor inferieure koopwaar.

Fatih Keser keek zijn baas vragend aan. Jemal Pasha knikte nauwelijks merkbaar. Enkele ogenblikken later lag de koopman reutelend in de goot, stikkend in zijn eigen bloed.

De adjudant genoot van zijn werk. Dat deed hij altijd, als het maar smerig was. Het kon hem geen barst schelen dat zijn broers hem meden. Ze noemden hem het zwarte schaap van de familie, een schande voor het geslacht. Hij wist wel beter. Hij deed hetzelfde wat zijn vader en diens voorvaderen altijd gedaan hadden. Hij was nu eenmaal erfelijk voorbestemd.

Uit verschillende straten kwamen op het plein voor het hoofdkwartier troepen samengestroomd. Ze verzamelden zich met discipline stilzwijgend in rijen van vier en wachtten geduldig hun instructies af.

Binnen overlegde Jemal Pasha met zijn adjudant. Ze bogen zich over een lijst namen en zetten hier en daar een kruisje.

Jemal gaf zijn secretaris Youssouf de opdracht de aangekruiste namen een aantal keer over te schrijven om ze aan de militieleiders te overhandigen. Youssouf boog als een knipmes. Zijn baas was niet bepaald van het geduldige type. Hij rilde bij de gedachte aan zijn voorganger, die door de baas eigenhandig met een knuppel kreupel was geslagen omdat hij diens bevelen niet snel genoeg had opgevolgd.

Fatih Keser boog zich gretig over de namen en probeerde ze uit het hoofd te leren. Gemakkelijk was dat niet, want het waren echte tongbrekers.

Avetis Nakhichevan. Yuris Aharonian. Ivan Bagramian. Hamazasp Babajanian. Armenak Khanferiants. De kopstukken van de opstandelingen waren vanaf nu vogelvrij verklaard. Jemal zorgde voor extra motivatie door een prijs op elk van deze hoofden te zetten, het liefst dood. Waren ze tegen het einde van de dag allemaal omgebracht, dan wachtte het regiment een extra beloning bovenop hun soldij van de voorbije maanden, die eindelijk zou uitbetaald worden.

Luid gejuich steeg op, want daar deden de soldaten het voor. Het vooruitzicht van een slachtpartij die ongestraft zou blijven en zelfs een bom duiten zou opleveren, zweepte de gemoederen tot ongekende hoogten op. De moordlust stond in hun ogen te lezen terwijl ze als razenden door de straten renden, op weg naar de wijken waar de Armeniërs zich doorgaans ophielden.

Ook Fatih Keser voelde het bloed in zijn aderen tintelen. Hij kreeg van Jemal een tiental manschappen ter beschikking en haastte zich naar de havenbuurt. In de smalle steegjes van de wijk waar vroeger de Syriërs de plak hadden gezwaaid, was sinds kort het zenuwcentrum van de Armeense rebellen gevestigd, een interessant weetje dat hij toevallig in een van de illegale kroegen had opgescharreld.

Zijn netwerk van tipgevers werkte perfect. Drie dagen geleden hadden ze hem gewezen op een zeeman die al een week de plaatselijke schonen lastigviel met zijn praatjes. Fatih had de man laten arresteren, en het bleek een gestrande Armeniër te zijn. Genoeg reden om de zeebonk eens aan de tand te voelen, zoals Fatih het plastisch uitdrukte. Een werkje dat hij dolgraag zelf uitvoerde, hij had er speciaal een kerker voor ingericht.

De zeeman begon meteen te schreeuwen toen hij de marteltuigen zag. De pijnbank zag eruit alsof ze vaak gebruikt werd, en de zweep met de zeven staarten boezemde zelfs bij de stoerste kerels ontzag in.

Fatih was wat ontgoocheld omdat de zeeman al meteen bereid was geweest alles wat hij maar over zijn volkgenoten wist, te verraden. Voor alle zekerheid had hij de voeten van de man eerst boven een zacht vuurtje geschroeid en zijn rug met de zweep bewerkt. De Armeniër schreeuwde zo hard om genade dat Fatih één ogenblik van plan was hem voor eeuwig het zwijgen op te leggen, tot hij de namen van de opstandelingen noemde en vooral waar ze zich schuilhielden.

Die plaatsen had Fatih keurig aan zijn chef prijsgegeven, op de locatie waar de grote leider Avetis Nakhichevan verbleef na. Daar was hij nu naar op weg, om de hoofdvogel af te schieten.

De Armeense zeeman had nog meer gekletst. Eens hij begon, was er geen stoppen meer aan. Fatih kwam alles te weten over de geheime smokkelroute die de Armeniërs hadden opgezet om Turkse opium te stelen en zo naar het westen te exporteren, waar ze grof geld aan dit genotmiddel verdienden. Ook dit nieuwtje besloot Fatih voor zich te houden. Na het afrekenen met de Armeniërs zou hij daar op afgaan. Tenslotte betaalde zijn werk ook weer niet zo goed, en het was altijd al zijn droom geweest om schatrijk te worden.

Dat waren zorgen voor morgen. De Armeniër zou het in ieder geval niet verder vertellen. Toen hij er zeker van was dat de man hem alle informatie waarover hij beschikte had gegeven, had hij er keurig mee afgerekend. Met één energieke ruk aan het wurgkoord, de zeeman had zich niet eens verzet. Weerloze slachtoffers die het in hun broek deden, daar was Fatih verzot op. Eens benieuwd hoe die Armeniërs zouden reageren als ze het dodelijke staal in hun richting zagen flitsen.

Hij keek op het plannetje dat de zeeman had uitgestippeld. De route leidde door een wirwar van kleine straatjes naar de woning waar Avetis Nakhichevan meestal zijn nachten doorbracht, en van hem was bekend dat hij graag lang sliep. Het huis werd discreet door wachters bewaakt, maar de zeeman wist dat er via een keldergat een achteringang was.

Fatih voelde zijn hart sneller kloppen. Dit soort operaties gaven hem het gevoel echt te leven. Hij zou ze niet kunnen missen en was van plan om bij de politie te blijven, zelfs al zou de smokkelroute hem een fortuin opleveren.

Hij vond probleemloos het keldergat en stuurde vijf soldaten naar de voorkant, om daar met de wachters af te rekenen.

Een nijdige hond wilde hem aanvallen, maar het razende beest was veel te traag om zijn dolk te kunnen vermijden. Via de kelder sloop hij de trap op. Boven liet een dienstbode geschrokken een kruik water vallen toen ze zijn kromzwaard zag. Eén houw was genoeg om haar het zwijgen op te leggen, en hij stapte zuchtend over haar lijk. Vrouwen, niets dan last had je ermee.

Intussen waren de soldaten langs de voordeur binnengedrongen. Avetis Nakhichevan werd door het lawaai gewekt en zette het in zijn blootje op een lopen in de richting van de kelder. Hij liep stomweg op het geheven zwaard van Fatih, die nog één keer toesloeg en het hoofd van zijn slachtoffer naar een van de soldaten wierp.

De dag was nog lang, en zo veelbelovend.

23

In de artiestenloges steeg de spanning langzaam maar zeker. Gus Roan van de Gentse ambiancegroep Nie Neuten zat wel te grappen en grollen met bassist Georges Bracke van The Vipers, maar dat deden ze alleen om hun gierende zenuwen te verbergen. Ook al hadden ze al massa's optredens gedaan en stonden ze elk jaar op de Gentse Feesten, dit project was toch iets speciaals. Tegenover hun vrienden mochten Roan en Bracke grapjes maken over Koen Crucke en Helmut Lotti, maar ze beseften dat ze een tandje zouden moeten bijsteken om door deze twee sterren van het lichtere lied niet voor eeuwig belachelijk gemaakt te worden.

Commissaris George Bracke was nog steeds op kroegentocht met journalist Sigiswald Steyaert en kwam een kijkje nemen achter de coulissen. De begroeting met zijn op één letter na naamgenoot was hartelijk, en prompt kreeg hij een glas bier in de hand gestopt dat hij niet kon noch wilde weigeren.

'Weet je, ik heb er altijd van gedroomd zanger te worden', verraste Steyaert zijn vriend.

'Daar is het nooit te laat voor', zei Georges Bracke, de bassist met de indrukwekkende, niet te negeren snor die kinderen uit hun slaap hield en waar radeloze moeders mee konden dreigen. 'Je mag het altijd eens in mijn achtergrondkoortje komen proberen als je zin hebt.'

'Ik kom dan zeker luisteren', lachte Bracke, de commissaris. Hij voelde zich heerlijk dronken worden en liep over van een warm gevoel van liefde voor de hele wereld.

Opletten dat je niet overdrijft met de drank, George, flitste het door zijn hoofd. Hij kende zijn grenzen. De volgende uren zou hij alleen koffie en cola drinken, om na de optredens misschien een heerlijk afzakkertje te nuttigen in de whiskyclub van Bob. Die had hem per sms uitgenodigd om tegen sluitingstijd even binnen te wippen, hij had een paar lekkernijen onder de kurk die hij de commissaris eens wilde laten proeven.

Ach ja, hij hoefde zich niet in te houden, het waren de Gentse Feesten en hij kon altijd met de nachtbus naar huis.

Georges Bracke speelde uit gewoonte de baslijn van *Smoke on the water*, en prompt begon Steyaert te zingen. Zijn stem was door het bier misschien wat onvast, maar lang niet onaardig. Zijn onafscheidelijke strikje ging er zowaar een beetje scheef van hangen.

'We zullen je maar met rust laten want je moet je waarschijnlijk op het optreden voorbereiden', zei Bracke toen de reporter was uitgezongen. 'Ik ben echt benieuwd.'

Op weg naar buiten botste hij op Koen Crucke, die met zijn manager en levensgezel Jan een slaatje was gaan eten.

'Dag commissaris!' Crucke lachte minzaam. Hij kende Bracke nog uit de tijd dat die als wijkagent op de Muide had gepatrouilleerd. Vorig jaar had Crucke belangeloos opgetreden op het politiebal, waarvan de opbrengst ten goede kwam aan het Kinderkankerfonds.

Bracke keek uit naar de optredens. Zelfs Helmut Lotti wilde hij graag eens horen zingen, ook al was dat niet zo meteen zijn genre.

Verdorie, hij had alweer zin in een frisse, schuimende pint. Hij kreeg het water al in de mond.

'Zin, niets geen zin maar goesting', riep hij, en Steyaert keek even vreemd op. 'Je weet toch dat de Vlamingen "goesting" tot het mooiste woord van onze taal verkozen hebben?'

Steyaert maakte een vage hoofdbeweging, die zowel instemmend als ontkennend kon geïnterpreteerd worden.

'Ik heb daar iets van gehoord', zei hij diplomatisch.

'En weet je nog welk woord de Nederlanders het mooiste vonden?'

Steyaert moest het antwoord schuldig blijven.

'Dat ben ik vergeten.'

'Liefde', zei Bracke. 'Uiteraard ook een heel mooi woord, maar als je het vergelijkt met goesting...'

'Arme Hollanders', lachte Steyaert. 'Kom jong, we zijn hier weg. Ik heb dorst.'

*

André Cornelis stond aan een kraampje geduldig te wachten om een Vietnamese loempia te bestellen en repeteerde in gedachten hoe hij Bracke zou vertellen dat hij er de brui aan gaf. Hij kon er maar beter geen doekjes om winden, gewoon zeggen wat hij te zeggen had en daarmee basta. Hij wist dat het Bracke pijn zou doen, maar zijn beslissing was finaal.

Natuurlijk zouden er vragen komen, en hij zou er een hele kluif aan hebben zijn beste vriend ervan te overtuigen dat het niets met hem persoonlijk te maken had.

Het Vietnamese meisje had al drie keer beleefd gevraagd wat meneer wilde en lachte schaapachtig, niet goed wetend wat ze moest doen.

Cornelis kreeg een por tussen zijn ribben van de man achter hem in de rij, die duidelijk heel wat minder geduld had.

'Slapen kun je beter thuis doen, ouwe. Opschieten man, ik heb niet de hele dag de tijd.'

Als ik zou willen, heb ik die snotaap tegen de grond voor hij goed en wel beseft wat er met hem gebeurt, dacht Cornelis. En ik zou vast wel iets vinden om hem op het bureau eens flink te ondervragen, een vergeten identiteitskaart of zo. Maar wat heeft het allemaal voor zin.

'Twee loempia's met zoetzure saus', zei hij op mierzoete toon, en hij maakte met een breed armgebaar plaats voor de ongeduldige man. Bij het aannemen van de loempia's liet hij ongemerkt een klodder saus op diens witte T-shirt glijden, een kleine weerwraak waar hij de hele weg naar het Sint-Baafsplein van liep te genieten.

*

In het Baudelopark was Leentje aan een heerlijk zot dansje in de grote zandbak begonnen. Als grote fan van K3 droeg ze haar onafscheidelijke roze pakje met daarop de drie zingende meiden. Ze had alle cd's van het trio, en zeurde haar ouders de oren van het hoofd om naar het grote optreden in het Sportpaleis te mogen gaan.

Veel ouders zaten vertederd naar het tafereel te kijken. Overal in Vlaanderen en Nederland tastten vaders en moeders in hun porte-

192

monnee om de nieuwste spulletjes uit de Studio 100-fabriek aan te schaffen. Dat kon met een gerust gemoed sinds ook een kwaliteits-krant als *De Morgen* het trio gewogen en goed bevonden had na een grootscheepse analyse door een team van zogenaamde kenners die K3 zelfs tot een geëngageerde groep met aandacht voor de problema-tiek van zowel kinderen, ouders als grootouders hadden uitgeroepen.

Leentje liet ook een stukje blote buik zien en begon zowaar zwoel te dansen, niet beseffend welk effect haar glimmende navel later op de jongens zou hebben.

Farouk keek met groeiende ergernis naar het dansende meisje. Hij kon zich met de beste wil van de wereld niet voorstellen dat zijn dochters ooit een dergelijk aanstootgevend gedrag zouden vertonen. Dit onzedige meisje was een hoer in wording, en ze vervulde hem met walging. Hij hoefde er niet langer over na te denken, dit was de juiste locatie en het juiste publiek om toe te slaan.

Hij zocht naar de geschikte plek, en zijn blik bleef hangen bij de omgehakte boom. Op de stronk had het circusgezelschap dat elke dag een show gaf in het park, een tentje neergezet. In het tentje bewaarde de clown zijn spulletjes in een stevige kist die met een zwaar slot werd afgesloten.

Ideaal om de rugzak in te verbergen en de spijkerbom van op af-stand tot ontploffing te brengen.

Farouk grijnsde. Het werd hem ook zo verdomd gemakkelijk ge-maakt.

Onderweg naar het tentje hoorde hij twee mannen Turks praten in een dialect dat hem vertrouwd in de oren klonk. Hij kon het niet laten en moest naar ze toe, het was sterker dan hemzelf.

De twee Turken hielden een döner kebabkraam open en verkoch-ten met de nodige show hun waar. Af en toe riepen ze iets naar elkaar, doorgaans scheldwoorden op die stomme feestgangers.

Farouk voelde plots de honger opkomen en keek verlekkerd naar de draaiende vleesklompen. Dit waren niet de neppita's zoals hij ze overal op de Feesten had zien verkopen, maar de echte gekruide broodjes met vlees zoals hij ze uit zijn geboortestreek kende.

Hij meende de twee mannen vaag te herkennen uit zijn jeugd, maar liet niets blijken. Om zich niet te verraden wees hij naar het vlees en stak één vinger op.

'Vijf euro', zei een van de Turken geeuwend.

Farouk tastte in zijn broekzak en zette zijn tas even naast zich neer om ook in zijn jas naar geld te zoeken. Waar zaten die verdomde briefjes ook weer?

Op dat ogenblik had Cliff gewacht. Hij gleed tussen de mensenzee door en nam razendsnel de tas op om ermee in de massa te verdwijnen.

De terrorist had nog niets gemerkt. De geur van het gebraden vlees en vooral de pikante kruiden deden hem even alles om zich heen vergeten.

De eerste hap was nog heerlijker dan hij gedacht had.

De dikste van de twee Turken bekeek hem twijfelend en stootte zijn compagnon aan.

'Zeg, is dat niet... Nee, dat kan natuurlijk niet.'

Zijn aandacht werd meteen weer afgeleid door een groepje hongerige Franse toeristen die een grote bestelling wilde plaatsen, maar de communicatie verliep niet bepaald vlot. Uiteindelijk wisten ze zich met de universele gebarentaal te behelpen. Omdat die dommeriken de prijzen toch niet zouden kennen, rekende de uitbater van het kraam zonder enige wroeging per pita een euro extra aan, erop vertrouwend dat ze in volle feestroes niet zouden beginnen rekenen.

Toen de döner kebab bijna op was, kwam Farouk weer terug op deze wereld. Hij veegde ongegeneerd zijn mond schoon met zijn hemdsmouw en tastte naar de tas.

Naar de lege plek op de grond waar net zijn tas nog had gestaan.

Zijn hart stond stil toen hij niets voelde. Hij keek besluiteloos om zich heen, en het duurde even voor hij besefte wat er gebeurd was.

Dat kon niet!

Dat mocht niet!

Even overwoog hij zijn landgenoten om hulp te vragen, maar hij besefte dat het zinloos was. Ze hadden natuurlijk niet op de omstanders gelet, en ze zouden alleen maar lastige vragen stellen.

Als een waanzinnige probeerde hij zich een weg door de mensen-massa te banen, maar ver raakte hij niet. Hij duwde en trok, wat hem niet bepaald in dank werd afgenomen. Hij kreeg allerlei verwensin-gen naar het hoofd geslingerd, en toen een boomlange neger hem een volle vuist in de maag plantte, was zijn zin snel over.

Uitgeteld ging hij op de stoep zitten. De döner kebab met extra pikante saus die hij gevraagd had, speelde hem parten. Er was iets mis met de looksaus, merkte hij. Waarschijnlijk had ze te lang in de zon gestaan en was ze gaan schiften. Hij voelde koud zweet uit zijn poriën barsten. Hij knorde, ziek worden was het laatste wat hij nu kon gebruiken.

Strompelend naar het park probeerde hij de inhoud van zijn maag daar te houden.

Een bereidwillige feestganger schoot Farouk te hulp en bood hem een flesje cola aan.

'Hier, leegdrinken met kleine teugjes. De prik is al uit de cola, maar dat is de beste remedie tegen een kater. Zeg maar dat ik, Eric Goeman, meester van de katers, het gezegd heb.'

Farouk begreep er niets van, maar was toch geroerd door de oprecht bezorgde klank in de stem van de man. Hij nam het flesje aan en produceerde een moeizame glimlach. Om hem niet teleur te stellen nam hij een slokje van de cola, maar moest bijna braken. Op wonderlijke wijze slaagde hij erin te doen alsof hij aan de beterhand was, en hij gaf Goeman een zweterige handdruk.

Snel ging het weer wat beter. Hij liet zich op een bankje neerzak-ken en overdacht de situatie. Twee kinderen speelden voor zijn voe-ten met schelpjes die ze van het Antwerpse Sint-Annastrand hadden meegebracht.

Eigenlijk kon het allemaal nog goed uitdraaien, misschien zelfs beter dan verwacht. Hij hoefde maar het juiste nummer op zijn gsm in te toet-sen, en de bom zou ontploffen. Grijnzend tastte hij naar zijn toestel.

Het was blijkbaar zijn geluksdag niet. Toen hij op het schermpje keek, zag hij dat de gsm was uitgevallen. Hij had de batterij nochtans opgeladen en extra gecheckt, zoals hij tijdens de opleiding had geleerd. Had de commandant hem met minderwaardig materiaal opgezadeld?

Farouk was oprecht teleurgesteld. Tot nu toe was alles van een leien dakje gelopen, zonder dat hij zich vragen had moeten stellen. Hij had steeds met het verstand op nul zijn taak kunnen vervullen, met zijn gedachten al bij de volgende missie. Deze situatie was nieuw voor hem.

Niet getreurd, er was nog altijd niets verloren. Hij had in een toiletwagen de ontsteking van de bom alvast op scherp gezet, en wie de zak opende zou niet eens de tijd hebben te beseffen wat hem overkwam.

Een lading vlijmscherpe spijkers met een giftig loodlaagje eromheen, schroot en vijzel, dat kon niemand in de onmiddellijke nabijheid overleven. Hoe meer hij eraan dacht, hoe opgewondener hij werd. Het zou allemaal nog goed komen, dat wist hij wel zeker.

*

Van op het terras van kamer 159 van het Dorint Hotel in Neuastenberg keek Omer Verlinden geeuwend uit over de dichte struiken en het dal. Hij was pas 's middags na een rit van ruim 400 kilometer vanuit Gent in het pittoreske skioord in Sauerland aangekomen en had eigenlijk voor de vergadering liever een dutje gedaan, zoals hij sinds zijn ontvoering[18] gewend was. Een gewoonte die hij had overgenomen van tangogoeroe Pol van Assche, die hem na de kidnapping tijdens zijn lange herstelperiode vaak had opgezocht. Pol had aangevoeld dat de hoofdcommissaris behoefte had aan een luisterend oor en een begrijpende schouder, en Verlinden woonde sindsdien de ene na de andere lessenreeks in Polariteit bij.

Zijn maag knorde, en dan werd hij altijd opstandig. Hij probeerde zich de levenswijsheid van Pol voor de geest te halen, die ongetwij-

18 Zie *Tango Mortale.*

feld van het moment zou genoten hebben. Van op zijn tuinstoel nam hij dan even de tijd om naar de rood wordende wolkenformatie aan de einder te kijken, in afwachting van de maaltijd die zo meteen op zijn kamer zou gebracht worden.

Buiten liepen kinderen onbezorgd joelend de steile straat op en af. Vlamingen, hoorde hij tot zijn vreugde, en hij was zelf verbaasd dat hij het leuk vond.

'Niet duwen, Nathan!' riep een blond meisje.

'Doe niet zo flauw, Freya', riep de jongen terug, maar hij lette er toch op dat hij wat afstand bewaarde. Hij was een jaar of twaalf, en had duidelijk al enige verantwoordelijkheidszin.

Genoeg afleiding. Omer Verlinden boog zich over het dossier dat de baliebediende hem net had bezorgd, met de melding dat de vergadering in de receptiezaal een half uurtje later dan gepland zou plaatsvinden omdat het vliegtuig van de minister van Justitie vertraging had opgelopen.

Dat kwam Verlinden nog goed uit ook, zo kreeg hij wat meer tijd om het dossier in te kijken.

Eerst had hij bezwaar gemaakt toen Van Aken hem had aangeduid om de vergadering bij te wonen.

'Dit is toch meer iets voor George? Zeker met die nieuwe functie van hem.'

'Dat is allemaal nog lang niet zeker. Trouwens, we hebben hem hier nodig', had Van Aken geantwoord. 'En ik denk dat jij met je ervaring de geknipte man bent om ons korps op die vergadering te vertegenwoordigen.'

Van Aken had het vertikt toe te geven dat de FBI expliciet naar Verlinden had gevraagd, maar daar was de hoofdcommissaris door de betrokkenen zelf van op de hoogte gesteld. Voormalig woordvoerder Paul Bresson van de FBI was tijdens Verlindens laatste reis naar Amerika onder de indruk geraakt van diens kennis inzake politietechnieken. Nu Bresson binnen de Amerikaanse antiterreurcel tot een toppositie was opgeklommen, wilde hij er graag ook enkele Europeanen bij die hij op hun waarde kon schatten.

Daarom zat Verlinden van een bord aardappelprak met een half-koude schnitzel te eten, maar zelfs dat kon de pret niet drukken. Uit balorigheid had hij ook een fles schnaps besteld die hij van plan was voor het einde van de avond soldaat te maken, het liefst in het gezelschap van enkele van zijn buitenlandse collega's maar desnoods klaarde hij dat klusje ook wel in zijn eentje.

Er werd aangeklopt, driemaal, kort en kordaat.

'*Are you there, Homer?*'

Verlinden lachte, want hij herkende de zangerige, herkauwende stem van Paul Bresson.

'*Come in, man!*'

Nog geen tien seconden later zaten ze samen aan de schnaps. Verlinden had zijn strijdmakker ongevraagd een stevige neut uitgeschonken, in de wetenschap dat hij die nooit weigerde.

Na de nodige beleefdheidsformules gingen ze over tot de orde van de dag. Wie Omer Verlinden kende, moest hem één ding nageven: hij gaf soms de indruk een losbol te zijn, maar als het er echt op aankwam, was hij bloedernstig en correct tot op het randje van het maniakale. Na zijn ontvoering was hij lange tijd wegens een diepgaande depressie buiten strijd geweest, maar hij was terug en stond scherper dan ooit.

Ze bespraken in zakelijke termen de ernst van de bedreiging van de terreuraanslagen, en Verlinden was opnieuw aangenaam verrast door de verfrissende en neutrale kijk van Bresson op deze zaak.

'Wij Amerikanen moeten niet te hoog van de toren blazen. Het ontbreekt ons aan inlevingsvermogen in hoe ze daar in het andere kamp denken. Als je het goed nagaat, kom je tot de conclusie dat ons hele defensiesysteem tegen terrorisme gebaseerd is op de zondebok-theorie. Zíj zijn fout, zíj begaan de wreedheden en wij hebben het recht om ons daar meedogenloos tegen te verdedigen, ook al moeten er onschuldige slachtoffers vallen. Ik heb dat ook in mijn rapport aan de president geschreven, maar het zal je niet verwonderen dat ik nog geen reactie gekregen heb. En ik verwacht er ook geen te krijgen.'

Verlinden luisterde aandachtig. Hij kende geen Amerikanen die zo openlijk over deze kwestie spraken.

'Er zijn natuurlijk wel progressieve krachten in mijn land die beweren dat het allemaal om olie gaat. Dat heeft er ongetwijfeld veel mee te maken, maar het is niet de enige en zeker niet de belangrijkste reden. Ons antiterreurbeleid is in feite niets minder dan een boksmatch. Ook daarin wordt weleens een klap onder de gordel gegeven, en je kunt beter eerst slaan voor je zelf een fatale uppercut te verwerken krijgt.'

'Daar zit wat in', moest Verlinden toegeven. 'Maar hoe moeten we op die terroristen reageren?'

'Ik kan je ook geen kant-en-klare oplossing geven.' Bresson haalde mistroostig zijn schouders op. 'Uiteraard kunnen we ze niet zomaar hun gang laten gaan. Anderzijds bewijst de droeve realiteit van alledag dat onze huidige tactiek weinig of niets uithaalt. Er zijn al oneindig meer doden in Irak gevallen in de zogenaamde vredestijd achteraf dan tijdens de oorlog zelf. De media besteden er nog nauwelijks aandacht aan, en ik vrees dat Europa ook in de brokken begint te delen. Die terroristen zijn immers niet van gisteren, en ze weten maar al te goed dat jullie media er wel aandacht aan besteden, wat bij ons veel minder het geval is. Onze journalisten zijn wat dat betreft echte schijtlaarzen. Ze hebben wel de mond vol van persvrijheid, maar als het echt om de knikkers gaat, censureren ze zichzelf omdat ze bang zijn uit de gunst van de regering te raken.'

'Ga je dat straks op de vergadering allemaal vertellen?' wilde Verlinden weten.

'Ben je gek!' Bresson bulderde van het lachen. 'Die klojo's krijgen straks het goedsappige officiële verhaaltje dat we op de goede weg zijn en hopen binnenkort de belangrijkste terreurnetwerken in kaart gebracht te hebben. Maar daar wil ik nu even niet aan denken, Homer. Doe ze nog eens vol, man!'

24

De situatie backstage werd steeds hectischer; zangers en zangeressen van het honderdkoppige achtergrondkoor liepen nerveus heen en weer, warmden hun stemmen, gorgelden luidkeels. De toiletten waren allemaal voortdurend bezet.

Dille was de kalmte zelve. Het was alsof hij de druk en de chaos nodig had om tot het besef te komen dat hij er eigenlijk op kickte. Hij stak de zoveelste sigaret op en overschouwde met enig welbehagen de drukte. Mijn troepen, dacht hij.

Ook zanger Roger Filip, die de laatste jaren naam had gemaakt als slankste helft van het imitatieduo Loorel en Hardie, liep in de wandelgangen zijn keel te smeren. Hij had zijn manager Marc van Beveren meegebracht, die nadat hij het zangeresje Isabelle A aan de top (en volgens sommigen ook aan de grond) had gekregen, enige tijd van het toneel was verdwenen. Roger Filip mocht in het achtergrondkoortje van Helmut Lotti meezingen, en liep daar nu al op te kicken.

Het uur U kwam steeds dichterbij. Dille keek niet op zijn horloge, hij kende zichzelf. Zolang hij kon doen alsof dit maar een repetitie was en niet de laatste rechte lijn naar de aankomst, had hij alles onder controle.

Wat geërgerd lieten de zangers hun spullen door de ploeg inspecteurs doorploegen op zoek naar wie weet wat. Werner van Aken was onverbiddelijk: iedereen gelijk voor de wet, ook de artiesten. Zelfs de omvangrijke garderobe van Dille moest eraan geloven, en de travestiekoning stond grijnslachend toe te kijken hoe een piepjonge inspecteur met een rode blos op zijn wangen door zijn meest intieme kledij ging.

'Dat zou nog eens wat zijn, een korset dat ontplofte', grinnikte hij.

De hoofdinspecteur bracht verslag uit bij André Cornelis, die vanavond voor de veiligheid op het Sint-Baafsplein verantwoordelijk was.

'Alles in orde, chef.'

'Natuurlijk, man', pufte Cornelis. 'Ik had ook niets anders verwacht.'

'Dag commissaris.' Dille haalde zijn liefste glimlach boven, en dat wilde wat zeggen. Hij had er ook reden toe, want Cornelis had hem in het verleden tijdens zijn wilde periode meer dan eens de hand boven het hoofd gehouden.

Buiten werden de laatste voorbereidingen getroffen om de massa op het Sint-Baafsplein tijdens de avondoptredens in goede banen te leiden. Nu was daar nog het Babydollteam aanwezig met een middag kinderanimatie. Een paar honderd kinderen hadden zich voor het podium verzameld en zaten met grote ogen te kijken naar de show van het animatieteam. Het nieuwe figuurtje, een baby met een fopspeen die geweldloosheid en liefde predikte, was goed op weg om bij het jonge volkje erg populair te worden. Het geesteskind van tekenaar Antoine Bomon paste perfect bij de ideologie van de organisatoren van de Gentse Feesten, die jong en oud een gevarieerd programma wilden bieden waarin iedereen zich kon vinden.

De organisatoren van de activiteiten op het Sint-Baafsplein voelden het al kriebelen met het oog op vanavond. Ivan Saerens had genoeg ervaring om zich niet in de gordijnen te laten jagen, maar hij moest toegeven dat hij toch wat zenuwachtig werd. Hij was verrast door het succes van de Babydollmiddag, wat hij vooraf niet had kunnen inschatten. De show zou over een kwartiertje afgelopen zijn, en dan hadden ze nog krap een half uur om het plein te ontruimen. Op zich genoeg tijd, maar veel langer mocht het toch niet duren. De eerste toeschouwers voor het avondlijke optreden waren er al, en zaten zich in afwachting op de terrasjes met geestrijk vocht vol te gieten. Gisteren pas was bekendgemaakt wie op het podium zou staan, en verwacht werd dat heel wat nieuwsgierigen die geen polsbandje hadden weten te bemachtigen, toch naar het Sint-Baafsplein zouden afzakken in de hoop daar een glimp van de vedetten op te vangen.

Voor alle zekerheid polste Saerens bij Bomon of het optreden echt niet zou uitlopen. De tekenaar had ervaring genoeg met dergelijke evenementen om zich strikt aan het contract te houden en stelde de organisator gerust.

'Ik geef je mijn woord, over twintig minuten is hier alles voorbij én ingepakt. Van ons heb je dan geen last meer.'

Saerens luisterde maar met een half oor, en gaf tegelijk zijn ploeg aanwijzingen in verband met het installeren van de dranghekken. Zodra het plein ontruimd was, zouden ze een controlezone plaatsen waar iedereen zijn polsbandje voor het optreden kon laten zien.

Van dat alles had Cliff geen weet. Hij haastte zich verder en dwarste de groep kinderen die voor het podium zaten en net het Babydolllied hadden ingezet. De rugzak begon steeds zwaarder te worden, maar hij was met zijn gedachten al bij de centen die hij had achterovergedrukt. Hij fantaseerde zelfs dat hij nu genoeg geld had om die stomme kraakbeweging eindelijk te kunnen verlaten en andere horizonten op te zoeken. Waarom had hij zijn tijd aan die onnozelaars verspild?

'Hé makker? Zo gehaast? Brandt het ergens?'

Cliff voelde een warme, nadrukkelijke hand op zijn schouder rusten. Geërgerd keek hij op, recht in de karbonkelogen van een van de Nederlandse krakers die hij tijdens een verbroederingsfeest in Amsterdam had ontmoet.

'Ben jij het, Gerrit?'

'We waren ontgoocheld dat je ons niet persoonlijk hebt verwelkomd.' Gerrit grijnsde zijn slecht onderhouden gebit bloot. 'Dat was niet netjes van je.'

Het hart van Cliff bonsde wild in zijn keel. Dit kwam echt ongelegen. Hij pijnigde zijn hersenen op zoek naar een oplossing.

'Waar zijn je makkers? Ik keek er echt naar uit om ze te zien. Maar ik had iets dringends te doen. Ik heb eh, een leuke lading op de kop weten te tikken, weet je wel.' Hij knipoogde geheimzinnig, en maakte met duim en wijsvinger tegen zijn lippen een rookgebaar.

'Ach zo!' lachte Gerrit. 'Ik dacht wel dat het zoiets moest zijn, want jij zou ons nooit in de steek laten.'

'Zeker niet, man, dat weet je toch!' Cliff deed verontwaardigd, en de Hollandse kraker leek het te geloven.

'We zijn allemaal zo een beetje op wandel in de Feestzone', zei Gerrit. 'We hebben om middernacht afgesproken aan de Vlasmarkt, of hoe heet dat daar.'

'Dan heb ik een prachtig voorstel voor je. Ik ga het spul halen, en ik kom ook naar de Vlasmarkt. En dan maken we er een wilde nacht van.'

'Toppie!' riep Gerrit uit.

'Geweldig.' Cliff tikte de kraker hardhandig op de schouder. 'Maar nu moet ik echt gaan, of de buit is gevlogen. Kandidaten genoeg voor zulk zuiver spul, weet je wel.'

'Afghaan?' raadde Gerrit.

'Hoe kun je het raden?' Cliff schudde bewonderend zijn hoofd. 'Maar jij bent dan ook een kenner.'

Gerrit was het type dat graag complimentjes kreeg. Hij had een grijns van oor tot oor.

De twee gingen zo in hun gesprek op dat ze niet merkten hoe ze de doorstroming op het plein hinderden. Een vader die met zijn kinderen van het net afgelopen optreden naar de dichtstbijzijnde hamburgertent op weg was, schraapte zijn keel.

'Mag ik even langs, alsjeblieft?'

'Krijg het vliegend schijt, tyfuslijder!' Gerrit vloog uit zijn krammen.

'Rustig maar', suste Cliff, die zag dat twee inspecteurs kwamen aangewandeld om te zien wat er loos was.

'Wat scheelt er met jou, man?' zei Gerrit, half verontwaardigd. Waar waren de tijden dat de verenigde Vlaamse en Hollandse krakers hun krachten hadden gebundeld om een stel bejaarden in elkaar te timmeren?

'Blinkende knoopjes op links', siste Cliff tussen zijn tanden. 'En dit is echt niet de plaats om keet te schoppen. Camera's overal, weet je.'

Gerrit stak stoer zijn borst vooruit.

'Nou en? Dan geven we die gewoon een pak voor de broek dat ze nooit zullen vergeten!'

Cliff voelde zich langsom minder op zijn gemak. Zijn gedachten waren vooral bij de centen die in de rugzak naar hem zaten te lonken. Maar hij kon dit gevaarlijke heerschap niet verlaten zonder argwaan te wekken.

'Laat nu toch, Gerrit. We schieten er niets mee op als we de flikken tegen ons in het harnas jagen. We kunnen vannacht nog genoeg stomme feestgangers in mekaar rammen. Op de Vlasmarkt lopen tal van die onnozelaars rond die er bijna om smeken. Vette kippen bij overvloed om te pluimen, neem dat maar van mij aan.'

Gerrit dacht hardop na. Diepe groeven verschenen op zijn voorhoofd.

'Oké dan, jij speelt hier een thuismatch. Afspraak straks op de Vlasmarkt?'

Cliff haalde opgelucht adem. Hij zag de inspecteurs fluitend passeren en wist dat het doemscenario dat hij voor ogen had gehad, op een sisser zou aflopen.

'Stipt om middernacht.'

Gerrit hoorde het al niet meer. Hij stond aan het kraampje van Bruggeman jenever te hijsen, twee Petermans tegelijk.

Stommerd, dacht Cliff, die in de veilige massa verdween. De tas zwiepte vervaarlijk heen en weer op zijn rug en trof een moeder die met haar dochter van een heerlijk ijsje stond te likken ei zo na vol in het gezicht. Het vele schudden had het gevoelige mechanisme van de splinterbom danig op de proef gesteld; de draadjes van de ontsteking waren door de ruwe behandeling al minstens een millimeter dichter naar elkaar geschoven en zonet had een kleine jongen voor de grap naar de sluiting van de tas gegrepen en slechts op het nippertje gemist. Wat de knul een klinkende oorveeg van zijn moeder had opgeleverd, die haar boterham verdiende als caissière van de Aldi en haar zuurverdiende vakantie tot het laatste ogenblik optimaal wilde benutten.

*

Op het balkon van zijn hotelkamer zat Berker Kerim wat te soezen na een veel te copieuze maaltijd van het zelfbedieningsbuffet. Hij had net een lang internationaal gesprek gevoerd met zijn vrouw Merican en ook zijn dochtertje Aygül had wat onverstaanbare klanken laten horen die hem tot in het diepst van zijn ziel wisten te treffen. Met als resultaat dat hij zich op het eten had gestort.

Hij was min of meer gewend geraakt aan de drukte van de feestvreugde in de binnenstad. Hij kon zich langzaam oriënteren en wist de plekken te vermijden waar zijn geëmigreerde landgenoten doorgaans rondhingen.

Om de een of andere reden namen ze blijkbaar nauwelijks deel aan de Feesten, wat hij niet kon begrijpen. Dit was toch de gelegenheid bij uitstek om te verbroederen met de lokale bevolking die hen zo gastvrij had onthaald? De verhalen van Ayhan luidden anders, die vond dat zijn familie destijds helemaal niet welkom was geweest. De waarheid zou wel weer ergens in het midden liggen, dacht Berker Kerim wijs. En het was niet aan hem om dit samenlevingsprobleem, dat blijkbaar in beide kampen gevoelig lag, op te lossen. Hij had een andere missie die deze banale kwestie oversteeg.

In de schemerige toestand tussen slapen en waken drong ineens de vertrouwde, al te lang afwezige stem zich weer op.

'Wakker worden, Kerim. Het tijdstip om te handelen en een streep onder het verleden te trekken is nabij.'

Meteen was hij klaarwakker. Hij wreef de slaap uit zijn ogen en zocht naar zijn schoenen, die hij onder het bed had geschopt.

Aan de balie vroeg de bediende hem routineus of alles naar wens verliep, maar Berker Kerim was te geconcentreerd op zijn taak om de man in het onberispelijke apenpakje op te merken.

Buiten overviel de lome warmte die de belofte van een verfrissend onweer inhield, hem in alle hevigheid. Berker Kerim bleef even staan om de zwoele hitte te verwerken. Het herinnerde hem aan zijn bergdorp, en deze gedachte deed pijn aan zijn hart. Nooit zou hij het dorp en zijn geliefden terugzien, zoveel was nu wel zeker.

Het was alsof hij lood in de schoenen had. Nog nooit had hij de kleuren, de geluiden, de mensen om zich heen zo helder en diep ervaren. De gerestaureerde gevels van het stadhuis vormden het mooiste decor dat hij ooit had aanschouwd. Zelfs de oudere dame met haar rimpels en harige onderkin zag eruit als een onweerstaanbare schoonheid die smeekte hartstochtelijk gezoend te worden. En nog nooit had hij zo een helderblauwe hemel gezien. Hij keek ernaar, sprakeloos, met open mond.

Een jongen stootte zijn moeder aan.

'Mama! Wat scheelt er met die man? Is hij ziek of zo?'

De moeder sleurde haar kind verder, gretig naar indrukken, niet geïnteresseerd in zuiderse mannen die door de hand Gods geslagen waren.

Kerim bleef even stilstaan bij de Portugese circusjongens die op het Emiel Braunplein een menselijke piramide vormden. Een activiteit waar hij anders zijn neus zou voor opgehaald hebben, nu werd hij er onwaarschijnlijk door geïntrigeerd. De combinatie van spieren, durf en behendigheid raakte hem meer dan hij wilde toegeven. Dat zoiets kon, dat zoiets voor zijn gretige ogen werd getoond!

Hij voelde dat hij zijn adem weer onder controle kreeg. Nu hij deze gelukkige, bezige mensen om zich heen zag, wist hij dat hij zou doen wat goed, wat noodzakelijk was. Al zou niemand het ooit weten, maar dat was het lot van de ware martelaar.

De piramide werd man voor man weer ontmanteld, en de kleinste van de groep, een vinnig kereltje van iets meer dan een meter met een indrukwekkende snor, stak iedere kijklustige zijn pet onder de neus. Niemand vond hem opdringerig, en algauw lag de pet vol muntstukken en zelfs bankbiljetten.

Berker Kerim aarzelde niet. Hij schudde de volledige inhoud van zijn portefeuille in de pet leeg, en de biljetten vielen op de grond.

De dwerg knikte eerbiedig. Hij gaf Berker Kerim een stevige handdruk en na enige aarzeling zowaar ook een klinkende zoen op het voorhoofd.

Dit tedere, oprechte gebaar ontroerde Berker Kerim eindeloos. Schoonheid zat vaak in de kleinste dingen. Ook de andere acrobaten waren blijkbaar geraakt, want ze vormden een kring rond Berker Kerim en begonnen hem zachtjes te knuffelen.

*

Op het podium Bij Sint-Jacobs gaf Sioen een set weg die het talrijk opgekomen publiek bijna woord voor woord kon meezingen. De jonge

Gentse bard had op korte tijd een hele reputatie verworven en speel-de een thuismatch.

Ook Julie had met haar vriendinnen afgesproken voor een heer-lijk avondje uit.

'Niets doen wat ik ook niet zou doen', had George Bracke zijn doch-ter half plagerig, half gemeend voorgehouden, en hij vond van zich-zelf dat hij als een typische vader klonk. Hij maakte zich geen zorgen, Julie had intussen al bewezen dat ze zijn vertrouwen waard was.

Ook de twee vriendinnen waren zowel door Bracke als door Anne-mie gecheckt en goedgekeurd. Wendy en Johanna vormden samen met Julie de topdrie van de klas en waren na al dat studeren aan een welverdiende vakantie toe. Ze trokken voortdurend samen op en ver-dienden af en toe ook een centje bij.

Sioen was aan zijn eerste bisnummer toe, wat niet betekende dat hij er snel mee zou ophouden. Zijn vrouwelijke aanhang zou daar een stokje voor steken en hem toeschreeuwen verder te doen tot hun kelen schor waren.

Julie hield het wat beschaafder, maar deed ook haar duit in het zakje. Ze floot op haar vingers, een trucje dat ze van haar jongere broer Jonas geleerd had. Jonas speelde niet alleen zelf basketbal, had ook aanleg en interesse om te coachen. Zo stond hij de hoofdtrainer van de jeugdploeg geregeld als assistent bij, en op de vingers kunnen fluiten was daar een handig kunstje om de aandacht van de spelers te trekken.

Hoewel er heel wat publiek naar Sioen stond te kijken, was het Sint-Jacobsplein zeker niet overvol. Het was best mogelijk om tot vlak voor het podium te waden als je het maar beleefd en vooral niet te opdringerig deed.

Julie stond met haar vriendinnen ongeveer halfweg vlak bij de drankenstand. Ze hielden het alle drie bij limonade en kletsten hon-derduit over het frisse kopje van de zanger.

Farouk passeerde op nog geen halve meter van de drie kwetteren-de meisjes. Hij zocht nog steeds de massa af naar zijn rugzak, al ver-loor hij de moed.

Een telefoonwinkel was nergens te vinden, maar hij maakte zich weinig of geen zorgen. Vroeg of laat zou de dief de rugzak openen, en dan ontplofte de bom vanzelf. Die gedachte maakte hem bijzonder vrolijk, en een brede grijns sierde zijn gezicht van oor tot oor.

Hij keek om en ving met zijn blik de glanzende bruine ogen van Wendy. Haar krulletjes charmeerden hem meteen. Ze wees naar het podium en stak haar duim op. Hij wuifde terug en twijfelde even of hij een gesprek met de meisjes zou aanknopen.

'Leuke jongen', kirde Wendy, die haar veel te korte rokje vruchteloos naar beneden probeerde te trekken.

'Ben je gek? Veel te oud voor je.' Julie schudde haar hoofd. 'Maar jij valt natuurlijk altijd voor dat type.'

'Pff, je mag hem hebben', wist Johanna. 'Het lijkt me een echte gladde glipper.'

'Zeg!' protesteerde Wendy. 'Mag ik ook eens gewoon vriendelijk zijn, ja? Ik ben echt niet van plan me op die kerel te storten.'

Het probleem had zich al opgelost, want Farouk was intussen alweer tussen de massa verdwenen. De meisjes besteedden er verder geen aandacht aan. Ze hadden wel wat anders te doen, want Sioen was nu aan de verzoeknummertjes van het publiek toe, waarbij de toeschouwers tussen een tiental liedjes mochten kiezen. Een decibelmeter zou uitsluitsel brengen.

Wendy en Johanna vergaten even dat ze deftige meisjes waren en schreeuwden om ter hardst bij *Candle in the wind* van Elton John.

Enkele ogenblikken later werd het plein herschapen in een grote herdenkingsplek voor Lady Diana, met de onvermijdelijke aanstekers en slowende koppeltjes. Ook Wendy en Johanna dansten met elkaar, terwijl Julie een geanimeerd gesprek voerde met de leuke langharige knul van Oxfam Wereldwinkel die de hele Gentse Feesten lang de goede boodschap verspreidde.

Sioen was nu toch echt aan zijn allerlaatste nummer toe, meldde presentator van dienst Zaki, die later op de avond de eer had zijn eigen zoons Stephen en David met hun groep Soulwax te mogen aankondigen.

De programmering van deze avond op de verschillende pleinen had een duidelijk Gentse inslag. Het Sint-Baafspodium was vandaag exclusief Gents getint, maar ook de andere pleinen hadden hun best gedaan om aan de vraag van schepen Van Rouveroij te voldoen. Sioen en Soulwax bij Sint-Jacobs, Chris Haegeland op de Groentemarkt, Dirk Blanchart, The Skyblasters en Coco Jr. met zijn vrouw Geena Lisa op de Korenmarkt: het was een gouden avond voor artiesten uit de Arteveldestad.

Werner van Aken, die zich met een bewonderenswaardige verbetenheid op het veiligheidsprobleem had gestort, had geen graten gezien in de te verwachten volkstoeloop. Dat was echter een half jaar geleden, voor er van een terroristische bedreiging sprake was.

De politiechef zat in het hoofdkwartier vertwijfeld voor zich uit te kijken, in stilte speculerend hoe het *worstcase scenario* zou kunnen uitdraaien. Hij had net van Omer Verlinden vanuit Wintersee het rapport van Paul Bresson doorgemaild gekregen en zat dat met stijgende verbazing te lezen. De voormalige FBI-man had niets aan het toeval overgelaten, en het rapport eindigde na een grondige analyse van de huidige situatie en de recente terreuraanslagen in West-Europa met een aantal mogelijke *cases* en wat de gevolgen konden zijn.

Vooral het hoofdstukje over de Gentse Feesten deed de tenen van de politiechef krullen. De omstandigheden, zoals Bresson het in rijke volzinnen plastisch uitdrukte, waren voor een terrorist blijkbaar ideaal: heel veel mensen samen op een beperkte oppervlakte, veel kinderen en mensen van allerlei nationaliteiten, wat de impact van een aanslag in de internationale media alleen maar kon vergroten.

Het zweet brak Van Aken uit toen hij het rapport na grondige lectuur eindelijk dichtklapte. Hij hoopte uit de grond van zijn hart dat die Bresson, met wie Verlinden blijkbaar hoog opliep, een windbuil was die zijn vorstelijke salaris met een drukdoend rapport probeerde te verantwoorden.

Gelukkig werd zijn aandacht afgeleid door een veldploeg die een paar dronken Hollandse jongelui binnenbracht. Uit hun verwarde uitleg kon opgemaakt worden dat ze krakers waren die op uitnodiging van hun Belgische vrienden een bezoekje aan de Feesten brachten.

Van Aken schudde misprijzend zijn hoofd. Dit was een van de negatieve gevolgen van de groeiende uitstraling van de Gentse Feesten. Uit het buitenland kwamen blijkbaar niet alleen toeristen, maar ook het rifraf dat ze konden missen als de pest.

'Afvoeren en morgen verder ondervragen.' Hij knikte misprijzend naar inspecteur Ghysels, die met een lang gezicht rondliep omdat hij voor het eerst sinds jaren verplicht werd om te werken tijdens de Feestweek.

'Hé, klerelijer!' meesmuilde Gerrit, die op de Vlasmarkt was opgepakt omdat hij ondanks herhaaldelijk aandringen van twee vriendelijke inspecteurs niet ophield passerende feestbezoekers lastig te vallen.

Van Aken keek om alsof hij door een wesp gestoken was.

'Hebt u het tegen mij?'

'Tegen wie anders, bal gehakt!'

De politiechef bleef besluiteloos staan. Als hij alleen was geweest, had hij het blauwblauw gelaten, maar met enkele gniffelende inspecteurs in de buurt kon hij het niet over zich heen laten gaan. Zeker niet na de interne nota die hij onlangs had laten verspreiden waarin hij beklemtoonde dat het korps fierheid en zelfbewustzijn moest uitstralen.

'Ik neem aan dat u vertrouwd bent met de wetgeving inzake smaad aan het wettelijk gezag?'

Gerrit keek hem aan met dichtgeknepen ogen, alsof hij twijfelde aan wat hij net gehoord had.

'Gooi maar in me pet, man! Ga nou tegen je moeder ouwehoeren!'

De norse trekken die op Van Akens gezicht verschenen maakten duidelijk dat de kraker op de verkeerde tenen getrapt had.

'Inspecteur Ghysels, gelieve te noteren dat de arrestant zich schuldig maakte aan beledigingen. Opsluiten, en morgenvroeg om zeven uur verhoor.'

Ghysels tikte vrolijk tegen zijn voorhoofd. Dit was een kolfje naar zijn hand. Hij hoopte stiekem dat de Nederlandse kraker zich zou verzetten en hij genoodzaakt zou zijn geweld te gebruiken om zijn taak uit te voeren. Hij kraakte alvast zijn vingerkootjes.

De Hollandse kraker leek gekalmeerd, of misschien kreeg hij de terugslag van zijn uitspattingen op de Feesten. Hij liet zich bij de handboeien door de gang slepen, en Van Aken merkte dat hij lichtjes mankte. De politiechef hoopte dat dat geen verwonding was die de kraker tijdens de arrestatie had opgelopen, daar kon alleen maar heibel van komen. Hij zag de krantenkoppen al voor zich en rilde onwillekeurig.

'Ghysels!'

De inspecteur keerde zich loom om.

'Kom eens hier, man!'

Ghysels maakte de handboeien van de kraker los en klikte ze vast aan de verwarmingsbuis.

'Rustig blijven, of anders...'

'Of anders wat? Is dat een bedreiging, flik van likmevestje? Ga je meppen of zo?'

Enkel de aanwezigheid van zijn chef weerhield Ghysels ervan de arrestant in elkaar te slaan. Met een hooghartig gebaar draaide hij zich om en keurde de kraker geen blik meer waardig.

'Kalm maar, Ghysels', suste Van Aken, die het licht ontvlambare temperament van zijn inspecteur maar al te goed kende. 'Ik wilde je vragen het wat rustig aan te doen met die Hollander', fluisterde hij. 'Dergelijke brandjes in de pers kunnen we missen als de pest, weet je wel.'

Ghysels deed zijn best om zichzelf onder controle te houden, en slaagde daar ook min of meer in. Alleen zijn blozende gezicht verried dat het vuur in hem brandde.

De kraker trok er zich niets van aan en stond schaamteloos in de gang te plassen.

Nu was het de beurt aan Van Aken om rood aan te lopen. Ghysels keek grinnikend toe hoe zijn baas op ontploffen stond.

'Afvoeren dat tuig, inspecteur!'

'Ja zeker, chef!' knikte Ghysels. Hij deed de handboeien van de kraker los en ging hierbij bepaald hardhandig te werk, zodat Gerrit in zijn eigen plas uitgleed.

Net goed, vond Van Aken. Hij kneep welwillend een oogje dicht toen Ghysels de kraker eerst nog een eindje achter zich aansleepte voor die de kans kreeg weer op te staan. Gerrit mankte nog meer en jankte zachtjes als een kind.

25

Intussen zat George Bracke, tijdens een kleine pauze die hij zichzelf had toegeëigend, op een van de vele terrassen een kopje koffie te drinken in afwachting van het grote optreden op het Sint-Baafsplein. Toen hij wilde betalen, vond hij in zijn achterzak een papier dat daar wellicht al een hele tijd zat, want de laatste weken had Annemie nauwelijks de kans gehad wat in het huishouden te doen. Bracke droeg zo lang mogelijk dezelfde kleren, tot Annemie het niet meer kon aanzien en hem verplichtte in de kleerkast te duiken om eindelijk een schoon hemd aan te trekken.

Bracke schudde ongelovig zijn hoofd toen hij de officiële nota van Werner van Aken las. De politiechef verwierp de onkostenstaat die hij voor de voorbije maanden had ingediend omdat ze te vaag was. Naar goede gewoonte had Bracke zomaar een bedrag ingevuld dat volgens hem billijk leek, maar daar was de baas het dus niet mee eens.

Bracke onderdrukte zijn eerste impuls om Van Aken meteen te bellen met de vraag wat dit te betekenen had. Het begeleidende briefje deed zijn bloed koken.

'Vertrouwelijk. Beste George, mag ik je verzoeken om je onkostenstaat op het juiste formulier en met de door de politiewet gevraagde details in te vullen in plaats van het algemene bedrag dat je hebt opgegeven? Dit houdt in geen geval een persoonlijke verwerping in, dat zul je wel begrijpen. Maar om problemen te vermijden zijn we voortaan genoodzaakt de wet volgens de letter te volgen. Dus graag tickets en betaalbewijzen aan je onkostenstaat hechten.'

Bracke wist goed waar Van Aken op doelde. Sinds de extreemrechtse partij er een sport van maakte om de rekeningen van ambtenaren na te pluizen, was de baas als de dood dat zijn korps iets kon aangewreven worden. Kaderleden moesten natuurlijk het goede voorbeeld geven, dat was de nagel waar hij maar op bleef hameren.

Met woeste gebaren verscheurde Bracke de nota in stukjes en liet ze als confetti boven zijn hoofd dwarrelen. Een dronken terrasbezoeker klapte in zijn handen en deed hetzelfde met zijn rekening. Net wat Bracke nodig had. Hij besloot het zich niet aan te trekken. Met een glimlach van oor tot oor bood hij de man een glas aan, waarop ze dronken op de gezondheid van alles en iedereen, die kommaneuker van een politiechef incluis.

Uit pure balorigheid graaide Bracke een ticket mee van een tienkoppig gezelschap aan de tafel naast hem. De stadsontvanger zou vreemd opkijken dat hij onder meer drie spaghetti's en een croque monsieur in rekening bracht. Volgens de regels kon de ontvanger niet rechtstreeks aan de commissaris om meer uitleg vragen, maar moest hij dat doen via zijn onmiddellijke chef. Van Aken dus, en die zou het niet wagen Brackes nota in vraag te stellen.

Brackes intermezzo werd onderbroken door een telefoontje van Omer Verlinden vanuit Duitsland. Sinds de ontvoering had de hoofdcommissaris heel wat steun aan Bracke gehad, en nu hij na een lange periode van werkonbekwaamheid terug was, wilde hij met zijn favoriete commissaris regelmatig van gedachten wisselen over de lopende zaken.

'Alles goed daar in Winterberg?' vroeg Bracke, die enkele winters geleden met zijn gezinnetje in de streek van de Duizend Bergen een skivakantie had doorgebracht. Annemie en de kinderen skieden zo vaak ze maar konden en hijzelf was voornamelijk in de lokale *Stube* te vinden geweest. Hij herinnerde zich de streek als een luilekkerland voor wandelaars, en hij had een paar keer met Jorg om ter snelst geracet op de lokale kartbaan.

'Prima', zei Verlinden opgewekt. 'Ik zit aan de rand van het zwembad van het hotel met mijn voeten in het water. Zoals je had voorspeld, was de vergadering een maat voor niets. Veel geklets, een hoop grafieken en cijfers waarmee je alles kunt bewijzen, en op het einde een donderpreek waarin we werden gewaarschuwd dat Armageddon nabij is.'

'Van Aken was blij zeker?' Bracke raadde dat Verlinden eerst de chef gebeld had.

'Hoe raad je het? Ik voelde het hem denken: al dat geld om Verlinden op verplaatsing te sturen verspild. Het was leuk Bresson terug te zien. Hij vroeg me er bij je op aan te dringen zeker die nieuwe functie aan te nemen.'

'En jij hebt hem natuurlijk geantwoord dat je dat niet zou doen omdat het weinig zou uitmaken. Omdat ik namelijk een verdomde stijfkop ben en zelf wel mijn beslissingen neem.'

'Iets in die aard', grinnikte Verlinden. 'Maar goed, nu ik hier toch ben, neem ik nog een paar daagjes vakantie. Het is hier eigenlijk wel even vol te houden.'

'Groet zeker Johann van de bar van het hotel van me', zei Bracke ten afscheid.

'Hij vroeg me net hetzelfde', zei Verlinden droog. 'Wat hebben jullie gemeen? Die vent kon niet meer stoppen met je te bejubelen.'

Daar keek Bracke niet van op, maar hij was niet van plan het achterste van zijn tong te laten zien. Hij had de barman door een paar eenvoudige telefoontjes geholpen om van een vervelende gast verlost te raken. De Nederlandse gast deed op zich niets verkeerd, maar had wel voortdurend over alles en nog wat opmerkingen, tot de dikte van de boterhammen bij het ontbijt toe.

Toen de gast ook nog vragen stelde over de kwaliteit van de wijn, die hij verdund en vervalst noemde, had Bracke wat rondgebeld naar plaatselijke collega's. Die hadden op straat een zogenaamde routinecontrole uitgevoerd waarbij de wagen van de Nederlander van naaldje tot draadje onderzocht werd. Het resultaat was een pracht van een boete die achteraf op de plaatselijke politieschool als voorbeeld werd gebruikt. Zo was de verzekering van de Nederlander niet in orde, voldeed het profiel van zijn banden niet aan de strenge Duitse wetgeving, reed hij zonder veiligheidsgordel, overtrad hij de toegelaten snelheid met ruim dertig kilometer, gebruikte hij zijn richtingaanwijzer bij het afslaan naar links niet, had hij geen recent brandblusapparaat en deed de zes gram weed in zijn koffer de agenten hun wenkbrauwen fronsen. De lokale procureur beval niet alleen het onmiddellijk intrekken van het rijbewijs, maar ook een tijdelijke arrestatie.

'Ja, die Johann toch', lachte Bracke. 'Drink er samen met hem eentje op mijn gezondheid, hoor je...'

'Zal ik doen', beloofde Verlinden. 'Meer dan een zelfs. Maar als je me nu wilt excuseren, ik word op de massagetafel verwacht.'

'Vergeet vooral niet je bonnetje binnen te brengen.'

*

Het was alsof de Nederlandse krakers afgesproken hadden om allemaal op hetzelfde ogenblik op een andere locatie in de Feestzone amok te maken.

Op het hoofdkwartier kwamen tegelijk verschillende oproepen om versterking binnen. John Staelens, die net met het klasseerwerk van de druginterventies van de voorbije zes maanden bezig was, verslikte zich in zijn koffie toen een inspecteur meldde dat twee dronken Hollanders naakt in de binnenwateren zwommen.

Ze weigerden gehoor te geven aan de oproep om zo snel mogelijk weer uit het water te komen en toonden brallend hun 'private delen', zoals inspecteur Daeninck het briesend omschreef, aan de joelende toeschouwers die dachten dat het om een feestact ging. Het gebeurde op krek dezelfde plaats waar enkele jaren geleden in het kader van een kunstproject iemand de hele dag door borden op straat keilde, met de groeten van Jan Hoet.

André Cornelis keek op het terras van *De Onvrije Schipper* hoofdschuddend toe hoe zijn collega's wanhopig probeerden een einde te maken aan de heisa in het water. Eigenlijk had hij zin om erbij te springen en ook in zijn blootje door de binnenstad te zwemmen, hartelijk wuivend naar de verbaasde feestgangers.

Verveeld voelde hij dat zijn gsm, die op trilfunctie stond, afging. Hij had zich nog zo voorgenomen het klereding af te zetten, maar was het natuurlijk weer vergeten. Hij zag op het scherm dat Van Aken hem wilde bellen en schakelde het toestel zonder wroeging uit. Niets dat zo dringend was dat het niet tot morgen kon wachten, foeterde Cornelis.

In het hoofdkwartier keek Van Aken geërgerd naar zijn mobieltje. Onbegrijpelijk toch dat Cornelis niet bereikbaar was, hoewel dat van een commissaris toch te allen tijde verwacht werd. Hij had hem willen vragen bij de ochtendlijke ondervraging van de Hollandse kraker aanwezig te zijn.

Veel tijd om kwaad te zijn op zijn commissaris werd hem niet gegund, want de volgende oproep van een dringende interventie liep al binnen, van een van de mobiele ploegen die probeerde te verhinderen dat enkele krakers openlijk drugs tegen een spotprijsje aan de man brachten op de Vlasmarkt. Een jongeman die wat weed had gekocht en er een flinke joint mee draaide, lag op de grond te kokhalzen, riep de inspecteur opgewonden in zijn walkietalkie.

Op momenten als deze bleef Van Aken nooit bij de pakken zitten. Hij kickte er eigenlijk op, al zou hij dat nooit toegeven. Meteen belegde hij per gsm een spoedoverleg met de ploegoversten ter plaatse, en binnen de kortste keren werd de Vlasmarkt hermetisch afgezet.

Op de lichtkranten werden de feestbezoekers verzocht deze zone tijdelijk te mijden, een droge mededeling die verbazingwekkend goed werd opgevolgd. Strategisch opgestelde inspecteurs en inderhaast opgetrommelde hulpploegen leidden de massa vriendelijk maar beslist om langs Sint-Jacobs, waar na Sioen en in afwachting van Soulwax Willem Vermandere optrad. Hij was bezig aan de laatste strofe van zijn *Bange blanke man*.

Dit was het scenario waar Van Aken voor gevreesd had. Met zowel op het Sint-Baafsplein als bij Sint-Jacobs niets dan topacts op het programma had de binnenstad het verzadigingspunt bereikt, en nu viel de Vlasmarkt als doorgangssluis weg.

Hij had vooraf theoretische denkoefeningen gemaakt, en gedacht dat hij elke situatie aankon op deze na misschien. Veel, zo niet alles zou afhangen van de reactie van het publiek op deze beperking van hun bewegingsvrijheid. Hij kon alleen maar hopen dat de doorgedreven lessen aan de inspecteurs over een vriendelijke omgang met de massa vrucht zouden afwerpen.

De politiechef stond met de walkietalkie in zijn hand op de hoek van de Kammerstraat bevelen te geven met uitzicht op de oorlogszone. Steeds meer inspecteurs verzamelden zich in gespreide slagorde om de mensen strategisch om te leiden.

Van waar hij ineens uit het niets opdook, was Van Aken niet duidelijk, maar Bracke tikte op zijn schouder.

'Hulp nodig, chef? Het gaat er op de Vlasmarkt behoorlijk pittig aan toe. Die krakers zijn niet voor één gat te vangen. Ze beginnen nu ook met stoelen te gooien.'

In een fractie van een seconde nam Van Aken de beslissing die de situatie zou doen kantelen.

'Ja, Dhaenens, met het waterkanon erop los', blafte hij in de walkietalkie. Het volgende ogenblik baande hij zich al een weg naar de Vlasmarkt.

Inspecteur Dhaenens liet het zich geen twee keer zeggen. Hij had al vaak met het kanon geoefend zonder het ooit te mogen gebruiken. Één keer, toen hij dienst had en in de studentenbuurt rellen waren uitgebroken, had hij moeten afzeggen wegens een hardnekkige griep, maar nu zou hij zijn kans met beide handen grijpen.

De politiediensten hadden aan de andere kant met dranghekken een trechter gevormd die uitliep in een halve cirkel combi's. Inspecteurs hadden de krakers gespot tussen de jongelui op de Vlasmarkt en stonden klaar om in te grijpen.

'Nu!' riep Dhaenens met overslaande stem, en prompt begon het waterkanon te spuiten.

Het resultaat was even verbazingwekkend als lachwekkend. In een oogwenk was het hele plein ontruimd en haastte iedereen zich weg van de straal, recht in de armen van de politie. De mensen die niets met de relletjes te maken hadden mochten gaan, nat van top tot teen. De krakers, goed herkenbaar aan hun donkere outfit met legerlaarzen, werden meteen ingerekend.

Einde verhaal, applaus van Bracke voor zijn chef.

'Keurig gedaan, Werner.'

Van Aken glunderde, heel even leek het alsof hij zou gaan zweven.

*

Van de drukte in de Feestkuip had Farouk weinig of niets gemerkt. Hij dacht alleen nog aan de bom, en maakte zichzelf wijs dat hij die met de wilskracht van zijn geest kon doen afgaan. Hij liet zich door de mensenzee over de Vrijdagmarkt leiden, waar hij werd aangetrokken door de lichtjes van de kermis.

Gebiologeerd staarde hij naar de botsauto's. Hij besloot zich niet te verzetten en zocht zijn achterzak af op muntstukken. Hij deponeerde ze zonder te kijken voor de kassa en kreeg een handvol jetons toegestopt.

Op de tonen van een discoversie van Dalida's *Gigi l'amoroso* maakte hij even later grijnslachend jacht op een roodharige, dikke knul die hij ongenadig met de botsauto langs achteren aanreed. De dikkerd was blijkbaar niet alleen, want hij werd onmiddellijk geholpen door twee makkers die Farouk in een hoek van het parcours dreven.

De terrorist voelde de adrenaline door zijn aderen zinderen, net zoals toen hij op het dak in München op slachtoffers lag te loeren.

Hij wachtte op de onvermijdelijke klap en glipte na de botsing met het autootje door een kleine opening. Zijn aanvallers kregen elk een oplawaai, waarop hij zijn botsautootje in de steek liet en tussen de kermisbezoekers verdween. Zijn hart bonsde zo hard dat hij even vreesde te bezwijken.

26

Na al die jenevers in een plastic bekertje had Cliff echt zin in een frisse, schuimende pint. Wat hij het liefst van al wilde doen, was het geld uit de rugzak tellen, maar uitgesteld genot was dubbel zo prettig. In café *Den Turk* bestelde hij twee pinten tegelijk, die hij in twee teugen naar binnen goot.

Dat smaakte. Zeker toen hij dacht aan die stomme Turk die op de Gentse Feesten naar zijn geld liep te zoeken. De kick elk ogenblik betrapt te kunnen worden was een bijzonder aangename prikkel.

Een van de klanten wilde met hem een praatje beginnen, maar Cliff deed alsof hij doof was. Hij zat in gedachten aan een tropisch strand waar de hele nacht door gefeest werd. Terwijl hij nog een paar pinten liet aanrukken, probeerde hij te wennen aan het idee dat hij ineens over een smak geld beschikte. Want die makaak had een bom duiten bij zich, dat had hij duidelijk gezien.

Een van de klanten, een Limburger die voor het eerst naar de Gentse Feesten kwam, probeerde een gesprek met Cliff te beginnen.

'Amai mijne man, al dat volk! Het is echt een belevenis!' zong de Limburger.

Cliff luisterde niet eens. Een stijgende onrust maakte zich van hem meester. De drang om de rugzak te openen en de centen te tellen werd steeds groter. Hij liet zijn laatste pint onaangeroerd op de toog staan.

De Limburger keek hem verbaasd na, want zijn uiteenzetting was nog lang niet klaar.

'Je hebt toch onbeleefde mensen op de wereld', zei hij hoofdschuddend tegen zijn vrouw. Maar hij liet het niet aan zijn hart komen. Hij nam zonder scrupules de volle pint en dronk ze in een paar genietende teugen leeg.

*

Zanger Gus Roan van Nie Neuten stond erom bekend dat hij in alle omstandigheden de nuchterheid zelf bleef. Hij kon terugkijken op een rijk gevulde carrière waarin hij begeleider was van Engelbert Humperdinck en Dave Berry, het voorprogramma van Claude François had verzorgd en zijn typische Gentse liedjes ook in vertaling in Frankrijk wist te slijten.

Hij had genoeg podiumvastheid om niet meer zenuwachtig te worden bij een optreden, maar hij was het nu toch, en geen klein beetje. Voor eigen publiek spelen was blijkbaar speciaal. Hij herinnerde zich dat de grote Jacques Brel elke keer moest kotsen voor hij optrad, zelfs toen hij een internationaal gevestigde waarde was.

Eindelijk dook zanger Kurt Burgelman van Biezebaaze op. Ze zouden er een gezamenlijk optreden van maken, een huwelijk van de twee succesvolste Gentse groepen van de laatste jaren. Ook buiten de stad zongen beide groepen in onvervalst Gents, maar in eigen nest voor zoveel volk optreden was voor de leden een droom die werkelijkheid werd.

Dille kwam op het podium om zijn eerste liedje van die avond te zingen, wat hij bij elke gast zou doen.

Ik wil je in mijn armen
ik wil je heel dicht bij mij
ik wil van je houden
sta me voor altijd bij.

Schepen Sas van Rouveroij merkte tot zijn eigen verbazing dat hij vochtige ogen kreeg van het nummer. Hij kwam even poolshoogte nemen en haastte zich snel weer weg, blij dat niemand hem gezien had.

Een hotdogverkoper had het op het plein aan de stok met een man die niet wilde betalen. Een haastig toegesnelde inspecteur regelde de zaak in der minne, en de wanbetaler kwam er met een waarschuwing goedkoop van af.

Op het podium waren Gust Roan en Kurt Burgelman met Dille zij aan zij bezig aan een gezamenlijk slotnummer. Ze brachten een ruige

rockversie van Walter de Bucks 't *Vliegerke*, sinds jaar en dag de onoffi-
ciële Gentse Feestenhymne. De travestiet swingde mee dat het een lieve
lust was en genoot met volle teugen van het opzwepende handgeklap.

Mee mijne vlieger
en zijne steert
hij goat omhuuge
't es 't ziene weert
'k geve maar klauwe
op mijn gemak
'k heb nog drei bollekens
in mijne zak

Het publiek ging behoorlijk uit de bol, en Gust Roan voelde dat het
noodzakelijk was iedereen tot kalmte aan te manen, want er stond
nog heel wat op het programma.

*

Het plein was al halfvol met mensen die kwamen voor de topact van
de avond. Helmut Lotti amuseerde zich achter de schermen kostelijk
op zijn Playstation, een geschenk van zijn manager om het vele rei-
zen wat draaglijker te maken.

De controle van de polsbandjes verliep voorlopig zonder problemen, maar de politiediensten waren stand-by. Uit het optreden van
Clouseau vorig jaar hadden de mensen van de ordehandhaving lessen getrokken, en ze waren op het ergste voorbereid.

George Bracke had zich op het balkon van *Het Foyer* geposteerd,
waar hij een gedroomd uitzicht op het podium had. Het balkon was
door de stadsdiensten gereserveerd en diende als vipruimte. Hij keek
vooral uit naar het tweede optreden van de avond, dat van The Vipers.
Zijn bijna-naamgenoot had tijdens de soundcheck ontspannen grapjes gedebiteerd, en het beloofde een geweldige avond te worden.

Om zichzelf het gevoel te geven dat hij aan het werk was, had

Bracke zijn verrekijker meegenomen, een vederlichte Barska die perfect in zijn binnenzak paste. Af en toe liet hij zijn blik over de massa dwalen, en vaak zag hij bekende gezichten in het publiek.

Hij schudde zijn hoofd. Aan het urinoir bij het Belfort maakte een vreemdeling een uitbundig vreugdedansje. Bracke stelde scherp en meende dat hij de man al eerder gezien had, al wist hij niet meteen waar.

Farouk werd steeds uitgelatener. Zijn taak zat erop, al was ze misschien niet volgens plan verlopen. Het enige wat hij kon doen was wachten. Het was een kwestie van tijd voor de dief de tas zou openen en de dodelijke lading tot ontploffing zou brengen.

Hij had al een hele tijd niet meer gedacht aan zijn verloofde Senem, die thuis nagelbijtend op nieuws zat te wachten, maar te trots was om contact met hem op te nemen. Ze gaf het niet graag toe, maar langzaam begon de twijfel in haar hart te sluipen. Was hij wel de geschikte huwelijkskandidaat? Hoe meer ze erover nadacht, hoe minder zeker ze was. Hij had iets ongrijpbaars, een zekere duisterheid die een ondoordringbaar pantser vormde.

Ze deed een belofte aan zichzelf. Ze zou het nog even aanzien, maar de bal lag nu in zijn kamp. De eerste stap zou van hem moeten komen, en hij zou maar beter open kaart met haar spelen wilde ze het geplande huwelijk laten doorgaan.

Farouk lachte luid. Zijn ogen draaiden wild in hun kassen, maar daar keek niemand van op.

Een skinhead sloeg hem bemoedigend op de schouder. Farouk verstijfde en reageerde instinctief, zoals hem tijdens de harde trainingkampen was aangeleerd. Onmiddellijk stond hij klaar in gevechtshouding om zijn huid duur te verkopen, maar de kerel flirtte wat verder al met een Spaans uitziend meisje.

George Bracke had zijn verrekijker weer op zijn schoot gelegd. Een ober kwam met champagne aandraven, gevolgd door een collega die een indrukwekkende hoeveelheid oesters op een ijsbedje aan de genodigden aanbood.

Dat liet Bracke zich geen twee keer zeggen. Annemie was allergisch voor schaaldieren, en ook de kinderen hadden er een afkeer van. Ze voor zichzelf alleen kopen vond hij net iets té. Hij had er zich bij neergelegd dat hij nooit het genoegen zou smaken om samen met zijn gezin mosselen te eten.

'Snot in een schelp', noemde Jorg oesters met een blik vol afgrijzen.

'Ho maar.' Bracke hield de ober, die hem bijna voorbijliep, tegen. Hij koos de twee grootste oesters van de schaal, besprenkelde ze met citroensap, deed er wat peper op en slurpte ze genietend naar binnen.

'Ook aan het werk zie ik', knipoogde Stormvogel, die uiteraard ook een uitnodiging voor dit evenement had weten te versieren. Een feestje zonder hem zou onvolledig zijn.

'Altijd ten dienste van de gemeenschap', antwoordde Bracke met volle mond, terwijl hij schaamteloos de laatste twee oesters uit de handen van de ober graaide. 'Onthoud goed waar ik zit, Willy. Want je zult hier nog vaak moeten stoppen om me te bevoorraden.'

'Komt in orde, George', antwoordde de ober, die bij Bracke nog in het krijt stond uit de tijd dat hij het als buitenwipper in de Gentse rosse buurt vaak met weerbarstige klanten aan de stok had.

Zoals meestal liet Werner van Aken zich opmerken door als een van de allerlaatste genodigden zijn opwachting te maken. Hij had blijkbaar gehold, want hij wiste het zweet van zijn glimmende voorhoofd. Hij liet zich met een luide zucht aan het tafeltje van Bracke neervallen en wenkte de ober meteen om hem een glas te brengen.

'Ik heb nog niets gemist, hoop ik?'

'Zoals te verwachten was, loopt het schema in het honderd voor ze goed en wel begonnen zijn, maar ik denk niet dat daar iemand aanstoot aan zal nemen. Alles in orde met die krakers?'

'De Vlasmarkt is weer *clean*', bevestigde Van Aken. 'We hebben een tiental krakers wegens weerspannigheid in voorlopige hechtenis genomen, maar de toestand is weer rustig. Ik veronderstel dat we ze morgenvroeg kunnen laten gaan, als ze tenminste niet geseind staan.'

De klassieke voorstelling van de voetbalploeg van AA Gent was voor iedereen een aangenaam intermezzo. Dille had voor toepasselijke co-presentatoren gekozen in de figuur van Pat Remue en Fred

Geirnaert, het olijke cabaretduo dat meteen de massa enthousiast maakte door te voorspellen dat de Buffalo's eindelijk nog eens een prijs zouden spelen.

Jean-Pierre Maeren, bekend van de commerciële televisie, maakte met enkele van zijn poppen zijn opwachting en scoorde vooral met de Popkoning en Zuster Vaseline, en toen ook Luk de Bruyker zijn bekende Pierke Pierlala op de massa losliet, zat de sfeer er pas goed in. Zeker toen ook hoofdcommissaris Freddy Carlier met zijn City Police Jazz Band een deuntje kwam spelen dat door het publiek fel gewaardeerd werd.

Hoog tijd om even af te koelen, het zou dodelijk zijn om de hele avond crescendo te gaan. Dille had dat in samenspraak met Toni Fakkel goed ingeschat, en dj van dienst Wim Verbeke greep zijn kans om te tonen dat hij feeling had voor het type muziek dat de toeschouwers reikhalzend naar het vervolg zou doen uitkijken.

Verbeke was niet alleen als plaatjesdraaier aanwezig, maar ook als muzikant en arrangeur van de liedjes die Dille in de loop van de avond zelf zou zingen.

De sixtiesmuziek die in afwachting van het volgende optreden werd gedraaid bracht het publiek in een hunkerende bui. Hier en daar dansten mensen de twist van Chubby Checker, en Bracke was één ogenblik mistroostig omdat Annemie er niet was om een dansje te wagen. Ze was nog even zoet met het persbericht over de aangehouden krakers, maar had via sms beloofd om zo snel mogelijk te komen. Bracke dacht er niet meer aan, want Willy dook op met een nieuwe schotel oesters. Hij stevende regelrecht naar het tafeltje van de commissaris en knipoogde.

'Laat het je smaken, George.'

Dat moest hij geen twee keer zeggen. Bracke kon niet lang van zijn oesters genieten. Van Aken stootte hem aan, met een kop rood van tevredenheid.

'Ze hebben er een opgepakt, waarschijnlijk het kopstuk van de bende!'

Bracke wist niet meteen waar het over ging.

'Hoe bedoel je?'

Van Aken trok Bracke mee naar binnen, want dat praatte wat rustiger.

'Van *the brothers of Islam*, of hoe ze ook heten', triomfeerde hij. 'Het is al enkele uren geleden gebeurd, maar ze wilden het nog even stil houden tot ze zekerheid hadden dat hij inderdaad de leider was. Enfin, ik hoor later meer.'

'Dat is goed nieuws', zei Bracke. Maar tot zijn verbazing deed het hem weinig of niets.

Was er dan toch iets mis met hem?

27

Berker Kerim had zich eindelijk uit het aangename gezelschap van het circusgezelschap kunnen losrukken en waadde verder door de massa. Hij was net even blijven staan om de mensen te tellen, maar was daar gauw weer mee opgehouden. Van waar ze bleven komen, hij kon het niet begrijpen.

Een zwoele warmte hing als een deken over de binnenstad. Het weerbericht voorspelde voor de komende dagen hoge temperaturen, en de cijfers van de politieploegen die aan de rand van de stad het aantal bezoekers bijhielden, lieten uitschijnen dat het de zoveelste recordavond zou worden.

Verkopers van softijs deden gouden zaken. Ook de mobiele drankstandjes konden de blikjes niet snel genoeg laten aanrukken. Een ervan was overvallen door een paar dorstige jongelui uit Oostakker, maar die waren door de politie ingerekend. Een van hen, de jeugdige snotaap Riccardo, had al een paar diefstallen op zijn palmares, waaronder Gameboyspelletjes en zelfs vijftig euro uit de portefeuille van een lokale schrijver die het ene na het andere boek op de mensheid losliet. Riccardo dreigde voor galg en rad op te groeien, en het viel te vrezen dat hij door de jeugdrechter in een instelling zou geplaatst worden.

Op de lichtkranten werd in verschillende talen aangeraden zich niet meer in de richting van het Sint-Baafsplein te begeven. In de centrale was via de camera's vastgesteld dat de verschillende toegangswegen naar het historische plein het verzadigingspunt bereikt hadden.

De waarschuwing kwam ruim op tijd omdat de coördinatieploeg uit ervaring wist dat mensen deze boodschappen negeerden zolang ze er het nut niet van inzagen, en je had natuurlijk ook heel wat mensen die de lichtkrant niet opmerkten.

De inspecteurs van de mobiele ploeg hielden de vernevelaars in de aanslag. Dat was een uitvinding van lokaal enfant terrible Jean-Paul Vermeersch geweest, de man van twaalf stielen en dertien ongelukken die ooit in het vreemdelingenlegioen had gezeten, maar nu als brave huisvader thuis gezelschapsspelen ontwierp.

Hij had zich laten inspireren door de sproei-installaties van tuinbouwbedrijven en een prototype gemaakt dat intussen op grote schaal werd gebruikt. Het betrof een sproeisysteem dat voor een fijne waternevel zorgde die op verschillende strategische plaatsen in de Feestzone bezoekers kon verfrissen op momenten dat de temperatuur te drukkend dreigde te worden. Het systeem was enkele weken tevoren voor het eerst op Rock Werchter getest en de organisatoren van de Gentse Feesten hadden gretig het aanbod aangenomen om de installatie ook in de binnenstad te laten proefdraaien.

Van dat alles had Berker Kerim geen weet. Hij liep al enkele dagen tussen het feestgewoel en vroeg zich niet meer af wat hij er kwam doen. Hij hoorde de stem in zijn hoofd met steeds kortere tussenpozen, en de boodschap was duidelijk.

'Zoek niet, want als het ogenblik aangebroken is, zul je het weten. Jij bent de uitverkorene die aan de schande van het verleden een einde zal maken.'

Over deze mysterieuze woorden had hij al eindeloos nagedacht zonder ook maar het begin van een verklaring te vinden. Hij had niet het flauwste vermoeden welke gebeurtenis uit het verleden de stem bedoelde. Zoveel wist hij trouwens niet van geschiedenis, en hij was er ook niet echt in geïnteresseerd.

Toch was hij enkele dagen geleden halsoverkop in het vliegtuig naar België gestapt zonder zijn vrouw een uitleg voor zijn opmerkelijke gedrag te geven. Dat kon hij ook niet, want hij was zelf de eerste om het niet te begrijpen. Er was iets onverklaarbaars dat hem verder dreef, een sterke, niet te onderdrukken innerlijke kracht die hem boven de banaliteit van het alledaagse leven met zijn kleine zorgen en vreugdes deed uitstijgen.

Hij wandelde en wandelde, zonder een duidelijk doel. Hij sloeg de ene na de andere straat in. Zijn voeten leken hun eigen weg te zoeken, steeds sneller, steeds vastberadener. Uiteindelijk holde hij, en mensen weken verschrikt opzij, tikkend tegen hun voorhoofd.

Het werd almaar warmer, een drukkende hitte die vroeg om in plassen schuimend bier gesmoord te worden. Bij menig café werd langs het achterluik een nieuwe lading vaten gelost om de zwoele nacht mee door te komen.

In de centrale zette commissaris van wacht Herman Vermeulen het licht op groen om de sproei-installatie te laten werken. Op een tiental punten in de Feestzone werd een fijne, koele waterdamp over de verhitte hoofden van de feestgangers gesproeid.

Prompt steeg applaus op, want deze verkoeling was bij iedereen meer dan welkom. Sommigen bleven zelfs onder de sproeiers staan om wat langer van het water te kunnen genieten, maar werden door de mensen achter hen aangepord door te wandelen.

George Bracke zat nog steeds op zijn bevoorrechte plek met een glas in zijn hand uit te kijken over het Sint-Baafsplein, dat intussen aardig volgelopen was. Hij had medelijden met de dapperen die daar de hele avond zouden blijven staan om niets van het spektakel te missen.

Na de champagne en de oesters werden allerlei zonnige tapas met heerlijke rode wijn geserveerd, en Annemie had hem enkele ogenblikken geleden gebeld dat ze in aantocht was. Het beloofde een prachtige avond te worden, en hij was van plan er met volle teugen van te genieten. Chef Van Aken deed dat duidelijk ook, want Bracke zag hem voor het eerst sinds lange tijd hartelijk en gemeend lachen.

Voor de ingang van het voormalige Publiekstheater probeerde Jessie zich een weg door de massa te banen. Ze had de baby tijdelijk bij een vriendin achtergelaten omdat ze behoefte had aan wat frisse lucht, maar nu ze de mensenzee zag, besefte ze dat het geen goed idee was geweest om naar de Gentse Feesten te gaan.

Ze besloot een fikse wandeling te maken naar het kraakpand op de Gasmeterlaan. Daar lagen nog wat van haar spulletjes, en het was weinig waarschijnlijk dat Cliff of de andere krakers daar waren. Die liepen ongetwijfeld in de Feestzone rond, bezopen en wel. Ze waren zo verdomd voorspelbaar.

Zelfs tijdens de korte wandeling kon Jessie Sarre niet uit haar hoofd zetten. Ze belde haar vriendin Dorothy om te vragen of alles met hem in orde was. Ze had hem nog nooit eerder bij een vreemde achtergelaten.

'Ja hoor', zei Dorothy opgeruimd. Ze stond net achter de strijkplank naar de zoveelste herhaling van *FC De Kampioenen* te kijken. Ze had vaak last van migraine en hield niet van openbare manifestaties met veel volk. 'Die is allang onder zeil. Zo een lief ventje ook. Straks word ik nog jaloers op je.'

Toen Dorothy inhaakte om de rest van de strijkmand af te werken, had Jessie tranen in haar ogen. Dit soort gesprekken had ze vroeger nooit gevoerd, nu besefte ze wat ze al die tijd gemist had. Al die jaren die ze verspild had door rusteloos rond te zwerven en met het verkeerde soort mensen op te trekken, ze zag het nu pas in.

En Thomas, wat was er van hem geworden? Ze had een hele tijd niet meer aan hem gedacht, maar de laatste nachten was hij vaak in haar dromen verschenen. Ze verlangde er steeds meer naar hem nog eens te zien, al was het maar om hem één keer in haar armen te nemen en hem te zeggen hoeveel het haar speet dat ze hem voor adoptie had afgestaan. Ze vreesde de dag dat hij op haar stoep zou staan en om uitleg vragen, want alles wat ze te zeggen had, zou zwak en onvoldoende klinken.

Gelukkig had ze die kleine, lieve Sarre om voor te zorgen. Ze zou geen twee keer dezelfde fout maken. En al de liefde die ze nooit aan Thomas had kunnen geven ging naar dit kleine wonder van de natuur.

'Gaat het, juffrouw?'

Ze schrok op uit haar gedachten en keek recht in de vriendelijke ogen van een jongeman. Zomaar iemand, een kerel die oprecht bezorgd naar haar keek. Waarom leek ze dit soort mannen nu pas tegen te komen, nu haar leven al hopeloos in de knoei zat?

'Ja hoor.' Ze klonk opgeruimd. 'Ik zat eventjes ergens over te piekeren, maar het heeft niets te betekenen.'

'Goed zo', knikte de jongeman, die een slokje van zijn bier nam en gebaarde dat hij zijn vrienden niet uit het oog mocht verliezen.

Ze keek hem dromerig na. Misschien, heel misschien was er nog hoop voor haar en kwam ooit de dag dat ze op iemand verliefd kon worden zonder in een uitzichtloze situatie te belanden. Gewoon een kerel die haar respecteerde en liefhad.

Ze kocht aan een standje een cocktail marguerita en dronk er met kleine teugjes van, want ze werd veel te snel dronken. Al die mensen in een feestroes, ze werd er een beetje ijl in het hoofd van. Ze wilde alleen zijn, en het kraakpand was ideaal om tot rust te komen. Ze kon er wat mediteren, zoals ze sinds enige tijd deed.

Ze hoorde nog net de eerste tonen van The Vipers, die van bij het begin van hun optreden speelden alsof ze de koningen van het Sint-Baafsplein waren. En dat was misschien ook wel zo, want al van bij de eerste tonen hadden ze de toeschouwers mee. *Sympathy for the devil* galmde over het plein en twee feestgangers sprongen boven hun theewater in de fontein. Meteen werden ze door enkele waakzame inspecteurs uit het water geplukt, tot groot jolijt van het publiek.

*

Werner van Aken had zich eventjes strategisch teruggetrokken in een bureau van het Publiekstheater omdat hij nog een belangrijk telefoontje te plegen had. Hij kende het theater als zijn broekzak, net zoals de meeste openbare gebouwen in de stad, kennis die hem al vaak van nut geweest was. Deze bureauruimte, wist hij, was ooit de persoonlijke kleedkamer van Vina Bovy, het eenvoudige volksmeisje dat het tot internationale operadiva had geschopt.

Gary Cartwright, rechterhand van Paul Bresson binnen de internationale cel terrorismebestrijding, had beloofd hem verslag uit te brengen over de ondervragingen van Ali.

De commandant was na een routinecontrole aangehouden. Europol had in het grootste geheim een onderzoek uitgevoerd naar Europese immigranten van Arabische afkomst die recent een bezoek aan het Verre Oosten hadden gebracht, en een geheim agent uit Palestina had een mogelijke link met *the brothers of Islam* gelegd. De computerspecialisten hadden op zijn laptop verborgen bestanden gevonden met het scenario van de aanslagen in München en Parijs, en meteen werd rood alarm geslagen.

De voorbije uren was Ali onafgebroken door een selecte groep specialisten aan de tand gevoeld, zonder veel resultaat. Cartwright stond echter bekend als een specialist ter zake die zich als geen ander in de psychologie van de ondervraagde wist in te leven. Hij was de auteur van een boek dat door elke zichzelf respecterende politiedienst als praktische handleiding gebruikt werd, en zijn colloquia werden steeds druk bijgewoond.

'Hello, Wurner', begroette Cartwright Van Aken met dat typische Amerikaanse accent van hem dat sommigen schattig vonden maar anderen de gordijnen injoeg. 'Alles goed daar in feestvierend Gent?'

'Kon niet beter.' Van Aken deed zijn best om zorgeloos te klinken, maar dat ging hem niet goed af. 'Heeft hij al iets losgelaten?'

'Ja en nee', antwoordde Cartwright raadselachtig. 'Die man weet heel goed waar hij mee bezig is. Hij geeft net genoeg details prijs om te bewijzen dat hij de commandant van de operaties is, maar meer ook niet.'

'Met andere woorden, de gearresteerde is niet echt behulpzaam te noemen.'

'De ondervraging van de mensen uit zijn naaste omgeving heeft ook niets opgeleverd. Iedereen valt compleet uit de lucht. Allemaal zeggen ze hetzelfde: dat hij een goed leraar is, democraat in hart en nieren en behulpzaam.'

'Denk je dat hij zal kraken?' vroeg Van Aken, maar daar had Cartwright geen antwoord op.

'Het is voorlopig nog een spel, en hij bepaalt de regels. Ik heb eerder het gevoel dat hij vooral probeert tijd te winnen. Door een beetje informatie te geven, houdt hij ons bezig en leidt hij de aandacht af. Maar geen nood, ik heb wel hardere noten gekraakt.'

Van Aken zag er getormenteerd uit. Hier kon hij weinig mee aanvangen. Het was zeker geen informatie die hij aan de pers kon doorspelen.

'Is België al ter sprake gekomen?'

'Hij heeft het over het westen in het algemeen', zei Cartwright. 'Van één ding zijn we zeker, dit is een terroristische groep die niet denkt zoals alle anderen. We weten ook dat hij nooit zelf aan de acties deelgenomen heeft, maar alles bedacht, tot in de kleinste details liet uitvoeren en nauwgezet opvolgde. Maar verder, en ik zal nu heel eerlijk zijn, mijn beste *Wurner*, staan we nog nergens.'

'Dat had ik al gevreesd', zuchtte Van Aken. 'Toch bedankt voor de informatie.'

'Probeer er maar niet aan te denken en geniet van de Feesten', zei Cartwright. 'Jammer dat ik zelf niet kan komen. Ik was er drie jaar geleden toevallig, en bewaar daar de beste herinneringen aan.'

'Volgend jaar misschien. Ik nodig je uit.' Van Aken toonde zich een waardig ambassadeur voor zijn stad. 'Ik zal je graag persoonlijk rondleiden.'

'Die uitnodiging noteer ik nu al in mijn agenda', slijmde Cartwright, maar beiden beseften ze dat het maar beleefdheidspraatjes waren.

Het was zoals wanneer iemand je vraagt vooral niet aan een gele olifant te denken. Op weg naar het balkon van *Het Foyer* liep Van Aken te dubben over de losgeslagen terrorist die God weet waar ergens in Europa rondhing, en waarvan niemand wist welke moordende plannen hij nog had.

Farouk stond amper enkele tientallen meters verder als een uitzinnige te dansen op de tonen van een Arabisch rapgroepje dat er niet helemaal gerust op was, want ze hadden verzuimd een vergunning bij de Dienst Feestelijkheden aan te vragen.

*

Bracke twijfelde of het telepathie of gewoon toeval was. Tussen twee nummers van The Vipers door zat hij net met de gsm in zijn hand om naar Cornelis te bellen toen zijn vriend zelf telefoneerde.

'Alles kits, George?' Cornelis klonk net iets te opgewekt.

'Gaat wel', antwoordde Bracke. 'Net *Smoke on the water* gehoord, en dan kan mijn dag niet meer stuk.'

232

Cornelis kende weinig of niets van rockmuziek, maar deed zijn best dat niet te laten blijken.

'The Vipers zeker', gokte hij met aan zekerheid grenzende waarschijnlijkheid. Hij herinnerde zich vaag dat die vanavond op het Sint-Baafsplein speelden. Reden genoeg voor commissaris Bracke om al de hele dag goedgeluimd rond te lopen, veronderstelde Cornelis, al kon hij echt niet begrijpen wat zijn vriend in dit stel primaten zag.

'Geen zin om ook te komen? De pinten zijn hier vanavond gratis.'

'Waarom niet', zei Cornelis, die gehoopt had Bracke alleen te kunnen spreken. Daar was later op de avond misschien nog wel kans op. Enkele frisse pinten zouden er zeker ingaan nu het zo warm was.

'Goed dan, houd maar een plaatsje voor me vrij.'

Het gezicht van Van Aken stond nog steeds op bewolkt. Zonder nadenken nam hij een glas bier en dronk het bijna helemaal leeg voor hij naast Bracke kwam zitten. Die keek verbaasd op, want de grote baas dronk nauwelijks, vooral omdat hij er niet goed tegen kon.

'Problemen?'

Van Aken maakte een vermoeid wegwerpgebaar.

'Niet echt, maar dat terreurgedoe zit me niet lekker. Die kerel die ze in Duitsland gearresteerd hebben speelt blijkbaar een kat-en-muis-spelletje met zijn ondervragers. In feite weten we nog niets meer. Ik zal blij zijn als de Feesten achter de rug zijn.'

'Tegen wie zeg je het', knikte Bracke, al had hij van deze Feesten-editie zeker niet te klagen. Integendeel, het was lang geleden dat hij zich in functie nog zo geamuseerd had.

'George, ik zou toch nog eens willen aandringen om op mijn aanbod in te gaan', fluisterde Van Aken zonder Bracke aan te kijken.

De commissaris genoot inwendig. Hij had voor zichzelf allang de beslissing genomen, maar verkoos de chef nog wat in onzekerheid te houden.

'Ik ben het aan het overwegen', zei Bracke met een uitgestreken gezicht. 'Maar er zijn zoveel factoren waar ik rekening mee moet houden.'

'Ik weet het', zuchtte Van Aken, die zichzelf heel begrijpend en meegaand vond. 'Maar wacht er niet te lang mee, wil je. Ze zitten van hogerhand achter mijn vodden om zo snel mogelijk je antwoord te horen.'

Hij wilde nog meer zeggen, maar Bracke veerde op. Muzikant Georges Bracke had net de baslijn van *Looky Looky* ingezet, en de commissaris had dat hitje van The Vipers uit de seventies nooit kunnen weerstaan.

De pas aangekomen Annemie keek hoofdschuddend toe hoe haar echtgenoot headbangend tussen de vips stond mee te wiegen. Ze nam een wit wijntje en begon wat met de collega's te kletsen, met haar rug naar Bracke zodat ze het pijnlijke schouwspel niet langer hoefde te zien.

Ook Cornelis keek niet meer op van de spartelpartij van Bracke. Over diens danscapaciteiten waren de meningen verdeeld. Bracke zelf vond dat hij niet onaardig danste, de rest van de wereld dacht daar anders over.

Op het podium keek muzikant Georges Bracke grijnslachend naar boven en zag zijn naamgenoot op het balkon uit de bol gaan. Het was een echte hoogdag voor de boekhouder uit Desteldonk die na een pauze van meer dan twintig jaar The Vipers dertien jaar geleden nieuw leven had ingeblazen. Voor enkele reünieconcerten, maar intussen waren ze alweer enkele zangers en een massa optredens verder. Georges Bracke had de smaak weer goed te pakken en kon niet begrijpen dat hij al die jaren zijn basgitaar aan de kant had geschoven.

Cornelis complimenteerde Annemie met haar nieuwe kapsel.

De eerste die er wat van zegt, dacht Annemie. Bracke had het nog niet eens gemerkt.

Ook Dille kwam snel een glas champagne drinken voor hij de volgende groep moest aankondigen. Met zijn galajurk en opgestoken haar zag hij eruit om te stelen, vond Cornelis. Al was de travestiet niet echt zijn type.

Bracke greep Dille bij de hand, en ze probeerden min of meer op de maat van de muziek te dansen. Wat hen meteen tot de attractie van de vipruimte maakte.

Na twee nummers raakte de commissaris in ademnood. Ondanks al zijn goede voornemens had hij de voorbije maanden weer veel te weinig aan sport gedaan, maar hij zwoer voor de zoveelste keer dat dat binnenkort zou veranderen. Héél binnenkort.

Hijgend liet hij zich op zijn stoel neerzakken en wenkte de ober voor een nieuwe pint. Die kwam meteen, vergezeld van een royale portie gebakken inktvisringetjes.

'Rustig aan maar, George', kalmeerde Annemie. 'Je bent geen twintig meer.'

'Nu krijgen we natuurlijk die preek over de gevaarlijke leeftijd.' Bracke trok een zure grimas. Hij had pijn aan zijn milt, maar zou dat nooit toegeven.

'Het is toch zo?' ging Annemie onverstoorbaar verder. 'Je kent het plaatje even goed als ik. Veel mannen van onze leeftijd krijgen een hartaanval, of ruilen hun vrouw in tegen een jonger exemplaar. Dat hen op hun beurt na enige tijd weer inruilt, en dan blijven ze alleen en verbitterd achter.'

'Net goed.' Bracke zette zijn liefste glimlach op. 'Trouwens, blij je te zien, schat. Heb je iets met je haar gedaan? Het ziet er eh, zo anders uit.'

Cornelis sloeg zijn handen voor zijn hoofd. Bracke wist nog altijd niet wat een vrouw graag hoorde, en dan nog zijn eigen vrouw. Mooi! gebaarde hij achter Annemies rug naar Bracke, die de hint begreep en als een kat onmiddellijk op zijn pootjes terechtkwam.

'Ik bedoel, je ziet er werkelijk héél knap uit vanavond, echt om te stelen.'

Die simpele, maar gemeende woorden, meer had Annemie niet nodig om weg te smelten. Ze drukte Bracke dicht tegen zich aan en gaf hem onbeschaamd een klinkende zoen. Haar collega's mochten het allemaal zien.

Bracke glunderde. Dat had hij toch maar weer goed voor elkaar gekregen. Hij knipoogde naar Cornelis, die kippenvel kreeg en zichzelf een sentimentele oude kwast vond. Maar dan wel een die verdomd goed kon zoenen, en dat zou hij zijn partner Bart vannacht met alle plezier bewijzen.

Intussen stond Dille alweer op het podium voor zijn nummertje met The Vipers. Voor de Gentse rockers werd het een primeur, want het was de eerste keer dat ze in het Nederlands zongen. Dille haalde een bestofte rocksong uit zijn repertoire en zong uit volle borst.

> *Neem me hou me laat me nooit meer gaan*
> *streel me betrouw me jij bent mijn bestaan*
> *test me proef me steun me elke dag*
> *kus me sus me geef me weer je lach.*

Onweerstaanbaar, vonden de voeten van commissaris Bracke, die ineens een eigen leven leidden.

28

Berker Kerim leek zich in slow motion voort te bewegen, alsof hij zich voor het eerst bewust was van het wonderbaarlijke van het menselijke lichaam, alsof hij zich elke stap in het hoofd wilde prenten. Hij voelde de prikkels die zijn hersenen aan zijn spieren doorgaven, bijna lijfelijk, zo was hij met zichzelf bezig en met de gevolgen van zijn daden. Nog nooit waren zijn gedachten zo helder.

Kijk, die dikke vrouw daar. Ze beseft het zelf niet, maar ze eet zich regelrecht een weg naar het graf. Dichtgeslibde aderen, een beroerte voor ze vijftig wordt.

En dat meisje, dat leuke blondje. Zes jaar, en ze zal haar zevende verjaardag niet halen. Op de stoep overreden door een uitwijkende tientonner, met een volkswoede tot gevolg.

Die man daar, die magere panlat, zal later nog de lotto winnen maar er niet lang van kunnen genieten. Een kankertumor woedt nu al in zijn hersencellen.

En later, heel wat jaren later, over een jaar of twaalf, zal een van de middeleeuwse torens van deze stad zomaar instorten, zonder duidelijk aanwijsbare reden.

En toen, in een flits, zag Berker Kerim ook haarfijn zijn eigen dood uitgetekend. Het was zinloos om zich daar zorgen om te maken. Daar was geen tijd meer voor. Hij moest verder, zijn onafwendbare lot tegemoet.

Niet talmen, zei de stem in zijn hoofd. We zijn er bijna. Nog eventjes en alles komt goed. Stel je maar geen vragen, Berker Kerim.

*

De rust was weergekeerd op de Vlasmarkt. Uit de tapkranen vloeide het goddelijke gerstenat dat de dorstige kelen wist te laven, en enkele hardnekkige fans van de meest besproken feestlocatie zaten met veel gevoel voor overdrijving de raid van de politie te herkauwen.

Jorg Bracke kon een glimlach niet onderdrukken. Deze plek was voor zijn leeftijdsgenoten de dagelijkse verzamelplaats waar ze hun strategie voor die nacht uitstippelden. Hij hoorde ze pochen hoe ze moedig het waterkanon hadden getrotseerd en wist dat het verhaal binnen de kortste keren tot een waar heldenepos zou uitgroeien. Hij liep er niet mee te koop dat zijn vader politiecommissaris was, want dat zou bij sommigen slecht kunnen vallen, zeker als ze enkele glazen op hadden.

Ook zijn vriendin Sonja was van de partij. Ze hielden het bij een cola, terwijl hun vrienden vooral pinten en Irish coffee dronken. Zijn vader had het moeten zien, dacht Jorg, hij zou vast trots zijn. Niet dat hij het ooit met zoveel woorden zou toegeven, maar Jorg was zijn vader dankbaar.

George Bracke had de voorbije jaren enkele grijze haren overgehouden aan de opvoeding van zijn zoon, maar de inspanningen hadden uiteindelijk gerendeerd. Wat niet vanzelfsprekend was, want op een bepaald ogenblik had Jorg openlijk gekoketteerd met een paar jongelui uit de klas die op het slechte pad dreigden te raken.

Wat was ik toen een stommeling, dacht Jorg. Gelukkig heeft pa tijdig ingegrepen en me voor verder onheil behoed.

Die ene stommiteit waar hij zich diep over schaamde, had hij zijn vader nooit verteld, en hij vroeg zich af of hij dat ooit zou doen. De twee rotte appels in de mand, zoals de schooldirecteur zijn klasgenoten Milan en Robbie ooit had genoemd, hadden hem een tijdje mee op sleeptouw genomen. Eerst was het beperkt gebleven tot onschuldig belletje trekken en het deponeren van beknabbelde kauwgum in brievenbussen, kattenkwaad dat hij op het moment zelf erg leuk had gevonden.

Milan en Robbie kenden echter geen maat en waren ook diefstallen beginnen te plegen. Eerst wat snoepjes bij de plaatselijke kruidenier, maar het ging van kwaad tot erger. De snoepjes werden cd's, een walkman, een mp3-speler. Ze hadden hem uitgedaagd om mee te doen, noemden hem een lafbek. Op een dag had hij toegegeven en was hij mee op rooftocht getrokken.

Die nacht braken ze in bij een hifiwinkel. Nog nooit had het hart van Jorg zo hard en onregelmatig geklopt als op het ogenblik waarop ze via een binnenplaats door een slecht gesloten raam naar binnen waren gedrongen.

Milan en Robbie hadden duidelijk ervaring, want ze gingen routineus te werk. Jorgs lijf leek het uit te schreeuwen dat hij weg wilde, maar hij probeerde zich groot te houden en volgde de twee boefjes tijdens hun plundertocht. Ze knipten de kabels van de camera door en zochten geconcentreerd de duurste spullen bij elkaar.

Als beloning voor zijn hulp had Jorg een deel van de buit gekregen, maar thuis was hij als een espenblad beginnen te trillen. De spullen – een digitale fotocamera en een voicerecorder – had hij stiekem tussen het groot vuil gemoffeld dat op de stoep klaarstond. Die nacht had hij geen oog dichtgedaan.

Deze ervaring was voor Jorg een keerpunt. Hij kwam tot het besef dat het zo niet verder kon. Zijn ouders waren er al het hart van in toen ze te horen kregen dat hij op school kinderen pestte, en hij besefte dat het geen spelletje maar bittere ernst was.

Hij herinnerde zich de donderpreken van vader Bracke, die vanuit zijn praktijkervaring genoeg voorbeelden wist op te sommen van teenagers die bij wijze van spelletje met lichte criminaliteit hadden geflirt en uiteindelijk tot aan hun nek in de misdaad zaten.

Om hem aan zijn verstand te brengen dat het menens was, had Bracke zijn zoon meegenomen naar een openbare zitting van de jeugdrechter, waarbij drie boefjes naar een instelling werden doorverwezen.

Ontzet uit de ouderlijke macht, je zag de vader en moeder van de kerels, die niet alleen diefstallen hadden gepleegd maar op hun zestiende ook al harddrugs dealden, ineenkrimpen. Ze incasseerden sprakeloos deze mokerslag, die hun leven zou verwoesten. Alleen al de zware boete die hen boven het hoofd hing was voor de ouders genoeg om nooit nog rustig te kunnen slapen.

Als klap op de vuurpijl was George Bracke met Jorg ook even langsgegaan in de jeugdgevangenis van Everberg, waar ze kort na de opening al met plaatsgebrek te kampen hadden.

'Let maar goed op, Jorg', had vader Bracke nadrukkelijk gezegd. 'Eens je hier belandt, mag je alle hoop laten varen. Als ze je hier binnendraaien, kunnen we niets meer voor je doen en ben je een vogel voor de kat.'

Die woorden waren blijven hangen. Ze spookten 's nachts door zijn hoofd, en het avontuurlijke vooruitzicht om aan de zelfkant van de maatschappij te leven lokte hem veel minder. Zeker toen zijn klasgenoten ook begonnen te experimenteren met weed die ze in Terneuzen gingen kopen en met een fikse winst probeerden door te verkopen.

Jorg meed Milan en Robbie voortaan als de pest, en probeerde het zich niet aan te trekken als ze hem in het bijzijn van zijn klasgenoten belachelijk maakten. Ze pochten openlijk met hun diefstallen, die ze eigenlijk niet nodig hadden. Als zoon van respectievelijk een dokter en een advocaat kregen ze meer zakgeld dan ze op konden.

Andere makkers lieten zich wel inpalmen en raakten in de netten van de twee boefjes verstrikt. Op zoek naar steeds grotere uitdagingen hadden ze er een wedstrijd van gemaakt: om het meest vrouwenlingerie stelen. Niet dat ze daar wat mee deden, het ging gewoon om de trofee. Natuurlijk speelde het element mee dat een stel jonge snotapen in de afdeling vrouwenondergoed verdacht waren. Een wakkere winkeldetective had het zaakje snel in de smiezen en ging over tot een arrestatie die stof deed opwaaien.

De kranten hadden zich met zelden geziene gretigheid op deze zaak gestort, en Jorg prees zich dubbel gelukkig dat hij met de dieven niets meer te maken had. In de eerste plaats omdat hij nu buiten schot bleef, maar vooral ook omdat zijn moeder als voorlichtster de pers over deze affaire moest informeren. Hij zat wel met de daver op het lijf dat ze hem ook zouden verlinken, maar blijkbaar speelden Milan en Robbie het hard en weigerden ze ook maar één woord te lossen.

Deze toestanden flitsten door zijn hoofd toen hij Sonja stevig tegen zich aandrukte. Dit meisje was niet minder dan zijn redding geweest. Na de affaire met Milan en Robbie had hij een hele tijd met wroeging rondgelopen, maar toen hij haar leerde kennen, wist hij dat hij een kans kreeg om met het verleden in het reine te komen.

Al bij hun eerste ontmoeting had hij haar over de diefstal in de hifiwinkel verteld, en haar begrijpende, aanmoedigende reactie was meteen balsem op de wonde geweest. Ze luisterde, knikte en gaf vooral geen goede raad, want dat kon hij missen als kiespijn. In één woord, hij vond haar geweldig, en dat was blijkbaar wederzijds.

Het voorbije schooljaar had hij een ware metamorfose ondergaan. Hij ontdekte tot zijn verbazing dat studeren ook prettig kon zijn, en Sonja steunde hem daarin. Toen ze besloten samen studies criminologie te beginnen, dacht George Bracke even dat hij het verkeerd verstaan had.

Ook oma Ghisèle prees de hemel dat haar geduldige gebeden eindelijk verhoord werden. Jorg had haar 's morgens nog bezocht samen met zijn vriendin, en ze had erg aangedrongen dat hij vijftig euro zakgeld aan zou nemen. Het waren tenslotte Gentse Feesten, en die waren voor iedereen *kostelijk*.

*

Farouk zwalpte verder door de straten, steeds zotter, steeds zatter. Het Belgische bier begon hem te smaken, zeker die Duvel, die als een trein op hol zijn maag overhoop zette.

Hij had net toch een keer naar de commandant gebeld, tevergeefs. Een mannenstem die hij niet herkende, dat was verdacht. Hij had meteen weer ingehaakt zonder één woord te zeggen, zoals de instructies luidden.

Farouk besloot het zich niet aan te trekken. Hij had de commandant niet nodig. De verschillende aanslagen hadden hem één ding geleerd, en dat was dat hij op zijn instinct moest vertrouwen. Niets of niemand zou hem stoppen. Hij was nog maar begonnen. Die wetenschap gaf hem een gevoel van macht, sterker dan om het even welke drug.

De oproep had maar een fractie van een seconde geduurd, maar Gary Cartwright hoopte dat het genoeg was om een spoor te hebben. De jongens van het lab beloofden dat ze zouden proberen een wonder te verrichten. Dat zou nodig zijn, want het onderzoek zat muurvast.

Cartwright bracht meteen verslag uit bij Paul Bresson, die ondanks twee nachten zonder slaap meteen klaarwakker was. Hij belde persoonlijk naar het lab, om de ploeg tot een extra inspanning aan te zetten. Het was van het allergrootste belang dat ze het telefoontje konden traceren, benadrukte hij.

Computerdeskundige Peter Sinkewitz kraakte eerst zijn vingers en begon dan met het magische tokkelwerk op zijn toetsenbord. Hij kende heel wat trucjes en shortcuts om via de nieuwe satelliet Suzy Q tot een weliswaar rudimentaire plaatsbepaling van het telefoontje te komen.

'Ik kan niets beloven', dekte hij zichzelf in, maar daar was Bresson niet tevreden mee.

'Ik weet wat je kunt, Peter', fleemde Bresson. 'Jij bent een ware tovenaar op je klavier. Haal er nog eens wat van die verbazingwekkende magie uit, en ik beloof je een Thanksgiving zoals je er nog nooit een meegemaakt hebt.'

Sinkewitz grijnsde. Het was algemeen geweten dat Bressons oom de kalkoenenkwekerij met de grootste en sappigste beesten van Texas had.

Nog geen vijf minuten later belde Bresson al of er nog geen nieuws was.

'Geduld man, geduld!'

'Tijd is het enige wat ik niet heb', sakkerde Bresson. 'Bespaar me de mooie praatjes, ik wil resultaten. En snel.'

Sinkewitz luisterde al niet meer. Hij zat op zijn computer koortsachtig logaritmen te vergelijken en kon trots melden dat het telefoontje alvast niet uit Duitsland kwam.

'Geef me nog enkele minuten, en ik kan nog meer gebieden uitsluiten. Laat me nu vooral met rust, wil je. Of ik kom die kalkoenen persoonlijk in je strot rammen. Ik laat zelf wel iets horen. Of misschien ook niet.'

Bresson staarde naar zijn mobieltje. Zo was hij nog nooit aangesproken. Hij onderdrukte de neiging om meteen terug te bellen en roffelde ongeduldig met zijn vingers op tafel.

Farouk kwam tot de conclusie dat hij zijn mobieltje niet meer nodig had. Hij gaf het toestel aan een toevallige voorbijganger, die er eerst verbaasd naar staarde en hem vervolgens wilde bedanken, maar Farouk was alweer tussen de mensen verdwenen.

'Te gek!' riep de man, een Nederlander uit Delft die voor het eerst de Gentse Feesten bezocht. Hij drukte lukraak op enkele toetsen en belde zo toevallig het laatste nummer dat Farouk ingetikt had.

'*Hello?*' hijgde een stem aan de andere kant van de lijn.

'Nou moe, met wie spreek ik?'

'*Who is this?*' Cartwright probeerde tijd te winnen, om zo het lab de kans te geven de telefoon duidelijk te traceren.

'Ach man, rot toch op', lalde de Nederlander, en hij gooide de gsm zo hoog die vliegen wilde. De telefoon belandde op het dak van een café en knalde daar in stukken uit elkaar.

Daar kwam het telefoontje van het lab al.

'Ik heb dankzij dat tweede telefoontje een duidelijke *fix lock* kunnen plaatsen', zei Sinkewitz opgewekt. 'De cijfers gaan nog even door de matrixscanner, ik zal je zo meteen een behoorlijk exacte locatie weten op te geven.'

'Je bent een schat.' Cartwright jubelde het nog net niet uit. 'Die kalkoenen komen eraan.'

'Ben je op je kop gevallen?' zei Sinkewitz. 'Ik ben vegetariër. Maar toch bedankt voor het aanbod.'

*

Het optreden van The Vipers had ruim een half uur langer geduurd dan verwacht, maar niemand in het publiek vond dat erg. De mix van oude rockklassiekers ging erin als zoete koek, en George Bracke voelde zich weer dertig jaar jonger. Zelfs Annemie had van het potje nostalgie genoten, ook al was deze periode uit de muziekgeschiedenis volledig aan haar voorbijgegaan. In die jaren hield ze zich uitsluitend met klassiek ballet bezig en was populaire muziek voor haar een scheldwoord geweest.

Het kan verkeren, dacht Bracke terwijl hij uit zijn ooghoeken naar zijn vrouw keek. De eerste keer dat hij haar Deep Purple had laten horen, was ze zichtbaar geschrokken, nu kocht zij via eBay voor hem als verrassingsgeschenk allerlei obscure bootlegs van oude rockgroten. Ze werd deskundig bijgestaan door hun jongste zoon Jonas, die in zijn klas als de muziekexpert gold en zelfs aanvoerder van de quizploeg van de school was.

De enige die zich niet leek te amuseren, was Cornelis, en dat had zelfs Bracke in zijn feestvreugde opgemerkt. Hij klopte zijn makker van zovele oorlogen vriendschappelijk op de forse schouder.

'Problemen op het thuisfront, André?' informeerde hij voorzichtig, want met Cornelis wist je het nooit. Hij was in staat om zelfs tegen zijn beste vriend om een onbenulligheid uit te vliegen, en hem het volgende ogenblik onstuimig aan zijn borst te drukken.

'Och, niets dat niet kan opgelost worden.' Cornelis haalde net iets te nonchalant zijn schouders op. 'Maar dat vertel ik je later nog wel eens. Laat het vooral de pret niet drukken.'

Bracke luisterde al niet meer. Zijn aandacht werd getrokken door commotie in het publiek. Eens een flik, altijd een flik, besefte hij.

Het was vals alarm. Een vrouw was door de hitte onwel geworden, en bereidwillige handen ondersteunden haar op weg naar de tent van het Rode Kruis. De massa week uit elkaar, als de Dode Zee voor Mozes.

Van Aken had het ook opgemerkt, en gaf telefonisch de opdracht om opnieuw de vernevelinstallaties aan te zetten. Dat gebeurde nog geen vijf seconden later, en een enthousiast gejoel steeg op.

Dat werd er niet beter op toen op het podium Koen Crucke even dag kwam zeggen in afwachting van zijn optreden. Om het publiek een beetje te plagen begon hij onder begeleiding van pianist Miguel Wiels een paar maten te zingen uit een aria van Verdi. Crucke genoot zichtbaar van de aandacht en applaudisseerde op zijn beurt naar de toeschouwers.

De controleploeg had de handen vol met het controleren van de polsbandjes. Steeds meer mensen probeerden toch op het plein te raken, maar werden vriendelijk maar beslist wandelen gestuurd als ze het zo gegeerde bandje niet konden laten zien.

Zelfs Bob Minnekeer kwam vanuit de kelders van zijn whiskyclub even kijken. Voor hem was dit een verloren avond. Het was veel te warm om whisky te drinken, en heel wat mensen die geen polsbandje hadden, bleven vanavond van het plein weg. Bob, die dankzij zijn relaties wel enkele bandjes versierd had, toonde zich sportief en feestte gewoon mee. *If you can't beat them, then join them.* Later op de avond werd hij zelf nog op het podium verwacht met zijn doedelzakgroep, maar dat was een goed bewaard geheim.

In het gewoel hoorde Van Aken zijn mobieltje niet. Hij had zijn secretaresse een beltoon van een ouderwetse telefoon laten downloaden. De gsm zat diep in zijn zak, onder twee zakdoeken gepropt. De politiechef had weer last van zijn allergie aan de luchtwegen en hield er niet van zijn neus in papier te snuiten.

Het was jammer dat hij de oproep niet beantwoordde, want Gary Cartwright had belangrijke informatie voor hem en de bezoekers van de Gentse Feesten.

'Nog een biertje?' Bracke wees naar het lege glas in de hand van zijn baas. Van Aken knikte na enige aarzeling.

'Nog eentje dan.'

De gsm rinkelde nog een keer, maar weer hoorde Van Aken het niet. Hij was te zeer in de ban van Koen Crucke, die zijn eerste nummer inzette en meteen over het podium heerste.

In het verleden had de zanger meermaals op deze locatie tijdens de Gentse Feesten triomfen gevierd, en dit zou weer een van die avonden worden. In de coulissen stonden zijn muzikale gasten te wachten, onder wie de zingende dokter Manu van de Muide en bariton Guido Naessens.

Nu was het hoog tijd voor het verplichte nummertje met Dille. Die dook in zijn romantische repertoire en haalde er een plakker uit. Een aantal harde fans herkenden het nummer en begonnen meteen met de aansteker te zwaaien, wat algauw door het hele Sint-Baafsplein overgenomen werd.

Je las het in mijn ogen
het werd een zwoele nacht
het was zo veelbelovend
daar op mijn schapenvacht
van kop tot teen getintel
alles bruist en kolkt
een storm zonder genade
een stortbui die nooit stopt
mijn hart slaat een slag over
mijn adem stokt alweer
het is niet te geloven
je streelt me met een veer.

Zo voelt het dus aan om een ster te zijn, bedacht Dille, die voelde dat zijn hart als een machinegeweer tekeerging.

Dan was het opnieuw de beurt aan Koen Crucke, die welwillend lachte naar Dille omdat het publiek al opgewarmd was, en klaar voor het grote werk.

29

Na het derde bisnummer en liters eerlijk zweet vond Koen Crucke dat het welletjes was. Hij trotseerde de smeekbedes van zijn publiek om meer en wierp kwistig kushandjes in het rond. Met een simpel maar welgemeend 'tot volgend jaar!' nam hij afscheid en was in een wip van het podium verdwenen.

Tussen de optredens door konden de mensen zich even verfrissen of een kleine plaspauze inlassen. Het vergde enige organisatie om al die beweging op het plein in goede banen te leiden, maar daar hadden de organisatoren intussen genoeg ervaring mee.

Ook George Bracke was aan een moment van verpozing toe. Hij ging aan het tafeltje van Cornelis zitten, de zoveelste pint in zijn hand.

Cornelis telde ze in gedachten, maar besloot niets te zeggen. Tenslotte was zijn vriend oud en wijs genoeg om te bepalen wanneer hij genoeg op had. Zelf laste hij traditioneel bij elke Gentse Feesten één avond in waarop hij alle remmen losliet.

'Je zit ergens mee, hè', zei Bracke, *out of the blue*.

Cornelis knikte. Het had geen zin het te ontkennen. Het moest er eens van komen.

'Er is inderdaad iets dat ik je moet vertellen.'

Annemie zag ze praten, de twee mannen die haar zo na aan het hart lagen. Ook zonder het gesprek te kunnen volgen wist ze waar ze het over hadden.

Bracke keek om zich heen en merkte dat inspecteur Ghysels, die blijkbaar ook een uitnodiging had weten te versieren, schaamteloos zat te luisteren.

'Volg me maar.'

De commissaris ging Cornelis voor naar de kleedkamers. Daar was achter een van de deuren het geluid te horen van wat Bracke in een lyrische bui weleens liefdesgymnastiek noemde. Hij onderdrukte met moeite zijn nieuwsgierigheid om even binnen te kijken. Nieuwsgierigheid die naar voyeurisme neigde, hij besefte het. Zo vreemd was een vrijpartijtje ook weer niet. De sfeer van de Feesten, het warme weer, de drank die rijkelijk vloeide en dan nog al die artistieke mensen bij elkaar, het was bijna onvermijdelijk.

Binnen ging een achtergrondzangeresje uit het koor van Lotti hevig tekeer met haar vriendje voor één nacht dat ze pas een uur tevoren op de Korenmarkt opgescharreld had.

Na enig zoeken vond Bracke, minder thuis in het grote theatergebouw dan zijn baas, een rustig hoekje. Met een goed gevulde ijskast bovendien, en hij trok twee blikjes Jupiler open. Cornelis keek sip naar het bier dat hij helemaal niet gevraagd had, maar dronk er toch van. In gedachten zette hij een streepje bij Brackes aantal.

'Het is iets waar je al een tijdje mee rondloopt', zei Bracke, tot grote verrassing van Cornelis, die helemaal niet verwacht had dat zijn vriend zo opmerkzaam was.

Buiten was een luide knal te horen. Bracke schrok en greep naar zijn hart, Cornelis liet het blik vallen en het bier vormde aan zijn voeten een koude, schuimende plas.

30

Vals alarm, zo bleek toen Bracke door het raam keek. De sputterende knalpot van een taxi die stapvoets door de massa reed en overal boze blikken kreeg omdat hij ongeduldig toeterend doorgang eiste. Ver raakte de bestuurder niet, want net voorbij het Belfort gaf de motor van de taxi de geest. De chauffeur had het blijkbaar nog meegemaakt, want hij belde fluitend naar zijn baas en stak in afwachting van de sleepwagen een sigaretje op.

Bracke had even nodig om op adem te komen. Cornelis had zich verdienstelijk gemaakt en was op zoek gegaan naar een dweil om het bier op te vegen.

Bracke besloot het wat rustiger aan te doen met het bier en zette met het Senseo-apparaat van de directeur van het theater twee kopjes sterke koffie. Daar zei Cornelis geen nee tegen.

'Heeft het te maken met de nieuwe functie die me door Van Aken werd aangeboden?' vroeg Bracke, die dacht dat hij de vinger op de wonde gelegd had.

'Mijn beste George, ik mag hopen dat je intussen de jaren van verstand bereikt hebt en dus perfect in staat moet zijn je eigen beslissingen te nemen', zei Cornelis met vermoeide stem. 'Nee, daar heeft het niets mee te maken.'

*

Er was geen tijd meer, geen plaats meer. Farouk wist niet meer waar hij was en wat hij deed. Hij gleed steeds dieper weg in een roes van gelukzaligheid, onthecht van de wereld, verzonken in een toestand van uitbundigheid waar de feestgangers nauwelijks aandacht aan besteedden.

Dwazen waren het, verdoemden die een gruwelijk lot verdienden, hun *felek*. De Dag des Oordeels was nabij, waarop Allah de gelovigen over de ongelovigen zou doen zegevieren. Deze ketters, deze godslasteraars die zich te buiten gingen aan wangedrag, zouden daar genadeloos voor gestraft worden. Hij was uitgekozen om hun beul te zijn.

Farouk hield even halt in zijn dolle tocht door de binnenstad. Zijn ogen draaiden in hun kassen, enkel het wit was nog te zien. Zijn voeten begonnen vanzelf te dansen, steeds sneller, steeds ritmischer.

Steeds meer mensen bleven staan om nieuwsgierig naar dit vreemde tafereel te kijken, maar niemand van de aanwezigen wist welke muziek hij in zijn hoofd hoorde. Het was de *sema*, de rituele dans waarmee de dansende derwisjen in extase probeerden te raken om hun ziel met de Allerhoogste te verenigen.

Farouk was voor de eeuwigheid bereid om afstand te doen van het aardse leven, en herboren te worden in een mystieke, onbreekbare eenheid met Allah. Hij hield met trillend hoofd de palm van zijn rechterhand naar boven om de zegeningen uit de hemel in ontvangst te nemen, en zijn linkerhand naar beneden om in contact met de aarde te blijven.

Het was improviseren, want eigenlijk mocht deze ceremonie enkel uitgevoerd worden door de derwisjen, de nazaten van de orde die Rumi in de 13de eeuw had gesticht met zijn indrukwekkende letterkundige werk *Mesnevi* van ruim 25.000 versregels als leidraad.

Farouk ging er gemakshalve aan voorbij dat de derwisjen elementen uit de islam, het christendom en het boeddhisme verenigden en maakte zich in de ogen van de ware islamiet schuldig aan de ergste halsmisdaad, het misbruiken van het ware geloof voor eigen doeleinden.

Hij raakte helemaal in trance en beleefde in gedachten de heilige ceremonie. Hij zag voor zich hoe de *seyh*[19] gezegende verzen in de oren van de derwisjen fluisterde en voelde zich een van hen. In zijn hoofd hoorde hij de monotone muziek van de *rebap* en *ney*[20], begeleid door de sonore stemmen van een mannenkoor.

De denkbeeldige muziek ging steeds sneller, en hij draaide met het opzwepende tempo mee in het rond, in cirkels die telkens groter werden.

19 Leider.

20 Kalebas en fluit.

Lang kon hij de aandacht van de toeschouwers niet vasthouden. De meeste kijkers dropen ontgoocheld af omdat dit blijkbaar een gek was. Een jongen van een jaar of elf gooide aarzelend een paar munten op de stoep en haastte zich dan achter zijn ouders aan.

Steeds meer mensen gingen in een wijde boog om Farouk heen, die helemaal niet gemerkt had dat hij even het middelpunt van de belangstelling was geweest. Hij bleef met gesloten ogen verder dansen, weg van deze wereld. Helemaal bezweet, met een hemd dat als een tweede huid aan zijn lichaam kleefde.

Farouk wentelde verder, op weg naar de Korenmarkt. Ook al keek hij niet voor zich en was het behoorlijk druk, toch raakte hij geen enkele voorbijganger.

Enkele tientallen meters verder bleef Berker Kerim ineens stokstijf staan. Hij was al uren op weg door de binnenstad, telkens hetzelfde parcours volgend. Zonder zich nog vragen te stellen, hij had niet langer controle over zijn daden.

Ga verder op de weg, Berker Kerim.

Volg het licht.

De enige, ware, juiste weg.

*

'Scheelt er iets tussen jou en Bart?' Bracke kon een zekere ongerustheid niet verbergen. Voor zover hij kon oordelen ging het prima met hun relatie, maar hij was natuurlijk geen expert ter zake. En je hoorde weleens dat homo's per definitie ontrouwer waren, al had hij absoluut geen idee of dat ook zo was.

'Met Bart en mij is alles in orde. Ik moest je trouwens de groeten doen, want dat vergeet ik altijd. En hij nodigt je uit om met Annemie volgende week te komen eten.'

Brackes gezicht klaarde op. Hij keek telkens uit naar die etentjes, want in Bart had hij een culinaire zielsgenoot gevonden. De laatste keer had Bart een tonijn met Filliersjenever klaargemaakt, en achteraf hadden ze met een Filliers in de hand heerlijk zitten kletsen over de geneugten van het koken. Bart had voor Bracke in zijn sierlijke handschrift het recept[21] op een stuk perkament neergepend, tot groot genoegen van de commissaris, die tot stijgende ergernis van Cornelis meer met zijn partner dan hemzelf had gepraat.

'Past dinsdagavond?' Bracke keek in zijn agenda, en de afspraak werd meteen vastgelegd. Anders kwam het er toch weer niet van.

Het gesprek leek stil te vallen voor het goed en wel begonnen was. Bracke zette voor elk een tweede kopje koffie en roerde er nadenkend in.

'Het heeft niets met mijn mogelijke nieuwe functie of met Bart te maken. Dan blijft alleen het werk over. Toch geen problemen met Van Aken?'

'Die blaaskaak kan me niets maken', pufte Cornelis. Het was een publiek geheim dat hij niet met Van Aken overweg kon, al was de verstandhouding de laatste tijd wat beter. Cornelis verweet Van Aken dat hij bij de politiehervorming om politieke redenen naar de toppositie gepromoveerd was, wat intussen door de praktijk van alledag grotendeels tegengesproken werd. Niet dat Cornelis het met zoveel woorden zou zeggen, maar hij had de voorbije jaren ondervonden dat Van Aken op zijn geheel eigen wijze er toch in slaagde de dienst ondanks alle tegenkantingen van de collega's en de politici te laten draaien.

'Het is dus ook het werk niet.' Bracke pijnigde zijn hersenen. 'Dan geef ik het op, André. Vertel op, man. Waar knelt de schoen?'

'Het ligt aan mij, George. Ik ben het kwijt, vrees ik.'

'Ik ben bang dat ik even niet kan volgen. Je spreekt in raadsels.'

Bracke keek Cornelis niet-begrijpend aan, wachtend op verdere uitleg. Die kwam er voorlopig niet. Hij was er niet zeker van, maar even dacht hij dat Cornelis onder zijn handen verborgen zat te schreien.

*

21 Recept: zie p. 271.

Ineens, in een flits, net zoals je plotseling haarscherp een engel ziet, merkte Berker Kerim tussen de uitwijkende mensen de dansende Farouk op.

Hij stopte.

Glimlachte.

Eindelijk.

Ga op hem af, Berker Kerim.

Zei de stem.

In zijn hoofd.

Vervul je bestemming.

Zijn voeten stapten, zijn handen strekten zich uit.

Hier en nu zou de vloek stoppen. Zou de stroom van onschuldig bloed gestelpt worden.

Doe het nu, Berker Kerim.

Heel even zag Farouk weer de werkelijkheid. Gleden de draaiende derwisjen weg uit zijn blikveld, als verdwijnende spookgestalten. Als optrekkende nevel in het ochtendlicht.

Toen hij Berker Kerim op zich zag afkomen, kreeg Farouk een droge smaak in zijn mond. Machteloos stond hij te wachten.

Dan hoorde ook hij de stem, borend in zijn hoofd, kolkend in zijn hersenpan. Sissend met vurige tong.

Niemand ontloopt zijn lot, Farouk Keser.

Zevende zoon van de zevende zoon van de zevende zoon tot het zevende nageslacht van Osman Keser, de slachter van Cümüne.

Niemand ontloopt Kismet.

Farouk grijnsde heel even zijn slecht onderhouden gebit bloot. Hij was weer de derwisj, die draaide en draaide, zonder te kunnen ophouden.

Hij voelde de hand niet van Berker Kerim, die hem stevig onder de pols vastpakte.

Samen tolden ze rond in de richting van de McDonald's, die weer bomvol zat. De greep van Berker Kerim loste niet, werd steeds nadrukkelijker. Farouk Keser raakte weer in trance, en zag in een visioen hoe hij door zijn vizier op de argeloze slachtoffers in München mikte. Hoe zijn voorvader Osman Keser het bebloede kromzwaard grijnslachend ten hemel richtte en met een besliste houw de dorpsoverste onthoofdde. Hoe ook de andere ruiters zich te buiten gingen in een wilde orgie van bloed en geweld, van plundering en brandstichting.

De lucht werd zo helder dat het pijn deed aan zijn ogen. Zijn vrije hand, die naar boven wees, klauwde naar de nek van Berker Kerim, om te breken wat hij vast kreeg. De handen die zoveel leed hadden veroorzaakt.

Het was genoeg geweest. Berker Kerim hoorde de zoete klank van de stem in zijn hoofd, die hem suste, hem troostte. De stem die tezelfdertijd Farouk deed verkrampen.

Ze draaiden almaar sneller, laverend tussen de mensen die hen verbaasd doorgang verleenden. Langs de kraampjes op weg naar de brug. Over de glimmende kasseien, tussen het afval dat de feestvierders onveranderlijk achteloos naast zich neer lieten dwarrelen.

31

Trambestuurder Tom de Clerck zou er later nog vaak van wakker worden, badend in het zweet. Hij had goed uitgekeken, maar kon onmogelijk stoppen voor het exotische tweetal dat ineens onder zijn tram terechtkwam.

Een getuige zou later aan zijn vrouw vertellen dat hij de indruk had dat een van de twee de andere bewust mee onder de tram getrokken had, en dat die zich daar niet tegen verzette. Dat zei hij niet tegen de politie, want hij werd gezocht door de politie wegens diefstal. En zijn vrouw, ze luisterde niet eens, want ze was toch al van plan hem te verlaten. Voor de buurvrouw, dat lekkere ding.

In hun laatste ogenblik dachten Farouk en Berker Kerim allebei slechts aan één ding, dat hun gedachten beheerste.

Kismet.

Het onafwendbare lot.

*

De hel leek losgebroken. In de centrale liepen oproepen binnen van geschokte feestgangers. Meteen rukte een ambulance met loeiende sirene uit naar de Korenmarkt, waar een inderhaast toegesnelde politiepatrouille probeerde de nieuwsgierigen op afstand te houden.

Inspecteur Leo Bridts, een ervaren rot die bijna met pensioen kon, zag de twee verhakkelde lichamen onder de tram en begon over te geven.

Zijn collega Daniëlla Guidi bleek uit ander hout gesneden. Hoewel ze pas in dienst was, slaagde ze er op bewonderenswaardige wijze in haar koelbloedigheid te bewaren. In één moeite kalmeerde ze de trambestuurder, die in shock was, beurde haar collega op, hielp de compleet overstuur geraakte reizigers uit de tram en spande in een wijde boog een lint rond het voertuig.

De weerslag zou pas dagen later komen toen ze op een tropisch strand lag, maar daar was ze zich nog niet van bewust. Ze gaf een van de passagiers die bij het zien van het gruwelijke tafereel op de stoep van zijn stokje ging, zelfs keurig mond-op-mondbeademing en masseerde volgens de regels van de kunst zijn hartstreek tot hij weer begon te ademen.

Toen kwamen van overal inspecteurs aanrennen, reagerend op het algemene alarm. Binnen de kortste keren hadden ze de Korenmarkt hermetisch afgesloten. Combi's en ambulances met hun sinistere zwaailicht zorgden voor een desolate sfeer in het hart van de Feesten. Het nieuws van de tramdoden deed blijkbaar als een lopend vuurtje de ronde, want overal stonden mensen die elkaar niet kenden over het gebeuren te praten.

Werner van Aken was als een van de eerste politiemensen ter plaatse, helemaal buiten adem. Ook Bracke en Cornelis, van wie het gesprek door een telefoontje van de centrale brutaal werd onderbroken, kwamen een kijkje nemen.

Bracke zag meteen dat hij hier weinig kon uitrichten. Dit was iets voor de veldploegen, al viel natuurlijk wel te vrezen dat dit jammerlijke ongeval voor heel wat commotie zou zorgen.

Van Aken stond tegelijk druk te telefoneren en bevelen in de walkietalkie te geven. Tezelfdertijd wenkte hij Bracke en Cornelis dichterbij.

'Binnen tien minuten spoedoverleg in de Belfortstraat', zei hij kortaf. De chef leek wakker geworden uit een lome lethargie. Bracke durfde te wedden dat hij stiekem stond te kicken. Dit waren de momenten waarvoor Werner van Aken ooit rijkswachter geworden was.

*

Cliff sprong geërgerd opzij toen een van de voorbijscheurende ambulances bijna over zijn tenen reed. Het scheelde geen haar of de ziekenwagen raakte de rugzak die hij nonchalant over zijn schouder liet bengelen. Hij stak zijn middenvinger op en liet een paar scheldwoorden ontsnappen die een oud vrouwtje met haar hondje op wandel vreemd deden opkijken.

De zak begon wat zwaar te worden, en hij overwoog of hij de inhoud er toch maar niet hier op straat zou uithalen. Hij was op zoek naar een rustig plekje toen hij in de massa enkele van de Nederlandse krakers herkende. Ze maakten behoorlijk wat kabaal en gooiden hun lege bierblikjes achteloos op de straatstenen zonder te kijken waar ze terechtkwamen.

Hij zette er stevig de pas in, het eerste het beste zijstraatje in. Halfweg in het steegje stond een koppel te zoenen, lang, genietend, teder.

Hé, maar hij kende die knul toch! Was dat niet die rotzak met zijn dure fiets die rond Jessie cirkelde? Zijn vuisten jeukten om deze rekening te vereffenen.

Cliffs eerste reflex was terug te keren en de jongeman tegen de vlakte te slaan, maar zijn dorst naar geld was uiteindelijk groter dan zijn wraakzucht. Hij kreeg die kerel nog wel te pakken.

Jorg keek niet eens op, zo zat zijn tong rond die van zijn vriendin verstrengeld.

*

Arme Annemie, dacht Bracke. Ze had zo uitgekeken naar dit avondje, zelfs met Helmut Lotti erbij. En nu moest ze onverwacht toch weer werken.

Waar ze zo plotseling vandaan kwamen, wist niemand, maar in een mum van tijd werd de buurt van de Korenmarkt overspoeld met journalisten. Blijkbaar kickten ze in volle komkommertijd op dit onverwachte sappige nieuws. De hele Gentse Feesten door viel alleen maar te melden dat er heel wat volk was en de optredens veel succes kenden, maar niets zo saai voor een journalist als goed nieuws. Dit was een kluif waar ze hun tanden in konden zetten.

De spoedvergadering werd op een drafje afgewerkt, want Van Aken had in korte tijd van Annemie drie telefoontjes gekregen met de smeekbede zo snel mogelijk de journalisten te woord te staan.

'De staf is gemobiliseerd om de situatie onder controle te houden', zei hij tegen zijn commissarissen. 'Volgens onze eerste analyse en ondervraging van de getuigen blijkt het een jammerlijk maar banaal ongeval te zijn, wellicht te wijten aan overdreven drankgebruik. Het is spijtig dat dit tijdens een drukke dag als deze moest gebeuren, maar onze cel Slachtofferbegeleiding is in volle sterkte uitgerukt om de passagiers van de tram en de getuigen psychologisch bij te staan.'

'Gaan alle geplande activiteiten vanavond gewoon door?' wilde Cornelis weten. 'Ik denk dan vooral aan dat concert van Lotti.' Ondanks zijn twijfels bleef hij als het erop aankwam een flik in hart en nieren, besefte hij. En dat was niet echt een prettige gedachte.

Van Aken keek even naar zijn naaste medewerkers, en knikte dan.

'Ik sprak net al even met organisator Ivan Saerens van het Sint-Baafsplein. We hebben weliswaar het probleem dat de doorgang via de Korenmarkt tijdelijk afgesloten is zolang onze ploeg ter plaatse haar werk niet afgerond heeft, maar we vinden allebei dat het optreden afgelasten geen goed idee is. Alle mensen die naar Lotti willen komen kijken zijn toch al in de stad, ze ontgoochelen door hem niet te laten zingen zou een gevaarlijke toestand kunnen scheppen.'

Zoals tijdens het Heizeldrama, mijmerde Bracke. Toen lieten de politiediensten de wedstrijd ook gewoon plaatsvinden, ook al waren op dat ogenblik al 39 doden gevallen. Allemaal uit schrik voor nog meer onheil.

'De orders zijn gegeven om het optreden nog heel even uit te stellen, en intussen via alle mogelijke kanalen de toeschouwers op te roepen tot geduld, via de luidsprekers, de lichtkranten en persoonlijk contact via de stewards.'

'In al deze ellende zie ik toch één positief punt', verzuchtte Bracke.

'En dat is?' wilde Van Aken weten.

'Dat onze beruchte terrorist nog niet is komen opdagen. En de Feesten blijkbaar geen interessant doelwit voor een aanslag zijn.'

'Toch blijft opperste waakzaamheid geboden', zei Van Aken. 'Ik heb een kwartier geleden Gary Cartwright aan de lijn gehad. Hij had me blijkbaar al een paar keer gebeld, maar met die toestanden heb ik het nu pas gehoord.'

'Die drukdoener', zuchtte Cornelis.

'Ik zou maar niet te snel oordelen', verdedigde Van Aken zijn Amerikaanse collega. 'Cartwright weet heel goed waar hij mee bezig is. En hij had verontrustend nieuws. Zijn mannen hebben een telefoontje naar die beruchte commandant kunnen traceren. Het telefoontje was net iets te kort om een exacte plaatsbepaling te berekenen, maar ze konden het toch traceren regio Gent met een foutenmarge van vijftig kilometer. Dus zeg maar de provincie Oost-Vlaanderen.'

Bracke kreeg het ineens koud. Zou het dan toch waar zijn dat er een terroristische dreiging boven hun hoofd hing? Wellicht was die kerel op doorreis naar Engeland, dat gezien de eerdere aanslagen in Londen en de medewerking van de Britse regering in Irak een veel logischer doelwit leek.

'Een telefoontje hoeft op zich nog niets te betekenen', vond Bracke, die ook al even met Cartwright over de situatie overlegd had. 'Was die Ali geen leraar in Engeland? Het kan natuurlijk ook gewoon een familielid of kennis zijn die hem wilde opbellen en wie weet zelfs niet eens van zijn andere activiteiten op de hoogte is.'

'Of hij was simpelweg verkeerd verbonden', opperde Staelens, die gewichtig deed alsof hij notities maakte, maar alleen maar wat zat te droedelen.

'Afwachten dus', oordeelde Bracke.

32

Dille had zich al de hele dag goed weten te houden, maar stond toch te trillen op zijn benen toen hij de massa in zich opnam. Hij zag mensen zo ver hij maar kon kijken, ook buiten de afgebakende zone. Hij had zich nog maar amper laten zien of er steeg al applaus en aanmoedigend gefluit op.

De organisatoren hadden het raadzaam geoordeeld hun presentator niet in te lichten over het ongeval op de Korenmarkt, maar Dille wist het eerder dan zij. Hij had meegeluisterd naar de berichten van de politie via de walkietalkie die in zijn kleedkamer lag en zuchtte diep. Het was hard, maar *the show must go on*. Eén seconde, meer had hij niet nodig om zijn gezicht in de juiste plooi te leggen.

'Kun je het wat rekken?' vroeg Ivan Saerens. 'Eh, Helmut heeft een beetje last van zijn keel.'

Dille wist wel beter, want hij had ook de oproep van Van Aken om tijd te winnen gehoord.

Dit was een kolfje naar zijn hand. Hij bleef aan de microfoon nadrukkelijk onbeweeglijk staan. Dat had een zelden gezien effect op de toeschouwers, die zichzelf opzweepten. Dille kreeg een staande ovatie zonder dat hij iets gedaan had.

Toen hief hij één hand ten hemel. Het applaus verstomde meteen. Er bestond geen twijfel over: Dille was de echte koning van het Sint-Baafsplein. Of was het koningin?

Hij schraapte zijn keel. Versterkt door de geluidsinstallatie klonk het als een rauwe donderslag.

'Nogmaals goedenavond Sint-Baafsplein!'

Weer applaus, weer die hand in de lucht.

'Het is me een waar genoegen u zo talrijk aanwezig te zien voor wat ongetwijfeld het hoogtepunt van de Gentse Feesten moet worden!'

Als er een applausmeter was geweest, dan had die nu een recordhoogte bereikt. Dille genoot zichtbaar van de waardering. Hij liet het applaus nog even aanzwellen voor hij met de intussen bekende hand-beweging de toeschouwers tot bedaren bracht.

'Maar eerst heb ik een spijtige dienstmededeling te doen', zei hij met een fijn, onschuldig stemmetje dat meteen medelijden opwekte. De oh!'s en ah!'s weerklonken veelstemmig over het plein.

Weer wachtte Dille meesterlijk tot de spanning te snijden was. Met zijn gelukzalige grijns kon hij prijzen winnen.

'U hebt daarnet allemaal zonder twijfel de sirenes gehoord. Tot mijn spijt moet ik u melden dat aan de Korenmarkt een ongeval ge-beurd is. Maar ik kan u verzekeren dat de ordediensten hun best doen om alles in goede banen te leiden. Mag ik u verzoeken nog een klein beetje geduld te oefenen?'

Hij knipoogde naar Saerens, die achter het gordijn stond toe te kijken. Verdorie, Dille heeft het weer gelapt, dacht die.

De woorden van de travestiet hadden duidelijk effect. Er hing een ingetogen sfeer over het Sint-Baafsplein, en iedereen wachtte gedul-dig af.

Toen oordeelde Dille als een ware volksmenner dat de mensen lang genoeg gewacht hadden. Hij knikte naar Toni Fakkel, die een opzwepende roffel uit zijn drumstel mepte. Het volgende ogenblik groette Helmut Lotti, gevangen in het licht van één schijnwerper, het publiek, dat meteen enthousiast begon te applaudisseren.

Lotti verwees Dille naar de tweede microfoon op het podium, en samen zetten ze een van de liedjes van de travestie in die al te lang in een la stof hadden liggen vergaren.

'Exclusief in première voor Sint-Baafs: de podiumsoldaat!' lachte Lotti zijn witte tanden bloot.

Ik leef maar als 'k hier voor u sta
een spot schijnt in mijn gezicht
wat een artiest toch lijden moet
maar het is mijn verdomde plicht
ik kwam er mee ter wereld
het heeft mij gewoon opgezocht

ik leef zoals ik het voel
ik ben aan mijn bestaan verknocht
ik sta voor u altijd paraat
dat is het lot van de artiest
ik ben uw podiumsoldaat
uitbundig soms ook triest
artiest artiest artiest
altijd weer paraat
artiest artiest artiest
uw podiumsoldaat
ik lach wel voor de camera's
ook al ben ik soms kapot
maar dat laat ik niet merken
een artiest wordt zo gauw bespot
artiest zijn is een levenstaak
ik word graag opgemerkt
'k laat niemand onverschillig
'k heb daar ook hard aan gewerkt
ik sta voor u altijd paraat
dat is het lot van de artiest
ik ben uw podiumsoldaat
uitbundig soms ook triest
artiest artiest artiest
altijd weer paraat
artiest artiest artiest
uw podiumsoldaat
veel vraag ik echt niet in ruil
een warm applaus is mijn geluk
met het publiek heb ik een band
en die krijgt niemand nog stuk
ik blijf altijd optimist
ook als het wat minder gaat
maar ik weet hoe het voelt
als je in de spotlights staat.

De massa ging uit de bol toen Lotti bij het einde van dit lied Dille een tedere, vriendschappelijke zoen op de wang gaf.

'Je bent een schatje', fluisterde Dille in het oor van de zanger, en onwillekeurig deed Lotti een stapje achteruit. Toen gaf hij het sein aan Toni Fakkel om een drumsolo in te zetten, meteen de start van een half uurtje wilde rock-'n-roll. Elvis op zijn Gents, het publiek lustte er pap van. Dille zat in de coulissen met zijn voet mee te wiegen op de maat van de muziek.

De hitte werd steeds drukkender. Het Sint-Baafsplein was hermetisch afgesloten, en ook aan de Korenmarkt was er geen doorkomen meer aan.

Toch bleef de sfeer in de centrale rustig. Een team inspecteurs bekeek geconcentreerd de verschillende monitors en gaf meteen instructies aan de veldploegen door. Een doodgewone, weliswaar razend drukke dag tijdens de Gentse Feesten, mijmerde hoofdcommissaris Steven de Smet. Niets om je zorgen over te maken, alleen spijtig van dat ongeval.

33

Daar zaten ze dan, weg van de drukte op de stoep in een rustig steegje, kijkend naar een grauwe betonmuur. George Bracke had geen zin meer in bier en dronk een blikje prik. Cornelis hield het bij een lauwe cola.

'Je gaat dus weg.'

André Cornelis knikte. En schudde dan meteen zijn hoofd.

'Ja. Nee. Ik weet het niet, echt niet. Maar ik heb even tijd voor mijzelf nodig. Zoals het nu gaat, kan ik het niet volhouden. Ik neem een jaar loopbaanonderbreking, om alles eens op een rijtje te zetten.'

Er viel een lange, diepe stilte. Het contrast met het feestgeroezemoes op de achtergrond was groot.

'Dat zou ik eigenlijk ook een keer moeten doen', zuchtte Bracke. De limonade smaakte slecht. 'Niet blijven doordraaien, maar de tijd nemen om me grondig over mijn toekomst te bezinnen.'

Het klonk romantisch, maar Bracke wist dat er niets van in huis zou komen.

'Zeg eens eerlijk', zei Cornelis. 'Jij hebt natuurlijk allang beslist dat je het aanbod aanneemt.'

Bracke lachte luid. Het weerklonk als een echo tussen de muren van het steegje.

'Voor jou kan ik ook niets verborgen houden. Dat maakt jou ook zo een verdomd goeie flik. Weet je zeker dat je het werk niet gaat missen?'

Cornelis staarde naar de punt van zijn schoen.

'Dat weet ik niet. Waarschijnlijk wel, en dan ook weer niet. Ik ga echt niet over één nacht ijs, George. Ik denk dat het vooral de opeenvolging van zaken is. Wat hebben wij niet meegemaakt, veel te veel ellende voor één mens. Sommigen worden er hard van, maar ik heb het er steeds moeilijker mee. Nee, ik moet er nu tussenuit, voor ik kapotga. Ik heb het veel te lang laten aanslepen. Ik had nooit in die toestanden van de eenheidspolitie mogen stappen. Nu is het allemaal procedure zus en evaluatie zo. Ik zit tegenwoordig meer achter mijn computer dan dat ik op straat loop!'

Bracke kreeg een slechte smaak in zijn mond. Veel van wat Cornelis zei, kon hij ook op zichzelf toepassen, maar hij betwijfelde of hij ooit de moed zou hebben het korps de rug toe te keren.

'Al enig idee wat je gaat doen?'

Daar had Cornelis duidelijk al veel over nagedacht. Zijn gezicht klaarde helemaal op.

'In eerste instantie helemaal niets. Ik wil me niet in het eerste het beste nieuwe avontuur storten. Maar ik heb wel een ideaal scenario. Eerst gaan Bart en ik drie maanden op reis, dat was allang gepland. Dan neem ik de tijd om mijn verdere toekomst uit te stippelen, voor mijn part de rest van het jaar. En ik droom ervan om op de allerlaatste dag van mijn loopbaanonderbreking het bureau van Van Aken binnen te stappen en hem mijn definitieve ontslag aan te bieden.'

Bracke ging al helemaal mee in de droom.

'En die dag bouwen we een gigantisch feest. Ik zal dan voor je koken.'

Cornelis sloeg Bracke lachend op de schouders.

'Zie ons hier zitten, George. De twee superflikken. Gezondheid, maat.'

De twee blikjes klotsten even tegen elkaar. De nacht was nog jong en veelbelovend. Daar zaten ze dan, zwijgend. Omdat alles al gezegd was.

*

Werner van Aken keek doelloos voor zich uit, teleurgesteld omdat de Feesten, die tot nu toe perfect waren verlopen, dan toch een dramatisch vervolg kregen.

Na ruim twee uur waren eindelijk de laatste sporen van het tramongeluk opgeruimd. Dat het een ongeluk mocht genoemd worden, stond vast. De technische ploeg had alle mogelijke sporen verzameld, en uit een eerste analyse, die wel nog door de details van het onderzoek in het lab moest bewezen worden, viel af te leiden dat de twee mannen onder de tram waren gesukkeld. Waarschijnlijk onder invloed van alcohol, want ze roken beiden naar drank. Het was slecht

265

een kwestie van tijd voor dat door de forensische ploeg kon aangetoond worden.

Een geluk bij een ongeluk was dat de onvoorstelbaar grote massa die vanavond in de Kuip rondliep, rustig bleef. Uit een eerste indicatie bleek dat het recordaantal toeschouwers wellicht opnieuw zou gebroken worden.

Wat Van Aken niet lekker zat, was dat de identiteit van beide mannen voorlopig niet te achterhalen viel. Ze hadden geen papieren bij zich, en het zou een hele klus kunnen worden om te achterhalen om wie het ging.

Wel kon hij zich gelukkig prijzen met het feit dat de gevreesde avond op het Sint-Baafsplein, die hij in zijn agenda met rood omcirkeld had, vlekkeloos verlopen was. Weer een dag van de Feesten achter de rug zonder dat de dreiging van terreur werkelijkheid geworden was. Nu ja, de avond was nog niet helemaal voorbij, maar Lotti ging toch naar de apotheose toe.

Dat herinnerde hem eraan dat hij nog eens naar Cartwright moest bellen. Dat kon best nog even wachten, want Cartwright zou hem zelf allang een seintje gegeven hebben als er nieuws zou zijn.

Hij twijfelde, maar uiteindelijk bleef zijn hand op zijn toestel liggen. Hij voelde zich een beetje duizelig worden, maar dat was allicht vals alarm. Te veel gedronken vanavond en te weinig gegeten, en dan nog eens de spanningen van het werk erbovenop.

Hij negeerde de signalen van zijn lichaam, en besefte niet dat zijn aderen begonnen dicht te slibben.

Op het Sint-Baafsplein had Lotti al drie bisnummers gezongen, maar niemand had zin om naar huis te gaan. Terecht, want er stond hen nog een heuglijke uitsmijter te wachten.

Plotseling verschenen de Flemish Caledonian Pipes & Drums, clan MacKenzie op het podium. Deze doedelzakgroep onder leiding van *pipe major* Bob Minnekeer zette een onweerstaanbaar, voor velen herkenbaar ritme in. Het duurde even voor de Gentenaars onder het publiek het lied konden thuisbrengen, en dan begonnen steeds meer mensen spontaan mee te zingen.

Boven Gent rijst, eenzaam en grijst,
Het Oud Belfort, zinbeeld van het verleden;
Somber en groots, steeds stom en doods
Treurt de oude Reus op het Gent van heden;
Maar soms hij rilt, en eensklaps gilt
Zijn bronzen stemme door de stede:
'Tril in uw graf, tril Gentse helden,
Gij, Jan Hyoens, gij, Artevelden:
Mijn naam is Roeland, ik kleppe brand
En luide storm in Vlaanderland!'

Intussen verschenen op het podium steeds meer figuren. Lokale politici, nu reeds druk campagne voerend voor de gemeenteraadsverkiezingen, en artiesten zongen hand in hand *Klokke Roeland* mee, het officieuze Gentse volkslied van de hand van Albrecht Rodenbach.

Een bont verschiet schept het bronzen lied,
Prachtig weertoverd mij voor de ogen,
Mijn ziel erkent het oude Gent,
Het volk komt gewapend toegevlogen.
Het land is in nood: 'Vrijheid of dood!'
De gilden komen aangetogen.
Ik zie Jan Hyoens, ik zie de Artevelden;
En stormend roept Roeland de helden:
'Mijn naam is Roeland, ik kleppe brand
En luide storm in Vlaanderland!'

O heldentolk, o reuzenvolk,
O pracht en macht van vroeger dagen!
O bronzen lied, ik weet uw bedied
En ik versta het verwijtend klagen;
Doch wees getroost: Zie, het oosten bloost
En Vlaanderens zonne gaat aan het dagen.
'Vlaanderen die leeu!' Tril, oude toren,

En paar uw lied met onze koren,
Zing: 'ik ben Roeland, ik kleppe brand,
Luide triomf in Vlaanderland!'

Dille zuchtte met gemengde gevoelens van opluchting en spijt omdat de avond er helemaal opzat. Maar de nacht was nog jong, en de keel dorstig. Hij had al die tijd de hand van Lotti vast, die bewees dat hij de hoogste noot kon halen.

De muzikanten lieten hun instrumenten alleen en kwamen bij het imposante koor staan om nog één keer met zijn allen het refrein aan te heffen.

Epiloog

De dagen van rondzwerven zonder veel slaap en de ongezonde voeding begonnen hun tol te eisen. De rugzak werd steeds zwaarder. Cliff stapte werktuiglijk verder, vloekend en tierend op alles en iedereen. Dat oud wijf dat een liedje van Will Tura stond te neuriën, hij liep de feeks gewoon omver en schreeuwde haar over zijn schouder nog wat verwensingen na toen hij al bijna in de volgende bocht verdwenen was.

In de Burgstraat pikte hij een fiets. Stommeling, dacht hij, je moest hem maar op slot doen. Wroeging had hij niet, fietsen pikken was in deze studentenstad zowat de nationale sport.

Wellicht had hij beter een ander exemplaar gejat, want de ketting kraakte en piepte dat het een lieve lust was. Honderd meter verder liet hij de fiets gewoon op straat vallen en wandelde weer verder.

Aan het Rabot wilde een Pakistani hem halt doen houden met de vraag of hij een vuurtje had, maar Cliff vertrouwde het zaakje niet. Zijn ogen leken wel vuur te spuwen, en de vreemdeling week ontzet achteruit, de verfrommelde sigaret tussen zijn vingers.

De Wondegemstraat, eens een trotse winkelstraat, lag er verlaten bij. Cliff haatte deze buurt. Hier woonden vooral uitgebluste Belgen en Turken, al kwamen ook steeds meer asielzoekers in de wijk terecht. Niet direct het publiek dat krakers gastvrij onthaalde.

Wat kon het hem nog schelen, hij had nu geld om dit gore gat voorgoed achter zich te laten.

De laatste honderden meters naar het kraakpand legde hij steeds sneller af. Hij merkte Jessie niet op, die hem wel in het oog kreeg en verschrikt achter een muurtje dook. Ze had haar schaarse spulletjes bij elkaar gezocht, een stuk of wat cd's en toiletgerief. Niets bond haar nog aan het kraakpand. Ze wachtte lang genoeg tot Cliff het gebouw was binnengegaan en zette het dan op een lopen.

Cliff haastte zich naar boven. Zoals hij had verwacht, was er niemand in het pand. Net goed, dan waren er geen pottenkijkers, die kon hij nu echt niet gebruiken.

Hij tastte onder de losliggende plank in de vloer naar zijn geheime drankvoorraadje en vond een halfvolle heupfles whisky van een onbestemd merk. De drank ging in één teug naar binnen en smaakte naar meer.

Eerst was het tijd om de buit uit te pakken. Zijn hand greep de sluiting van de tas. Hij trok er hard aan, grijnzend, denkend aan het geld dat zomaar in zijn schoot geworpen was. De sluiting gaf vlot mee, en tot zijn verbazing hoorde hij eerst een vreemde, droge, onheilspellende klik. Dan was er, na de zee van vuur en staal en pijn, niets meer.

Sesamtonijn met Fillierstoets

400 g verse tonijn
3 el sesamolie
2 el sesamzaadjes
geraspte gember
5 el sojasaus
1 el limoensap
1/2 el sesamolie
1/2 fijngesneden Spaans pepertje
enkele bladeren paksoi
3 lente uitjes
100 g prei
1 dl Filliers oude jenever

Meng de geraspte gember, de sojasaus, de sesamolie, het limoensap en het pepertje.
Wrijf de moot tonijn in met sesamolie en bestrooi ruim met sesamzaadjes en grofgemalen peper. Druk de sesam en peper zachtjes in de vis. Giet er de jenever over en laat een kwartiertje rusten.
Verhit een pan op hoge temperatuur en bak daarin de groenten heel snel. Kruid naar keuze met peper en zout en verdeel de groenten over de borden.
Schroei nu de vis in dezelfde pan op hoog vuur dicht, heel kort zodat de vis vanbinnen zacht blijft. Snijd de vis in stevige plakken en schik die op de borden.
Versnipper de uitjes over de vis en besprenkel met sojasaus.

Tango Mortale / Stefaan van Laere
Commissaris Bracke is de laatste tijd niet helemaal zichzelf. Is hij toe aan iets opwindends? Een tango, de meest passionele van alle dansen. Een reis naar Buenos Aires met vrouw Annemie. Of een nieuwe liefde? Op het politiehoofdkwartier valt een indrukwekkende klachtenlijst over Bracke binnen: geweldpleging, poging tot diefstal, opruiende taal. En dan is er de brutale ontvoering van hoofdcommissaris Verlinden... Als een tijger loert Bracke op zijn prooi, klaar om in die ene veerkrachtige en dodelijke sprong alle frustratie te ballen. Maar wat als die prooi zelf uithaalt? € *17,50 - ISBN 90 6306 494 2*

Botero / Stefaan van Laere
De bezadigde, maar vastberaden politiecommissaris Bracke gruwt ervoor om het hardop te zeggen aan zijn rechterhand Cornelis: het is 'een bijna lieflijk schouwspel'. Na al die jaren raakt de lugubere dood van een kind hem nog steeds. Chaotische drukte op het commissariaat, spoedoverleg met de grote baas, tactieken van de speurdersploeg... Bracke en Cornelis zitten de dader op de huid. Een meeslepende misdaadroman vol suspense. € *17,50 - ISBN 90 6306 474 8*

Koudvuur / Stefaan van Laere
Verkiezingskoorts. Aanstormend politiek talent Raymond Deweert geeft een etentje voor sympathisanten. Tussen hoofd- en nagerecht treft een kruisboogpijl hem in de keel. Het team van commissaris Bracke begint aan een moeilijke zaak, al zijn er motieven genoeg. Krijgt Deweert, niet vies van duistere zaakjes, de dodelijke rekening gepresenteerd van een van zijn zakelijke partners? Of moet de amoureuze veelvraat een hoge prijs betalen voor zijn losse handjes?
€ *19,95 - ISBN 90 6306 515 9*